YR ERGYD OLAF

I Elian Sgarlad a Daniel Jac

CCBC
344285

Mae'r llyfr hwn yn waith hollol ffuglennol.
Er ei fod yn cynnwys cyfeiriadau at bobl a
sefydliadau go iawn, maent yn ymddangos
mewn sefyllfaoedd dychmygol ac mae unrhyw
debygrwydd i sefyllfaoedd neu leoliadau
gwirioneddol yn gyd-ddigwyddiad llwyr.

YR ERGYD OLAF

LLWYD OWEN

y|Lolfa

Argraffiad cyntaf: 2007

⊕ Hawlfraint Llwyd Owen a'r Lolfa Cyf., 2007

Mae hawlfraint ar gynnwys y llyfr hwn ac mae'n anghyfreithlon
i lungopïo neu atgynhyrchu unrhyw ran ohono trwy unrhyw
ddull ac at unrhyw bwrpas (ar wahân i adolygu) heb gytundeb
ysgrifenedig y cyhoeddwyr ymlaen llaw

Dymuna'r cyhoeddwyr gydnabod cymorth ariannol
Cyngor Llyfrau Cymru

Cynllun y clawr: Jamie Hamley a Llwyd Owen

Llun y clawr: Jamie Hamley (jamie@nudgeonline.co.uk)

Rhif Llyfr Rhyngwladol: 9 78184771 011 6

Cyhoeddwyd ac argraffwyd yng Nghymru
gan Y Lolfa Cyf., Talybont, Ceredigion SY24 5AP
gwefan www.ylolfa.com
e-bost ylolfa@ylolfa.com
ffôn 01970 832 304
ffacs 832 782

AM YR AWDUR

Brodor o Gaerdydd yw Llwyd. Dyma ei drydedd nofel.

Mae'n byw yn ardal Parc Buddug o'r ddinas
gyda'i wraig, Lisa, ei ferch, Elian,
a'u cathod, Moses a Marley.

Am wybodaeth bellach,
ewch at
www.llwydowen.co.uk.

DIOLCHIADAU

Yn gyntaf, rhaid i fi ddiolch i'r Tubbs
gwreiddiol 'nes i gwrdd wrth deithio Awstralia ar
droad y ganrif am fy nghyflwyno i'r byd dwi'n
ei ddisgrifio yn y nofel hon.

I'm holl deulu, yn enwedig Lisa,
am fod mor gefnogol ac amyneddgar.

I Jamie am gynhyrchu clawr arall
gwefreiddiol.

I Lefi yn y Lolfa ac Alun Jones, fy ngolygydd,
am eu gwaith caled a'u cefnogaeth barhaus.

Hefyd, hoffwn gydnabod cefnogaeth ariannol
Cyngor Llyfrau Cymru.

"Outlaws only do wrong when they think it's right.
Criminals only feel right when they're doing wrong."
Jim Dodge

"Keep your friends close, and your enemies closer."
Sun-tzu

"Control your fate or somebody else will."
Heinrich Von Pierer

"True love doesn't have a happy ending,
Because true love never ends."
Anon

YSBRYD Y NOS

Nos. Coedwig. Twll. Dau ffigwr. Llipryn o Gofi. Cawr o Gaerdydd. Un yn siarad heb reolaeth. Un yn dawel mewn rheolaeth.

"Sdim angen g'neud hyn, cont! Ti'n gw'bod, y follow through, ia. Tyd cont, be ti'n ddeud? Gad fi fynd, ia. Brodyr. Cydwladwyr, cont. 'Na i ddiflannu! Blink and I'll be gone, ia. Mewn i'r tywyllwch, ta-ta trwy'r niwl. Fi'n addo..." meddai'r un gyda'r rhaw wrth ystumio'n wyllt tua'r goedwig drwchus.

"Ca' dy ben a cadw i balu," atebodd y llall – yr un gyda'r gwn, yr un mewn overalls du – mewn monoton amyneddgar. Roedd e'n gwybod am y dacteg ac wedi ca'l profiad o'i gweld ar waith ganwaith o'r blaen; dyna, yn anffodus, oedd natur ei broffesiwn. Er hynny, nid oedd erioed wedi clywed hyn yn cael ei adrodd yn y Gymraeg o'r blaen. Gwnâi'r ffaith honno'r sefyllfa'n waeth rywsut, gan wneud y dasg yn anoddach i'w chyflawni. Gwyliodd y ffigwr tenau'n palu'n drafferthus, ei wallt chwyslyd yn sgleinio yng ngolau'r lleuad lachar yn nhywyllwch y goedwig anghysbell.

"Tyd cont, 'na i byth ddod 'nôl, sti. Diflannu. Am byth bythoedd amen, ia. Sbaen, India, Rio, Thailand..." Ond cyn iddo allu troi'r goedwig yn wers ddaearyddiaeth, cododd y gŵr garw ei wn trwm i gyfeiriad y Cofi gan atal llif ei eiriau.

Palodd y pwdryn yn ddyfnach i mewn i'r tir tra edrychai'r ergydiwr o'i gwmpas. Gyda'r niwl yn isel uwchben eu mynwent breifat a choed bythwyrdd canolbarth Cymru'n disgleirio o dan effeithiau arbennig y lleuad lawn, meddyliodd faint o gyrff eraill a gladdwyd yn y rhan hon o'r wlad? Degau, os nad cannoedd, oedd ei gasgliad... ac roedd ef ei hun wedi cyfrannu'n helaeth at y cyfanswm.

Hwtiodd tylluan mewn coeden gyfagos gan ei gipio'n ôl i'r presennol. Ar y gair, stopiodd y palu ac ailddechreuodd y parablu.

"Tyd Tubbs, gad fi fynd, ia. It's no skin off your nose, cont…" ac wrth glywed ei lysenw eironig, collodd y Cofi ei siawns olaf o weld y wawr. Er nad oedd *llawer* o obaith ganddo cyn hynny, doedd *dim* gobaith o gwbl ganddo bellach. Cociodd Tubbs y gwn, gan hollti'r tawelwch gyda'i weithred.

"Ok, ok! Paid bod fel 'na, cont. Don't be hasty, ia. Take it easy…" plediodd y palwr gan wenu gwên bwdr, gwên frown i gyfeiriad y Medelwr. Ond, wedi edrych i lygaid diemosiwn Tubbs, parhaodd i agor ei fedd. Doedd dim dianc, gwyddai hynny'n awr.

Palodd am hanner awr arall mewn tawelwch pur. Wel, ddim cweit yn bur gan nad yw coedwig fyth yn fud, yn enwedig o dan glogwyn tywyll y nos a'i phais o niwl rhewllyd. Chwythai Tubbs i'w ddwylo, gan ddifaru peidio â gwisgo menig, a chamu o'r naill droed i'r llall er mwyn cadw'r gwaed yn llifo. Ar un adeg, meddyliodd am gydio yn y rhaw segur a orweddai gerllaw a helpu gyda'r tyllu, ond anghofiodd am y syniad gan mai rhyw sentimentaliaeth annisgwyl ydoedd. Byddai o hyd yn teimlo fel hynny yn y munudau cyn y weithred eithaf, ac er ei fod yn hen law ar fod yn ddienyddiwr proffesiynol erbyn hyn, nid oedd hynny'n ei atal rhag bod yn ddynol. Daliai i deimlo'n edifar, i deimlo gwarth ac euogrwydd ar bob achlysur tebyg. A'r noson honno, er bod y Cofi'n siŵr o fod yn haeddu marw – wedi'r cyfan roedden nhw i gyd yn haeddu marw, yn ôl ei fentor – roedd ei glywed yn siarad Cymraeg yn chwarae ar feddwl Tubbs yn ddifrifol. Dyma'r Cymro Cymraeg cyntaf iddo orfod ei ladd… ond, rhywfodd, llwyddodd i gladdu'i deimladau yng nghefn ei feddwl, o dan y domen o ellyll a drigai yno. Doedd dim lle i sentimentaliaeth yn y gêm hon. Mental, efallai. Ond sentimental, na.

Ceisiodd glirio'i ben. Tasg anodd o gofio'i holl hunllefau. Roedd llif y nant gyfagos o gymorth… ond chwalwyd ar y llonyddwch wrth i sŵn dur daro yn erbyn carreg.

"Ffycin hel! Fy ngarddwrn i, cont!" ebychodd y Cofi gan ollwng ei raw a dal ei law'n ddramatig. Edrychodd ar Tubbs, efallai yn y gobaith o weld ychydig o drugaredd. Ond ni welodd ddim byd o'r fath. Yn hytrach, cododd Tubbs y gwn i'w gyfeiriad a thanio. Heb oedi. Heb dosturi. Ffrwydrodd penglog y Cofi fel grawnwinen goch rhwng bys a bawd a chwympodd ei gorff yn llipa i mewn i'r twll. Hole in one. Ond doedd dim dathlu ar y cwrs hwn. Dim cwpwl o beints yn y 19th na plus fours o'r proshop... dim ond edifarhau a chaethiwed. Gan fod y dienyddio'n hollol groes i'w natur dyner, roedd Tubbs yn casáu'r hyn ydoedd, yr hyn y gorfodai ei fentor iddo fod.

Er bod distewydd ar flaen y gwn, dihunodd yr ergyd y fforest gyfan ac am rai eiliadau roedd y lle'n llawn cyffro gydag adar cysglyd yn codi o'r coed a mamaliaid y nos yn rhuthro am lecynnau saffach i guddio.

Safodd Tubbs yn stond am rai munudau gan aros i'r tawelwch ddychwelyd ac i'r fforest setlo o'i gwmpas. Syllodd i mewn i'r twll o'i flaen a sylwi ar esgidiau'r Cofi: pâr orthopaedig o dan orchudd o fawn. Doedd Tubbs ddim wedi sylwi ar anabledd ei brae ynghynt, ond ychwanegai realiti'r sefyllfa at ei euogrwydd a'i iselder. Roedd lladd Cymro'n ddigon gwael. Ond roedd lladd Cymro anabl yn waeth byth. Er ei dristwch, roedd Tubbs o leiaf yn falch y byddai'n hawdd dod i benderfyniad y tro hwn pa elusen i'w dewis i roi hanner ei ffi.

Roedd ei fraich dde'n dal i bwyntio at gysgod y Cofi ac wrth ffocysu ar ei arf, cofiodd Tubbs y tro cyntaf iddo ddefnyddio'r bwystfil... Dechreuodd deimlo'n ddagreuol gan ddymuno, gan obeithio, mai dyma fyddai'r tro olaf byddai'n gorfod cyflawni cytundeb o'r fath. Ond, yn anffodus iddo, roedd o dan reolaeth lwyr ei fentor ac felly breuddwyd ffŵl oedd y ffantasi honno.

Cododd Tubbs y rhaw a theimlo gwres dwylo'r Cofi'n dal yn dwym ar y carn. Ond, fel enaid ei gelain, diflannodd y gwres i'r tywyllwch yn ddigon cyflym. Gorchuddiodd Tubbs y corff a llenwodd y twll hyd yr eithaf, cyn casglu brigau a deilach cyfagos er mwyn cuddio'r bedd anhysbys. Wedyn, cymerodd becyn o wet wipes o'i fag a sychu'r gwaed o'i wyneb a'i ddwylo. Er nad oedd Tubbs erioed wedi bod yn aelod o'r Scouts, byddai e wastad yn barod am bob dim. Wedi gorffen, cydiodd yn y rhofiau a'i fag, edrych ar ei gwmpawd ac anelu'n ôl am ei gar – a gawsai ei barcio rhyw dair milltir i ffwrdd mewn lay-by tywyll ar yr A470 – cyn troi am ei fywyd arall.

Ar y ffordd palodd dwll arall nad oedd mor ddwfn yn y pridd cyn camu allan o'i overalls. Rhoddodd y dilladach a'r wet wipes llygredig yn y twll cyn cydio mewn can bach o'i fag ac arllwys y petrol drostynt. Cynnodd fatsien. Llosgodd y dystiolaeth yn wyllt am funud neu ddwy cyn i Tubbs daflu pridd dros y fflamau. Wedyn, trodd ei sylw at ddod o hyd i'w fodur a dod o hyd i'w ffordd adref o'r hunllef ddiweddaraf hon.

Yn ystod y daith trwy'r coed trwchus, meddyliai Tubbs am yr un roedd e wedi ei ladd. Doedd dim syniad ganddo sut y troseddodd y Cofi, ond informers oedd y bobl 'ma fel rheol. Y gwaethaf o'r gwehilion. Wrth weld ei gerbyd trwy'r coed o'i flaen, nid oedd Tubbs yn teimlo ei fod e fawr gwell na'r dihirod hynny y noson honno. Ond rhaid cofio y byddai Tubbs yn teimlo fel hynny ar ôl cwblhau pob cytundeb o'r fath.

Golchodd ei sgidiau a'r rhofiau ym mwrlwm nant gyfagos cyn gadael gorchudd y bythwyrdd a chamu tua'i gar. Câi'r lleuad lachar ei gorchuddio gan gwmwl wrth i Tubbs ddychwelyd at ei gerbyd ac agorodd y bŵt mewn tywyllwch. Yn y cysgodion y byddai'n teimlo'n gyfforddus, ac roedd hynny'n fwy gwir nag erioed o'r blaen y noson honno.

Ym mŵt y VW Polo llwyd, rhoddodd Tubbs y gwn yn ei guddfan uwchben yr olwyn gefn ar yr ochr dde. Wedyn, rhoddodd ei fag a'r rhofiau i mewn yn y bŵt, cau'r cefn a chamu tu ôl i'r olwyn. Gwingodd mewn poen wrth i farciau ffres y tatŵ ar ei goes rwygo trwy ei gorff. Cnôdd ddefnydd ei siwmper dywyll nes i'r boen leihau. Ymestynnai ei datŵ ddiweddaraf – sef draig ffyrnig, danllyd – o fodiau ei droed dde yr holl ffordd i fyny ac o gwmpas ei goes gan orffen uwchben ei glun. Wedi tri mis o waith poenus, roedd y croenlun bron wedi'i gwblhau, ond roedd y darn gwaethaf yn dal yn ei wynebu a'r manylion dros ei ben-glin i'w cwblhau yn y sesiwn nesaf. Byddai Boda, ei unig ffrind a'i datŵydd personol, yn dychwelyd i orffen y dasg y diwrnod wedyn... ond roedd diwedd y daith, diwedd y gwaith, yn teimlo 'mhell, bell i ffwrdd.

Gan ddiawlio'i hun am beidio dod â'r Preparation H gydag ef, edrychodd ar ei wats – 23.17 – cyn troi'r allwedd a thanio'r injan. Teimlai Tubbs wir gysur yn sŵn isel yr injan. Anodd dychmygu fod rhywun fel Tubbs yn gyrru VW Polo. Beic modur tair olwyn, efallai, neu off-roader pwerus. Ond dim VW Polo. No way. Ac er bod y cawr o ddyn yn edrych yn rhyfedd mewn car o'r fath, roedd yna reswm teilwng dros y dewis. Rheswm fyddai unwaith eto'n cael ei amlygu wrth iddo ymuno â'r A470 i'r gogledd o Lanidloes a gyrru tua'r de – tua gwareiddiad.

Wrth deithio heibio i Landiloes ar y ffordd osgoi wag, heb yrru'n wyllt mewn unrhyw ffordd, cyflymodd curiad calon ein harwr pan dynnodd car yr heddlu o'r cysgodion a'i ddilyn. Cadwodd Tubbs un llygad ar y ffordd ac un arall ar y moch yn y rear view. Roedd yr adrenalin yn pwmpio unwaith eto ond doedd ganddo ddim byd i boeni amdano. Roedd e'n ffyddiog na fyddai'r heddlu byth yn dod o hyd i adran gudd y bŵt, cartref ei wn, hyd yn oed tasen nhw'n mynnu archwilio'r car. Ond, yn fwy na dim, roedd e'n sicr na fyddai'r heddlu'n ei stopio yn y lle cyntaf gan nad oedd e'n gwneud unrhyw beth o'i le, fel gyrru'n rhy gyflym, a doedd dim byd yn bod ar y car, fel golau cefn nad oedd yn gweithio neu rywbeth arall allai ddenu sylw'r gelyn. Ei arf cyfrinachol oedd y ffaith ei fod yn gyrru'r VW Polo llwyd – car mwyaf di-nod a lliw mwyaf anhysbys y bydysawd. Yn ogystal, roedd y rhifau cofrestr ffug yn lleddfu nerfau'r llofrudd.

Nid fu Tubbs erioed mor hyderus â hyn. Yn y gorffennol, ei 'ddyddiau gwyllt' fel petai, byddai cael ei stopio'n rhan o fywyd bob dydd, bron. Ond, gan ei fod yn dosbarthu cyffuriau ledled Cymru a gyrru Chopper swnllyd a hwnnw'n tynnu treler llawn 'cynnyrch', doedd dim rhyfedd mewn gwirionedd! Rhyw saith mlynedd yn ôl bellach, rhoddodd Tubbs ei annwyl Chopper o dan darpowlin yn ei garej. Ac er ei fod yn dal i'w yrru rhyw unwaith y mis, ni fyddai byth yn gwneud pan fyddai'n gweithio. Bellach, y Polo bach oedd ei gerbyd. Y ffaith nad oedd e'n gar trawiadol o bell ffordd oedd ei gryfder... ac ar y gair, trodd car yr heddlu i'r dde oddi ar asgwrn cefn Cymru gan roi rhwydd hynt i Tubbs yrru'n ddidrafferth tuag adref.

Gyda'r cloc yn datgan ei bod yn hanner awr wedi un a Merthyr Tudful yn hepian wrth i'r Polo bach grynu ac iddo yntau agosáu at 70 m.y.a. ar y ffordd osgoi ddeuol, penderfynodd Tubbs fynd i weld T-Bone, ei fòs, yn awr yn hytrach nag aros tan y bore.

Roedd ganddo ddiwrnod llawn o'i flaen ac anaml y byddai T-Bone yn gadael ei glwb cyn toriad gwawr.

T-Bone oedd cyflogydd Tubbs yn y maes penodol hwn. Ond roedd pennaeth cangen Hell's Angels Caerdydd, y Banditos, yn llawer mwy na hynny iddo. Wedi'r helynt gyda'i dad, T-Bone roddodd loches a diogelwch i'r Tubbs ifanc a Foxy cyn datblygu i fod yn dad a mentor iddo – hyd yn oed ar ôl marwolaeth annisgwyl a thorcalonnus ei fam.

Wedi colli Foxy o ganlyniad i ddau fwled allan o wn llofrudd anhysbys a ddiflannodd i gysgodion a chraciau'r ddaear, closiodd Tubbs a T-Bone at ei gilydd yn eu galar – Tubbs yn galaru ar ôl ei fam, a T-Bone ar ôl ei gariad. Daethant i gytundeb ynglŷn â galwedigaeth Tubbs. Wedyn, bu'n 'gweithio' fel ergydiwr ar gytundeb ar ran y Banditos ers pan oedd yn ddeunaw oed. T-Bone oedd yr unig un a wyddai am yr elfen honno ym mywyd Tubbs, ac oherwydd hynny roedd gan y mentor reolaeth lem dros ei fywyd. Doedd Tubbs ddim eisiau lladd, ond nid oedd eisiau sarhau na siomi T-Bone chwaith. Yn ogystal, roedd eu cytundeb llafar yn datgan y byddai rôl Tubbs yn y fargen yn dod i ben ar yr union adeg pan fyddai'n dod o hyd i lofrudd ei fam ac yn ei ladd.

Fyddai 'run diwrnod yn pasio heb i Tubbs feddwl amdani, 'run diwrnod heb iddo feddwl am ei llofrudd. Unig uchelgais ei fywyd, yn wir prif bwrpas ei fodolaeth oedd dod wyneb yn wyneb â'r dyn a chwalodd ei galon, y dyn a laddodd Foxy... a dim ond trwy ei ffeindio a'i ladd y byddai Tubbs yn gallu troi ei gefn ar y bywyd hwn, a dechrau byw ei fywyd ei hun.

GYDAG 'I Feel Love', yr anthem ddisgo ddiweddaraf i godi i frig siartiau 1977, yn chwarae'n dawel o'r stereo yng nghornel ei hystafell wely ar drydydd llawr Fflatiau Dylan ar stad druenus Simcox yn ninas Abertawe, roedd Foxy Mulldare yn paratoi i fynd allan i weithio.

Ar y gwely, yn gwylio'i fam yn gorchuddio'r clais diweddaraf ar ei gwyneb prydferth o ganlyniad i law ei dad ef, a'i phimp hi, roedd Al Bach yn gorweddian yn dawel. Byddai Al Bach wastad yn dawel – yn chwe blwydd oed, heb iddo erioed yngan yr un gair. A dweud y gwir, doedd e erioed wedi gwneud llawer o sŵn hyd yn oed. Doedd e byth yn crio, yn sgrechian na chwyno ar unrhyw achlysur. Roedd hyn yn boen bythol i'w fam, ac fe fyddai hi'n beio'i hunan am ei gyflwyno i'r fath fyd ac i'r fath fywyd. Doedd dim rhyfedd ei fod e'n blentyn mor dawel chwaith, wrth ystyried y fath berson roedd ef a'i fam yn gorfod cyd-fyw gydag e: dyn treisgar, byrbwyll, heb asgwrn graslon yn perthyn iddo.

Wrth i'r hufen sylfaen fasgio'r clais melynllyd, roedd llais Calvin Sweetman, tad y bychan ac arteithiwr y fam, i'w glywed yn anghytuno'n uchel wrth ddadlau ag un o'r 'gwynebau' lleol a chwaraeai gêm o poker yn y gegin. Roedd geiriau amlwg feddw'r pimp prysuraf, y pimp mwyaf didrugaredd o fewn ei filltir sgwâr, yn anfon ias i lawr asgwrn cefn Foxy. A fyddai ergyd arall, crasfa arall yn ei haros yn hwyrach y noson honno, neu a fyddai ei gorff yn rhochian ar y soffa? Gobeithio am yr ail opsiwn fyddai Foxy bob tro.

"Reit, amser gwely cariad. Ti 'di brwsho dy ddannedd?" gofynnodd Foxy i'w mab, gan godi ar ei thraed ac edrych arni ei hun yn y drych unwaith yn rhagor. Er bod ei bywyd fel oedolyn wedi bod yn reit erchyll hyd yn hyn, bu'r blynyddoedd yn garedig tu hwnt iddi o ran ei phryd a'i gwedd. Mewn sgert ledr oedd braidd yn cuddio'i beth chi'n galw, pâr o boots PVC du yn ymestyn dros ei phengliniau, tanc top print llewpart a llond pen o wallt melyn cyrliog naturiol, roedd hi'n barod am waith ac yn edrych yn gwmws fel beth oedd hi, sef putain. Dilynai nifer o'r merched eraill y ffasiynau diweddaraf ar yr adeg honno – sef dillad disgo sgleiniog, llachar – a gwnâi Foxy'r 'run peth ar un adeg hefyd.

Rai misoedd yn ôl, un noson gwisgodd catsuit arian a wnâi iddi edrych fel pêl glitter ar ddwy goes, ond profodd y dewis yn un aflwyddiannus gan fod angen mynediad didrafferth, fel y gellir dychmygu, wrth ffwcio dieithriaid dychrynllyd i lawr alïau tywyll dinas Abertawe. Wedi'r noson honno, daeth Foxy i'r casgliad y dylai putain wisgo fel putain, felly 'nôl â hi at ei sgertiau mini a'i bron-diwbiau print llewpart er mwyn osgoi drysu'r desperados.

Wrth i Al Bach ruthro i frwsio'i ddannedd er mwyn i'w annwyl fam allu ei dycio i mewn cyn gadael am ei galwedigaeth, torrai tonnau trafferthus dros ysgwyddau Foxy. Dylasai pethau fod *mor* wahanol a bywyd yn llawer gwell. Wrth glywed llais ei charcharor treisgar yn rhuo'n fygythiol ar un o'i gyfoedion yn y gegin a sŵn brwnt ei boots wrth iddi gerdded tuag at ystafell ei mab, teimlai mor ddiwerth, mor warthus, mor siomedig. Ynddi hi ei hun yn bennaf... na, ynddi hi ei hun yn *gyfan gwbl*. Hi yn unig oedd yn gyfrifol am ei sefyllfa, a doedd neb yn ei bywyd allai ei helpu yn awr.

Erbyn iddi gyrraedd ystafell Al – unig ystafell daclus y fflat, a ymddangosai mor normal o'i chymharu â stad ddirwasgedig gyffredinol gweddill y lle; yn llawn lluniau o sêr y bydysawd, y *Magic Roundabout* ac arwyr ffuglennol amrywiol – roedd y bychan yn ei wely a'i lygaid gwylaidd yn syllu arni o dan y duvet Superman aflêr. Hoffai Foxy allu prynu un newydd iddo, ond Calvin a ofalai am yr holl arian, a fyddai e byth yn cytuno.

Sut yn y byd gyrhaeddest ti'r fan hyn? meddyliodd Foxy'n hiraethus. Roedd hi'n ysu am gael gadael, am ddianc, ond gyda'r ddau ohonyn nhw fel carcharorion, roedd hi'n gwybod mai breuddwyd ffŵl oedd hynny. Roedd hi'n giamster ar greu breuddwydion ffôl bellach, gyda chymaint ohonyn nhw wedi cael eu chwalu dros y blynyddoedd o dan rym cas realaeth.

Gwichiodd y PVC wrth iddi blygu yn ymyl gwely Al a mwytho'i wallt trwchus tywyll. Syllodd i mewn i'w lygaid a gwelai adlewyrchiad o'i hofnau hi yn ei lygaid e. *Pa mor drist oedd hynny?* meddyliodd. *Chwe blwydd oed a'r unig beth sicr yn ei fywyd oedd trais ei dad a sgertiau byrion ei fam.* Unwaith eto, llifai'r gwarth trwy ei gwythiennau.

"Ti'n barod i gysgu 'te, bach?" gofynnodd y fam gan wybod na châi air mewn ymateb.

Ysgydwodd Al ei ben a gafael mewn llyfr a orweddai wrth y gwely. Roedd Al yn ddarllenwr brwd ac er nad oedd wedi ynganu gair erioed o'i geg roedd ei ddychymyg ar dân o dan ddylanwad y ffantasïau a'r straeon tylwyth teg y byddai mor hoff o'u darllen. Gan greu cybolfa o'i hoff straeon, gwyddai Al fod y brenin creulon wedi caethiwo'r dywysoges brydferth yn y tŵr yn erbyn ei hewyllys a bod angen marchog dewr i ddod i'w hachub a'i rhyddhau...

"'Na i adael dy lamp mlaen i ti, iawn," ychwanegodd Foxy. "A chofia gloi'r drws ar ôl i fi adael..." *jyst rhag ofn.*

Nawr, wnâi Calvin byth gyffwrdd yn Al fel rheol, gan taw Foxy oedd ei fag dyrnu dewisol, ond daliai i fynnu fod Al yn cloi'r drws pan nad oedd hi yno, sef yn ddyddiol rhwng wyth yr hwyr a chanol nos. Yn amlwg, doedd hi ddim yn trystio Calvin... yn enwedig i sicrhau diogelwch Al – yr unig beth o bwys yn ei bywyd.

Eisteddodd Al i fyny'n sydyn gan gofleidio'i fam yn annisgwyl o dynn. Bu bron iddi ddechrau crio yn y fan a'r lle gan nad oedd Al erioed wedi dangos y fath gariad tuag ati. Câi drafferth cyfathrebu ar lefel emosiynol yn ogystal â chyfathrebu ar lafar. Am ryw reswm, llenwodd y cofleidio annisgwyl hwn hi â gobaith. Gobaith am beth, doedd hi ddim yn siŵr, ond gobaith am rywbeth yn sicr. Wedi'r cwtsh hir cariadus, datglodd y ddau gorff a chododd Foxy gan wneud i'w boots chwibanu eu tôn synthetig unwaith eto.

"Wela i di yn y bore, iawn bach?" meddai Foxy, gan chwythu cusan i'w gyfeiriad, troi ar ei sodlau stileto chwe modfedd a gadael diogelwch ystafell Al cyn camu i ffau'r llewod a fodolai y tu draw i'r drws.

Wedi gwisgo'i chot ledr a'i chlymu o gwmpas ei chanol gan wneud i'w bronnau fyrlymu o'i blaen fel y brodyr Charlton yn codi i benio'r un bêl, anadlodd Foxy'n ddwfn cyn anelu am y drws i'r byd allanol y tu draw i'r gegin, a thu hwnt i'r meddwon, eu cardiau a'u bygythiadau. Clywai lais Calvin yn uwch na phawb yn dadlau a slyrian o'r ystafell drws nesaf. Roedd hi'n adnabod un o'r lleisiau eraill hefyd, llais Jack the Bastard, enw hunanesboniadwy os buodd un erioed. Clywai ddau lais arall hefyd, ond nid oedd hi'n eu hadnabod heb allu gweld eu gwynebau.

Gyda'i phen yn uchel a'i balchder ffug yn disgleirio, camodd Foxy o'r cysgodion, i mewn i'r gegin ac am y drws. Ar ei ffordd, gwelai'r gynnau'n gorwedd ar y bwrdd a theimlai gasineb yn drwm yn yr awyr chwyslyd. Calvin – neu 'Dirty Harry', i ddefnyddio'i lysenw hunan-fedyddiol – oedd yn berchen y bloc hwn o fflatiau a oedd yn 'gartref' iddyn nhw, yn ogystal â gweddill ei stabl. Puteindy ar bedwar llawr oedd e, gyda Calvin yn cadw merch ym mhob un ystafell yn y fflatiau. *Fe* fyddai'n *cymryd* yr arian, *fe* fyddai'n *cadw'r* arian hefyd. Caethiwai'r merched drwy eu cadw'n gaeth i gyffuriau – amffetaminau fel arfer, ond hefyd heroin yn ogystal yn ddiweddar; beth bynnag oedd ar gael, beth bynnag fyddai'n effeithiol. Diolch i Al, llwyddodd Foxy i osgoi'r cyffuriau caled gan nad oedd angen i Calvin ei chaethiwo yn y ffordd honno – roedd ei mab yn ddigon o reswm iddi ddychwelyd i'r fflat bob nos.

Wrth gwrs, gallai Foxy weithio adref ond dewisai beidio â gwneud am ddau reswm. Yn gyntaf, doedd hi ddim eisiau i Al weld, na chlywed, yr hyn roedd hi'n gorfod ei wneud. Yn ail, awchai i ddianc rhag crafangau Calvin hyd yn oed am gwpwl o oriau bob dydd.

Roedd y drws o fewn cyrraedd, a'r gangsters meddw'n ymddangos yn anymwybodol o'i phresenoldeb. Ond, gyda llinell derfyn y drws rhyw fetr o'i blaen, teimlodd Foxy ergyd gadarn cledr llaw agored yn bwrw'i thin a chlywodd y pedwarawd yn gweryru'n afreolus rownd y ford. Brifai ei phen-ôl yn arw, ond roedd y diffyg parch a ddangoswyd tuag ati'n brifo mwy. Dim Calvin wnaeth ei tharo, hyd yn oed, ond un o'r gwynebau dieithr a eisteddai yng nghegin ei chartref. Roedd hynny hefyd yn chwerthinllyd; doedd y lle hwn ddim yn unrhyw fath o *gartref* i neb – ddim iddi hi, ddim i Al, na hyd yn oed i Calvin, y perchennog. Â'i boch yn dychlamu, gwawriodd y ffaith ar Foxy mai eiddo oedd hi yn eu llygaid nhw; dim person, dim mam mab eu harweinydd. Jyst putain arall i'w churo a'i cham-drin.

Wrth gamu allan drwy'r drws, edrychodd Foxy dros ei hysgwydd, heibio i'r bwrdd, a gweld cwrls tywyll a llygaid gwag Al yn syllu ar yr olygfa rownd cornel y drws gyferbyn. Syllai'n ddiemosiwn i gyfeiriad ei dad, rhywbeth y gwelsai Foxy ef yn ei wneud ar fwy nag un achlysur.

"What the fuck are you doin', ya stupid slag?!" bloeddiodd Calvin wrth weld Foxy'n oedi wrth y drws, gan ddenu mwy o chwerthin o gegau'r cowbois eraill. "Go on, fuck off, get outta here! Go make me some fuckin' money!"

Ond gan na symudodd Foxy o'r fan – oherwydd yr ofn a oedd yn hoelio'i thraed wrth lino rhad y stafell – cododd Calvin ar ei draed yn sigledig gan gipio'i wn oddi ar y bwrdd a'i bwyntio tuag ati. O ganlyniad i'r ofn a deimlai wrth weld y gwn, diflannodd yr hoelion o'r sodlau main ac allan â'r butain i'r nos.

Wedi noson dawel yn nociau'r ddinas – os gellir galw pedwar ymdreiddiad annymunol, tri blow job a dau wanc cloi lawr ali dywyll yn 'noson dawel' – dychwelodd Foxy a dringo'r grisiau tua'r fflat. Tu allan i'r drws, cyn cyrraedd llawr caled y gegin, cafodd wared ar y stiletos oddi ar ei thraed. Y rheswm pam y gwnâi hi hyn oedd fod y sodlau'n gwneud gormod o sŵn, a gallai'r sŵn ddenu sylw, a'r peth diwethaf roedd hi ei eisiau oedd 'sylw' gan Calvin.

Fel roedd hi'n digwydd, gallasai Foxy fod wedi marchogaeth i mewn i'r fflat ar gefn draig goch o'r enw Dolarhyde y noson honno heb godi Calvin o'i drwmgwsg…

Wrth gripian ar fodiau ei thraed trwy'r ystafell fyw tuag at led-ddiogelwch ei hystafell wely, sylwodd Foxy na wnâi Calvin unrhyw sŵn o gwbl wrth orweddian o flaen y teledu anferthol. Edrychodd i'w gyfeiriad a sylwi ar y botel wag o wisgi a orweddai yn ei gôl. Byddai'r botel yn ymuno â'r môr gwydrog o dan draed cyn y wawr, pan godai Calvin o'r gadair a chripian am ei wely. Roedd y lle fel sgwat, yn waeth na sgwat, ac yn adlewyrchu cyflwr truenus y perchennog brwnt, meddw a phathetig. Cymerodd gam arall cyn sefyll yn stond a throi ei phen yn araf unwaith eto i'w gyfeiriad. Yn lled-dywyllwch y stafell, gyda'r teledu'n taflu cysgodion bywiog i gyfeiriad Calvin, gallai Foxy weld nad oedd pethau'n iawn. Ni symudai'r corff o dan rym anadliadau na chwyrnadau, felly camodd Foxy tuag ato'n ddistaw bach.

Aroglodd yr alcohol yn yr awyr, yn ogystal â rhyw awgrym o arogl metelaidd dieithr. Wedyn, gwelodd y gwaed tywyll ar wasgar dros y wal y tu ôl i'r gadair gyfforddus, fel glaw gwenwynig ar draws llwybr y pedair hwyaden na hedfanai i unlle ar y papur wal pydredig. Yna, gwelodd hi'r penglog. Neu, a bod yn fanwl gywir, y diffyg penglog. Roedd rhywun wedi saethu Calvin. Roedd rhywun wedi ei ddienyddio, wedi gwasgaru ei ymennydd ar draws yr anaglypta. Doedd Foxy ddim yn teimlo'n drist mewn unrhyw ffordd. Roedd hi mewn sioc, yn llawn ofn, heb os, ond doedd gweld ei harteithiwr yn gorwedd yn ddifywyd o'i blaen ddim yn ei gwneud hi'n drist. Pam ddyle fe?

Al! oedd y peth cyntaf ddaeth i feddwl Foxy wedi i'r cyfog adael ei cheg, a rhuthrodd y fam am ystafell ei mab. Fflachiodd gwynebau'r dieithriaid a eisteddai yn y gegin ddim ond rai oriau ynghynt o flaen ei llygaid wrth iddi wthio drws ei ystafell wely. Roedd y drws ar glo, diolch byth. Estynnodd am ei hallweddi gan grynu'n wyllt, cyn agor y drws. Yng ngolau isel y lamp lafa fioled a choch, gallai weld ei hangel yn cysgu'n braf. Wedi i'r llawenydd ddiflannu, meddyliodd Foxy pa mor drist oedd y ffaith fod un mor ifanc yn gallu cysgu trwy'r fath erchyllltra.

Ac yna meddyliodd am ddianc. Am ryddid. Dyma'u cyfle. Dyma fe. O'r diwedd.

Trodd a gadael i Al gysgu am funud ac aeth i gasglu'i harian o fanc preifat Calvin Sweetman, sef cês trwm o dan ei wely. Gan ddefnyddio sgriwdreifer o ddrôr y gegin llwyddodd i'w agor. Yn anffodus, roedd y bag a'i gynnwys yn rhy drwm i'w gymryd gyda hi'n gyflawn. Roedd rhaid brysio, rhag ofn byddai rhywun yn galw, neu'n dychwelyd, a'u dal.

Wedi llenwi bag llai ag arian – o leiaf bum mil, pe bai'n rhaid iddi ddyfalu – aeth i newid ei dillad. Gwisgodd jîns tyn, gan ddynwared cot o baent wrth amgylchynu cromlinau perffaith hanner isaf ei chorff chwech ar hugain oed, siwmper wlân batrymog a sgidiau cyfforddus, cyn llenwi bag arall â digon o ddillad i gadw'r ddau ohonyn nhw'n gynnes am gwpwl o ddyddiau, o leiaf.

Yna, gyda hi'n barod i fynd, dychwelodd at ei mab annwyl, ei mab mud. Eisteddodd ar ei wely a mwytho'i wallt yn dyner er mwyn ei ddihuno mewn ffordd na fyddai'n achosi pryder iddo.

O'r diwedd, meddyliodd Foxy, *rhywbeth cadarnhaol yng nghanol yr holl anobaith.*

Cofiai amdani'n dod i Abertawe'n 16 oed, gyda'i phen yn llawn breuddwydion a'i huchelgais oedd ffeindio gwaith fel dawnswraig yn Theatr y Grand. 1967 oedd y flwyddyn, ac roedd dianc o'i chynefin rhwystredig yng nghefn gwlad yn beth hawdd i'w wneud yng nghanol ewfforia'r cyfnod. Roedd hi wastad wedi bod eisiau dawnsio, wastad wedi bod yn ddawnswraig naturiol, llawn egni. Ond nid oedd Lisa Martin, fel y cawsai ei bedyddio, yn sylweddoli fod angen mwy na brwdfrydedd a thalent naturiol i lwyddo fel dawnswraig broffesiynol mewn theatr fel y Grand.

Wedi misoedd llwm a heb lwyddiant, cafodd swydd yn dawnsio… mewn clwb 'i foneddigion' yn nociau'r ddinas, er na welodd hi erioed ŵr bonheddig yn agos at y lle. Dyma'r lle a roddodd fodolaeth i Foxy Mulldare, ei phersona proffesiynol. Roedd yr arian yn dda pan ddechreuodd yno, ond ar ôl damwain gas pan gwympodd hi oddi ar bolyn wrth hongian ben i waered gan ddangos ei barf lawr stâr a'i gwefusau cochlyd i'r byd, bu'n rhaid i Foxy ymddeol o'r polyn a'r llwyfan ac edrych am ffyrdd eraill o wneud bywoliaeth.

Ac wedyn, cyfarfu â Calvin Sweetman. Bryd hwnnw, dyn ifanc llawn breuddwydion oedd Calvin, a'r breuddwydion hynny i gyd yn ymwneud ag arian: arian a chymryd mantais ar ferched fel Foxy. Roedd hi'n ifanc, yn unig ac yn naïf – prae perffaith i'r fath aderyn â Calvin. Yn ddiarwybod iddi, nid hi oedd ei unig 'gariad'. Dechreuodd Calvin gyda chwpwl o ferched yn 'gweithio' iddo, gan gadw'r gwirionedd rhag ei ffefryn, sef Foxy. Ond, pan ddarganfyddodd Foxy wir natur y dyn – a hwnnw mewn gwrthgyferbyniad llwyr â'i gyfenw – ceisiodd ei adael. Chwarddodd Calvin gan ofyn i ble'n gwmws yr âi hi. *Unrhyw le*, oedd ei hateb, a bwriadai wneud hynny hefyd.

Ond cyn iddi gael cyfle i'w heglu hi, methodd ei misglwyf am y trydydd mis yn olynol. Heb arian, heb obaith, heb gymorth, roedd Foxy mewn twll, mewn tywyllwch. Torrodd y newyddion i Calvin, ac ymddangosai'n ddigon hapus i ddechrau. Gwahoddodd hi i symud i mewn ato gan addo byddai popeth yn newid wedyn, ond dros y misoedd canlynol daeth Foxy i ddeall ei gêm, ac un ymgais fawr fu ei bywyd ers hynny i ddianc o'i rwyd. Gorfododd Calvin hi i weithio, hynny yw ffwcio, trwy gydol ei beichiogrwydd. Yn wir, roedd cleient yn ddwfn ynddi ddim ond oriau cyn i'w dŵr dorri. Dros amser, gydag Al Bach yn angor i'w bodolaeth, Calvin yn esblygu o fod yn fastard i fod yn fwystfil, a hithau'n gweithio'r strydoedd er mwyn cael 'llonydd' oddi wrtho am gwpwl o oriau bob dydd, breuddwydiodd Foxy am y diwrnod hwn. Heb fod yn grefyddol mewn unrhyw ffordd, gweddïodd am y diwrnod hwn, am waredigaeth. A nawr, o'r diwedd, *roedd* hi'n rhydd. Roedden *nhw'n* rhydd.

Trodd Al ar ei gefn gan achosi i'r gorchudd gwely symud. O dan y duvet, er mawr syndod i Foxy, gorweddai .44 Magnum Calvin. Ysgydwodd Al yn dyner er mwyn ei ddihuno ac agorodd yntau'i lygaid yn araf. Trwy'r niwl, gwelodd wên ei fam – gwên a drodd yn ddagrau pan ddywedodd y bachgen ei eiriau cyntaf erioed.

"Sori, Mam," sibrydodd Al yn ansicr.

"Paid ag ymddiheuro, bach. Ni'n rhydd. Nawr dere, rhaid i ni fynd. Chop-chop!"

Cododd Foxy'r gwn a'i roi yn ei bag, cyn helpu Al i wisgo. Yr unig eiddo arall a gymerodd o'r fflat y noson honno oedd palmwydden fach mewn pot – anrheg ben-blwydd gan Al iddi'r flwyddyn cynt. Nid oedd Foxy'n gwybod pryd, o ble, na sut y prynodd ei mab yr anrheg iddi, ond, ar wahân i Al ei hun, dyna'r unig beth yn y byd roedd hi'n becso amdano mewn gwirionedd.

Roedd hi wastad wedi hoffi natur, yn blanhigion ac anifeiliaid – dylanwad ei phlentyndod mae'n siŵr – ac efallai, meddyliodd, y câi hi gyfle i arddio yn y dyfodol a rhoi cartref i gath amddifad neu ddwy. Roedd unrhyw beth yn bosib ar ôl digwyddiadau'r noson honno.

Cerddodd y cwpwl heibio i'r celain heb hyd yn oed edrych i'w gyfeiriad, trwy'r gegin dywyll, ar draws y lino gludiog cyn i'r fam gul agor y drws a syllu allan i'r landin tawel.

"Ti'n barod, bach? Bydd rhaid i ni frysio lawr stâr a mas yn gloi trwy'r drws, ok."

"Ok," atebodd Al; gair di-nod 'nath bron â denu deigryn i lygaid ei fam.

Wedi sicrhau unwaith eto nad oedd neb yno, gafaelodd Foxy'n dynn yn llaw ei mab a rhuthrodd y ddau i lawr y grisiau ac allan i'r nos. Roedd rhyddid yn deimlad rhyfedd, yn llawn ofn hefyd, ac felly arweiniodd Foxy'r ffordd gan gadw at gysgodion tywyll ochrau'r strydoedd. Gyda'r paranoia'n gwneud i'w phen droi a'r bygythiad o weld rhywun a fyddai'n ei hadnabod, cofiodd ei bod hi'n fenyw gefnog heno a daliodd sylw tacsi wrth iddo yrru heibio, a gofyn i'r gyrrwr fynd â nhw i'r orsaf drenau.

Gyda'r amser yn tic-tocian tuag at un y bore, roedd Foxy'n benderfynol o ddal y trên olaf er mwyn gadael y ddinas y noson honno.

Pan gyrhaeddon nhw'r platfform, roedd dewis yn ei haros. Dewis syml, ond dewis hollbwysig. Dwyrain neu gorllewin? Roedd dau drên yn barod i adael mewn mater o funudau; un yn mynd i Gaerfyrddin a Doc Penfro, a'r llall yn anelu am Gaerdydd a Llundain. Ni chymerodd Foxy'n hir i benderfynu. Roedd mynd i'r gorllewin fel rhedeg i mewn i cul-de-sac, tra bod labrinth strydoedd Llundain a bod yn anhysbys yn apelio'n fawr at y ffoadures a'i mab.

Ymlaen â nhw, a dewisodd Al gerbyd gwag ar gyfer eu dihangfa. Wrth i'w phen-ôl boenus gyffwrdd â'r sedd, clywodd Foxy chwiban y gard, wedyn drws yn cau, cyn i'r injan ruo ac i'r trên ddechrau symud. Anadlodd Foxy'n llawn rhyddhad, ond allai Al Bach ddim tynnu ei lygaid oddi ar y goleuadau'n dawnsio yr ochr draw i'r gwydr. Nid oedd e erioed wedi bod ar drên cyn hynny. Nid oedd erioed wedi bod allan o'r ddinas, a dweud y gwir. Roedd ffeithiau o'r fath yn tristáu ei fam, ond eto roedd ei theimladau'n wahanol y noson honno. Yr hyn a roddai'r wefr iddi oedd bod holl bwysau'r byd wedi codi fel balŵn heliwm oddi ar ei hysgwyddau.

Llaciodd ei thyndra ymhellach wrth i'r trên wibio heibio i Bort Talbot a'i simneiau sylffwrig ac wrth i'r brifddinas agosáu gwelodd Foxy'r casglwr tocynnau'n cerdded tuag ati gan agor ei geg yn llydan a chwydu'i flinder i'r nos.

"I don't know if you know…" dechreuodd y dyn, gan chwarae'n ddifeddwl gyda'i beiriant tocynnau trafferthus, "… but this service terminates at Cardiff tonight…"

"But we're going to London!" ebychodd Foxy.

"Not tonight, you're not. Sorry luv, but there's no late night service to London no more. The train was never full, see, so it wasn't worth while, like. Wasn't profitable…"

"B-b-but…" ceciodd Foxy'n ddibwrpas.

"But nothing, sorry luv. You'll have to wait till the morning, like. I know it's a pain, but it wasn't my decision, like. There's an 'otel next to Cardiff Central. Cheap, it is. Quite comfy too. It's called Central 'Otel as it 'appens. Out the station, turn right, can't miss it…"

"Thanks," dywedodd Foxy, heb wybod pam. Roedd hi moyn sgrechian ond roedd yn rhaid iddi ymddangos yn gryf er mwyn Al Bach… er ei mwyn hi ei hun.

"No problem, like. So, what have we here, then? One and a half from Swansea to Cardiff, is it?"

"Yes."

"That'll be one ninety altogether, then."

Ac ar ôl iddi ei dalu am y tocynnau, suddodd calon Foxy. Roedd hi moyn cael cymaint o filltiroedd rhyngddi hi a chorff Calvin y noson honno, ond nawr byddai'n rhaid iddi wastraffu ei hamser prin yn y Central Hotel.

003 PIMP A GIMP

TRWY GWMWL trwchus o fwg Marlboro cyfoethog a lynai uwch ei ben fel niwl boreol uwch llannerch wledig, gwyliodd Gimp Vexl yn chwalu'r tabledi'n bowdwr garw ar fwrdd y gegin. Mewn tawelwch, sugnai'r corrach ac yna alldaflai'r mwg gan ddilyn llaw dde Vexl wrth i hwnnw dorri a thorri'r cyffur yn bowdwr nes iddo fod bron yn barod i'w sugno i fyny eu trwynau.

"I need some sleep, Vex," ceisiai Gimp sibrwd. Roedd ei lais mor uchel fel yr ymddangosai fel petai ei sigaréts wedi'u llenwi â heliwm yn hytrach na'r gwenwyn amrywiol arferol.

"Nah mon," oedd ymateb Vexl, ei fòs, trwy'r dreadlocks tywyll a oedd yn hongian yn Fediwsaidd o'i benglog crachog. "Yah nyeed summe nose up on yah Cyornflakes, mon..."

"Like Frosties, is it?"

"Yah mon," ymatebodd Vexl i gwestiwn twp Gimp, cyn plygu'i ben tua'r bwrdd a sugno llinell swmpus o amffetamin lan ei ffroen chwith, a hwnnw'n ymuno'n syth â llif ei waed gan anfon ias trwy ei gorff am rai eiliadau cyn i'r wefr ddiflannu ac i'r boen yn lle hynny afael yn ei drwyn.

Doedd Vexl ddim wedi cysgu ers tair noson, ac roedd dweud ei fod e 'yn agos at y dibyn' fel dweud bod Iwan Charles 'braidd yn fyr'. Datgan yr amlwg oedd hynny. Wrth i'w drwyn losgi fel tasai ôl-wynt newydd chwythu trwyddo, teimlai Vexl fod y diwedd ar fin dod. Ond dyna fyddai'n digwydd wrth fod yn gaeth i'r un cyffur ag a ddefnyddiai i gaethiwo'i stabl o buteiniaid a gadwai o dan ei reolaeth.

Tabledi teneuo o'r India oedd y gwenwyn – opsiwn rhad, ond effeithiol, o goffrau Elmo Washington, 'Mr Big' Parc Jenner – a oedd yn cynnwys cynhwysyn arbennig na fyddai i'w gael yn y fersiwn Prydeinig o'r pils, sef amffetamin. Wedi i'r boen leihau rhywfaint, suddodd Vexl yn ôl yn y gadair blastig gan fyseddu'r gyllell finiog chwe modfedd a orffwysai'n fygythiol mewn gwain lledr o dan ei gesail chwith.

Rhynnai Gimp wrth wylio'r artaith amlwg ar draws y bwrdd, ond wrth i Vexl basio'r papur ugain ato fe'i cymrodd oddi wrtho a thynhau'r silindr rhwng ei fys a'i fawd cyn hwfro'r llinell arall i mewn i'w system. Llosgai'r crisialau crai y tu mewn i'w ei drwyn gan anfon pêl danllyd o gemegau'n ddwfn i mewn i'w gorff. Crynodd Gimp unwaith eto cyn iddo sylwi ar y cloc digidol yn fflachio ar y ffwrn tu hwnt i gorff aflonydd ei ffrind. 07:17 oedd yr amser a fflachiai arno, ond trwy niwl y cyffuriau, a'i sbectol haul nad oedd byth ymhell o'i drwyn a'r cymylau parhaol o fwg, allai Gimp ddim bod yn hollol sicr o hynny. Amser brecwast oedd hi i bobl normal... ond wedyn doedd dim byd *normal* am fywydau'r dihirod hyn.

Am ddwy funud eisteddodd y pâr mewn tawelwch, gan dynnu drwy eu trwynau fel morgrugysorion boliog wrth domen termitiaid tyrog, gan sicrhau fod pob crisialyn bach yn cyrraedd llif eu gwaedlif.

Gyda'r bore erbyn hyn yn ei lawn ogoniant y tu allan i'r ffenest, cafodd y tawelwch ei dorri gan sŵn traed yn camu'n ofalus o un o'r ystafelloedd uwch eu pennau. Mewn ymateb i'r camau, tynnodd Vexl ei gyllell a'i lleoli'n ofalus ar y bwrdd o'i flaen, lle roedd Gimp wrthi'n brysur yn llyfu gweddillion eu gwledd o gyffuriau fel llo'n llarpio llaeth.

"Yuh shore yuh lyocked de door, mon?" sibrydodd Vexl mewn llais a oedd yn llusgo'i draed ym Môr y Caribî, gan wrthgyferbynnu'n llwyr â'i groen gwyn blotiog a'i wreiddiau yng Nghanolbarth Lloegr.

"Course I fackin' did. Vat's an integral, if not ve most important, part of ve scam, innit," dywedodd Gimp, wrth i'r traed symud yn ansicr i lawr y stâr.

Roedd y cynllun roeddent ar fin ei roi ar waith yn un syml – hynny'n ffodus o gofio fod pennau'r ddau mor lluddedig oherwydd y speed a ruthrai drwy eu systemau. O leiaf unwaith y mis, ond yn amlach weithiau gan ddibynnu ar eu sefyllfa ariannol, byddai Vexl, Gimp ac un o'r merched yn cydweithio ac yn twyllo cwsmer er mwyn gwneud elw ychwanegol. Dewisodd y ferch, Miss Scarlett ar yr achlysur hwn, gwsmer amlwg – ddim un o'r regulars ac fel arfer dyn parchus, cefnog yr olwg na fyddai byth yn datgelu'r hyn a ddigwyddai drwy redeg at yr heddlu. Y noson cynt, roedd Miss Scarlett wedi ychwanegu Amytal hylifog – sef tawelydd cryf, diolch unwaith eto i Mr Washington – at ddiod y cwsmer cyn ei ffwcio'n wyllt a'i wylio'n cwympo i drwmgwsg yn ei gwely. Wedyn, yn gynnar fore trannoeth, sleifiodd Vexl a Gimp i'r tŷ gan aros yno tan iddyn nhw glywed y traed ar y landin, tan y byddai'r gleren yn hedfan yn ddall tua'u gwe wenwynig.

Gwenodd y ddau ar ei gilydd wrth glywed y gŵr yn tynnu ar y drws ffrynt ac yn methu'i agor. "Shit," mwmiodd, cyn cripian tua'r drws cefn, i'r gegin ac at Vexl a Gimp.

Agorodd y dyn y drws a rhewi yn yr unfan wrth i'r pâr edrych arno gan ysgwyd eu pennau mewn cytgord.

"Good morning, sir," medda Gimp gan ddynwared butler mewn plasty crand yn oes Fictoria, yn hytrach na chorrach dieflig mewn tŷ teras yn y Barri.

"G-g-g-good m-m-m-morning," atebodd y dyn trwy geg sych gan fwytho'i ben â'i law. Wedyn tawelwch, wrth i'r tri edrych ar ei gilydd. Roedd y dyn yn ysglyfaeth perffaith – canol oed, parchus, yn gwisgo siwt ddrud, sgidiau'n sgleinio a modrwy briodas ar ei law chwith – a heb os yn ddewis da gan Miss Scarlett. Roedd Vexl yn falchach byth wrth weld bod ei groen mor frown â Mars Bar. Byddai'n cael pleser wrth wacáu ei gyfrif banc. Un o brif hobïau'r pimp oedd cam-drin y croenddu – ar lafar yn bennaf, ond yn gorfforol pan gâi'r cyfle – a hynny mor amlwg eironig wrth glywed ei acen chwerthinllyd.

"Wudjah like a cuppatee, mon?" gofynnodd Vexl, a'i acen wedi'i throchi yn Trenchtown, gan fasgio'r coegni a drysu'r dyn a safai o'i flaen. Er ei hiliaeth amlwg tuag at unrhyw un nad oedd yn groenwyn, ni allai Vexl ei atal ei hun rhag siarad fel hynny. Dysgodd bopeth am ei broffesiwn rhwng cloriau llyfrau Iceberg Slim, a phopeth am gyfathrebu o records reggae. Yn amlwg, mae Vexl ynfytyn dryslyd o'r radd flaenaf.

"Ye... I mean no... thanks... I've got to go... work... wife..."

"Then yah gotsta pay, mon," meddai Vexl gan fyseddu'r gyllell a sgleiniai rhyngddynt ar y bwrdd.

"But I paid up front. Eighty pounds."

"Fah one hour…"

"B-but…"

"But nuffin, my bruvva," meddai Gimp y tro hwn, gan ystumio tuag at y gyfrifiannell a ymddangosodd o nunlle, fel cwningen o het consuriwr, yn ei law.

"Eighty notes an hour, and you've been 'ere 'ow long, mate?"

"Eight," Vexl atebodd ar ei ran.

"Six hundred and forty nicker it is ven. Ok?"

Dechreuodd y dyn ysgwyd ei ben i ddangos ei anghytundeb ond sylweddolodd mewn da bryd nad oedd pwynt gwneud y fath beth; roedd yn buteiniwr digon profiadol i wybod nad oedd pwynt pledio. Doedd dim gobaith gadael y tŷ heb dalu. Derbyniodd ei ffawd ac estyn ei gerdyn credyd a'i dal i fyny o flaen y ddeuawd.

"Nah cyards, mon," meddai Vexl.

"Cheque?"

"No," y ddau'n unllais. "No fackin' cheques. What d'you fink vis is, fackin Tescos?"

"Then I'm afraid I can't pay you…" meddai gan bocedu ei garden.

"Don' be foolish, mon…"

"Haven't ya heard ov cash machines?" holodd Gimp cyn i'r ddau godi ar eu traed ac arwain y dyn allan trwy'r drws ffrynt i'w gar, gan ei orfodi i'w gyrru i'r twll agosaf, ger y Tesco Metro rownd y gornel, fel roedd yn digwydd.

Sgleiniai'r gyllell yn haul isel y bore a'r cymylau bythol o geg Gimp yn llygru crombil y car, wnaeth y dyn du ddim teimlo'n grac oherwydd ei dynged, jyst teimlo'n ffŵl am gael ei ddal fel hyn. Yn y fan a'r lle tyngodd lw, os na châi ei ddal gan ei wraig y tro hwnnw, na fyddai e byth eto'n mynychu hwrdy arall gydol ei oes.

Gyda'r gyllell yn ei gyfeirio allan o'r cerbyd, aeth Vexl yn gwmni iddo gan adael Gimp yn gorweddian yng nghefn y car yn chwarae gyda'r ffenestri lectrig fel rhyw blentyn anghenion arbennig ar drip ysgol. Wrth y peiriant, ar y stryd dawel a oedd yn araf ddihuno, gwnaeth y gŵr fewnbynnu ei garden a dilyn y cyfarwyddiadau. Ond, pan wrthododd y peiriant chwydu mwy na £400 i'w gyfeiriad dechreuodd gael panig.

"What now?" gofynnodd i Vexl.

"Yuh t'ink yuh gets away dat easy, mon? Nah, nah. Not so easy. Use anotha cyard, mon. Is simple. Chop-chop," atebodd hwnnw gan ddangos y cledd a oedd yn cyd-fynd yn effeithiol gyda geiriau olaf ei frawddeg.

"Yes, of course," meddai'r dyn, fel petai newydd gofio fod ganddo gerdyn arall. Fe wnaeth ffwmblan yn ei waled cyn tynnu £400 arall o gyfrif ei gerdyn Visa, a chipiodd Vexl y cyfan o'i afael.

"But you said six forty!" protestiodd y gŵr, gan wneud i Vexl floeddio chwerthin wrth ailymuno â Gimp yn y cerbyd.

"Home James" meddai hwnnw wrth i'r gyrrwr ail eistedd y tu ôl i'r olwyn. Taniodd y gŵr yr injan a theithiodd y triawd tua'r tŷ teras di-nod ger ffair flinedig Ynys y Barri.

Wedi i'r gŵr eu gadael tu fas i'r tŷ, dychwelodd y ddeuawd i'r gegin lle estynnodd Vexl yn reddfol am ddwy dabled arall. Wedi bore llwyddiannus, roedd yn bryd dathlu. Ymhen dim gorffwysai dwy lein arall o grisialau ar y bwrdd o'u blaen, gan wneud i Gimp grynu unwaith eto wrth edrych arnynt. Yn ddiseremoni, rholiodd Vexl bapur ugain ffres o'r peiriant cyn plymio am y powdwr. Gan daflu ei dreads yn ôl mewn ymateb i'r llosg yn ei drwyn, arhosodd i'r gwefrau gallio cyn pasio'r papur i Gimp. Wedi munud o oedi wrth i Gimp awchu am wrthod, edrychodd Vexl arno, gyda'i lygaid mor goch â'r Môr Coch a'r hen graith ar ei foch yn dychlamu o dan wasgedd y whizz.

"Eh dere, bad bwoi, watcha waitin' for? We nyah got all day, mon..." oedd yn gelwydd amlwg, ond eto'n ddigon o hwb i wthio trwyn Gimp tuag at ford y gegin.

Ar ôl i'r crisialau losgi ei ffroenau gan ddenu gwaed metelaidd i gefn ei geg, diflannodd yr amser o dan eu tinau a'u traed wrth i'r cyffur ruthro a rhuo trwy eu gwythiennau.

Cynnodd Gimp sigarét arall wrth i Vexl rolio joint a briwsioni pilsen arall i gyd-fynd â'r tybaco a'r skunk melys. 11:03 fflachiodd y cloc trwy'r niwl; yr amser perffaith i ddianc rhag cam-drin parhaus Vexl. Cododd y corrach a heb ddweud gair gadawodd y gegin a dringo'r grisiau tuag at ystafell Vicky Rosé.

Gwelodd Vexl e'n gadael, ond ni ddwedodd 'run gair. Roedd e'n gwybod yn iawn ble'r oedd Gimp yn mynd ac o fewn munud daeth cadarnhad ei fod wedi cyrraedd ei gyrchfan ar ffurf sŵn penfwrdd gwely Vicky'n clec-clecio'n erbyn wal ei hystafell uwch ei ben. Doedd e ddim yn hoffi'r hyn a wnâi Gimp – rheol gyntaf y gêm hon yw 'peidiwch â chysgu gyda'r merched sy'n gweithio i chi'. Ond nid oedd am wadu greddfau Gimp chwaith – roedd e mor rhyfedd yr olwg, bydde fe'n stryglan am gyffro corfforol tase fe ddim yn adnabod Vicky Rosé. Ffurfiodd darlun du a gwyn ym mhen Vexl – freak show go iawn gyda Gimp y corrach (wel, efallai ddim *corrach* corrach ond roedd e *yn* foi byr uffernol) yn marcho Vicky'r butain bydredig mor frwdfrydig â Frankie Dettori'n anelu am y llinell derfyn ar gefn Sergeant Cecil. Roedd y cyfuniad o'r bangio, y mwmian perlewygol – o geg Gimp yn hytrach na'r butain – a'r cemegau yn ei waedlif yn hypnoteiddio Vexl ac o ganlyniad pan ymddangosodd Miss Scarlett yn y gegin a llenwi'r tecell sylwodd mo Vexl arni. Roedd hynny'n rhyfeddod o gofio bod Miss Scarlett yn wefreiddiol o ran ei siâp a'i phrydferthwch.

"You wanna cup o' tea, Vex?" holodd y butain ifanc gan gipio Vexl o'i feddyliau x-rated yn ôl i'r gegin fach ac at y ferch a safai o'i flaen mewn hot pants pitw a crop top llai.

Yn fud a braidd yn ddryslyd, llwyddodd Vexl i ysgwyd ei ben mewn ymateb. Wedi blynyddoedd o gam-drin amffetaminau ar raddfa ddiwydiannol, doedd y cyffur ddim yn cael yr effaith arferol arno mwyach – sef parablu parhaus a dolur rhydd llafar. Gwyliodd y pimp y butain yn troi ei chefn arno er mwyn gwneud paned o de iddi hi ei hun. Roedd ei hot pants mor fyr nes bod bochau ei thin yn pipo arno o dan y defnydd sgleiniog. Yn 19 oed, gyda'i gwallt hir melyn a'i llygaid mor las â'i phroffesiwn, bu Miss Scarlett gyda fe ers tri mis bellach. Daethai o hyd iddi hi yn y ffordd arferol, sef y tu allan i orsaf drenau Caerdydd Canolog, ar goll ac yn edrych am rywbeth, am rywun, i roi lloches iddi. Heb fawr o brofiad, datblygodd Miss Scarlett yn butain o'r radd flaenaf ac yn llawn haeddu'i dyrchafiad i buteindy arall Vexl yn ardal Riverside, Caerdydd. Wrth wrando ar Miss Scarlett yn hymian tôn hypnotig ddiweddaraf Ms Minogue yn dawel dros y stafell, meddyliodd pa mor fodlon oedd e gyda'i 'stabl'. *Nah bad, fo' a y'ung Dread fro' Dudley*, meddyliodd wrth ystyried ei lwyddiant.

Roedd ei stabl o'r maint perffaith – pum putain yn gweithio mewn dau dŷ mewn dwy dref – er mwyn rheoli'r merched a gwneud digon o arian i dalu am ei ddrwg arferion amrywiol. Ym marn Vexl, roedd stablau mwy o faint yn creu trafferthion, a gyda'i feddwl ar chwâl y peth olaf fyddai ei angen arno oedd trafferth.

"So you gots anyone lined up to take my place then, Vex?" gofynnodd Miss Scarlett gan eistedd gyferbyn ag ef wrth gyfeirio at ei dyrchafiad i buteindy'r brifddinas.

"Yeah, nana, I gotta sweet young t'ing a waitin," atebodd Vexl, gan ddweud celwydd. Doedd ganddo neb i gymryd ei lle gan na fyddai Vexl byth yn cynllunio ar gyfer y dyfodol mewn unrhyw ffordd. Byw o ddydd i ddydd oedd ei realaeth – goroesi, dyna i gyd. Yn sydyn cofiodd am y sbliff a roliodd yn gynharach, felly cododd y mwgyn a'i danio gan lenwi'r gegin â mwg drewllyd annaturiol. Trwy'r cwmwl, gwerthfawrogodd y pimp Miss Scarlett unwaith eto. Tasai e'n gallu cael codiad, fydde dim ots 'da fe dorri rheol bwysicaf ei gêm fan hyn nawr yn y gegin fach. Ond, gyda'i goc yn debycach i falwen grebachlyd, doedd dim pwynt hyd yn oed meddwl am y fath bethau.

"Here's that eighty from last night," dywedodd Miss Scarlett, gan gymryd y sbliff o law Vexl. "Did you catch him on the way out?"

"Ah yeah," meddai Vexl, a gwenu gwên gam wrth gofio.

"Did you like him? I chose him specially for you… sort of like a thank you…"

Diolch am beth, nid oedd Vexl yn gallu dyfalu gan ei fod e'n trin y merched hyn fel baw. Ond, roedd e *yn* gwerthfawrogi ei dewis, er na fwriadai ddangos hynny i'r butain; bydde hynny'n arwydd o wendid. Roedd Miss Scarlett yn enghraifft o butain fodlon, ddidrafferth a phroffesiynol. Tasai pob merch fel hi, basai bywyd gymaint yn haws ei fyw. Byddai'n gas gan rai merched orfod trosglwyddo eu harian iddo, a dyna pam y byddai Vexl yn cario'r holl gyllyll. Roedd bygythiad bach gyda'r llafn yn ffordd hawdd o gadw trefn, a doedd Vexl ddim yn ofni defnyddio'i arfau chwaith. Roedd cadw rheolaeth ar ei stabl yn hollbwysig, ac roedd cymryd eu harian a'u cadw'n gaeth i gyffuriau yn ffordd effeithiol o gael trefn ar y merched. Wedi'r cyfan, Vexl fyddai'n gorfod talu'r rent, talu'r biliau, talu Elmo...

Cleciodd pen gwely Vicky Rosé'n wyllt am ddeg eiliad wrth i Gimp, o'r diwedd, saethu'i lwyth yn y llofft gan ebychu'r un geiriau o'i geg – "Ohhhhhhhhhhhhhhh Mommmmmmmmma!" – ag y clywsai Vexl ormod o weithiau dros y blynyddoedd diwethaf. Ac yna dychwelodd tawelwch i'r tŷ. Roedd Vicky'n enghraifft dda o butain anhapus, mewn gwrthgyferbyniad i Miss Scarlett, ond wedyn roedd y ffaith fod ganddi HIV yn siŵr o chwarae ar ei meddwl gwan, llygredig gan gyffuriau. Edrychai'n hagr yn allanol a'i chraidd yn araf bydru wrth i'r pils teneuo, a'r clefyd eithaf, ei throi'n sgerbwd a'i sbaddu. Byddai'n cwyno'n uchel ei chloch oherwydd y ffordd y câi ei thrin gan Vexl, ond gwyddai hefyd na fyddai neb arall yn ei chymryd a'i chyflogi. Hyd yn oed pe na bai'n gaeth i gyffuriau, fyddai Vicky Rosé ddim yn gallu gadael y stabl hwn.

"When we goin' to Kaadiff then, Vex?"

"A'soon as dis pair are done de bashment..." esboniodd Vexl, gan ddangos ei ddirmyg tuag at Gimp a Vicky.

"Well, I'm ready to go when you is," atebodd Miss Scarlett, er na wnaeth hi wir ddeall yr hyn a ddywedodd Vexl. Ac mewn gwirionedd, wedi blynyddoedd o gam-drin cemegau, roedd y Rasta gwyn ei hun yn ei chael hi'n anodd deall beth a ddywedai ar adegau.

"Tha's cool." A gyda'r sbliff yn pasio rhyngddynt, ymddangosodd Gimp a Vicky Rosé yn y gegin – Gimp yn gwenu o glust i glust gyda chymylau'n llifo ohono fel mwg o simne trên stêm, a sgerbwd Vicky'n rhynnu'n dawel wrth i'w ffroenau arogli'r cemegau'n arnofio yn yr awyr.

"Is 'at what I thinks it is?" gofynnodd, gan gyfeirio at y sbliff a oedd yn cyflym gyrraedd diwedd ei fodolaeth.

"Ere you are, luv," meddai Miss Scarlett, gan basio'r stwmpyn i'w chyfeiriad. Tynnodd Vicky'n galed gan ddenu'r mwg yn ddwfn i mewn i'w sgyfaint ac o ganlyniad diflannodd y cryniadau bach na allai eu rheoli.

"Ahhhhhhhhh," ochneidiodd wrth i'r mwg chwydu ohoni. "Who wants a cuppa then?"

"Too right, dolly, milk three sugars, innit," meddai Gimp.

"Nah time, mon, we best be shiftin'…" dywedodd Vexl gan godi ar ei draed a gwasgaru'r haen o fwg â'i wallt gwyllt.

"You off already, is it? Fackin 'ell, you could 'ave told me… come ere, luv," meddai Vicky gan dynnu Miss Scarlett ati a'i chofleidio. Yn hytrach nag aros i wylio'r olygfa, cerddodd Vexl a Gimp tua'r car ar ôl i Vexl adael llond dwrn o dabledi ar y bwrdd i gadw Vicky'n effro am weddill y dydd. Wrth gamu i mewn i'r cerbyd, trodd Vexl at ei bartner.

"D'yuh gyet da loot, mon?"

"I always get ve loot, bruvva, vat's why you hired me…" atebodd Gimp, gan ddal dros ddau gan punt o goffrau Vicky i fyny o flaen gwyneb Vexl. Nid oedd gosodiad Gimp yn hollol wir, gan nad oedd Vexl wedi ei *heirio* o gwbl. *Safio* Gimp wnaeth e. Roedd Vexl wedi achub Gimp o ddaeargell dywyll lle câi'i gadw fel caethwas rhyw mewn clwb S&M yn Llundain bron i ddegawd yn ôl bellach. Dyna'r rheswm pam y bu'n rhaid iddo symud i dde Cymru; rhaid oedd dianc gan fod perchnogion Gimp ar ei drywydd. Ceisiodd Vexl gael gwared arno nifer o weithiau ers 'ny ond erbyn hyn roedd e wedi dod i arfer â'r corrach… a hyd yn oed wedi tyfu'n hoff ohono i ryw raddau. Byddai Gimp yn lot o help iddo' a dweud y gwir, ond fyddai Vexl byth yn dangos hynny iddo. Rhaid oedd cadw Gimp o dan yr un rheolaeth â'r merched.

Ymunodd Miss Scarlett â nhw gan dynnu ei chês ar olwynion y tu ôl iddi. Roedd ei bywyd yn ffitio'n daclus i mewn i gês bach ond roedd hi'n llawn cyffro am ei bod yn cael symud i'r brifddinas. Rhyw fath o faes ymarfer oedd puteindy'r Barri, gyda Vexl yn rhoi cyfle i ferched dibrofiad yno cyn eu symud i Gaerdydd at y cwsmeriaid mwy dethol. Yn amlwg, oherwydd ei chyflwr (gweledol a chorfforol) fyddai Vicky byth yn cael dyrchafiad, ond roedd Miss Scarlett yn llawn haeddu ei chyfle. Bu'n boblogaidd iawn dros y misoedd diwethaf, ac yn barod iawn i wneud beth bynnag y gofynnid iddi. Yn ogystal, roedd hi'n hawdd ei rheoli a heb fod yn gegog. Y butain berffaith, efallai.

Roedd yna un broblem yn codi o'r sefyllfa, sef bod angen llenwi ei hystafell cyn gynted ag oedd modd, gan nad oedd y pimp eisiau colli unrhyw arian nac elw drwy adael stafell yn wag. Gobeithiai Vexl ddychwelyd i'r Barri cyn diwedd y dydd gyda chaseg newydd i ymuno â'r stabl, caseg fel Miss Scarlett pe bai hynny'n bosib.

Gyrrai Vexl y triawd i 12 Gerddi Merches, o fewn tafliad carreg i Stadiwm y Mileniwm yng Nghaerdydd, heb unwaith yrru dros y cyfyngiad cyflymdra. Wedi ffeindio lle addas i barcio, gadawodd y tri'r car ac anelu am gegin fach y tŷ teras yng nghefn yr adeilad. Y peth amlycaf wrth agor y drws ffrynt oedd y sŵn – pen-fyrddau'n cnocio, lleisiau'n datgan eu boddhad – ac wedyn yr arogl, yn diferu'n nwydus o'r ddwy ystafell brysur yn y llofft.

Ac yntau'n eistedd yn y gegin, gwenai Vexl wrth glywed sŵn y busnes cynnar. Roedd y gangen yma o'i ymerodraeth yn fwy proffidiol na'r un yn y Barri, a byddai'n rhaid i Miss Scarlett weithio ychydig bach yn fwy caled fan hyn nag yr arferai ei wneud cynt.

Eisteddodd y tri mewn tawelwch gan wrando ar y synau awgrymog yn llenwi'r tŷ. Wedi lein yr un o gemegau cras, gyda'r awyr yn drwch o fwg, clywent sŵn traed yn disgyn tua'r drws ffrynt a chwsmer hapus arall yn gadael yn ysgafnach ei geilliau na phan gyrhaeddodd. Agorodd drws y gegin ac ymddangosodd Leanne o'u blaenau'n fronnoeth, yn gwisgo dim byd ond panties bach porffor â smotiau gwyn.

"All right, I didn't hear you come in," dywedodd, gan gamu i'r gegin heb wneud unrhyw ymdrech i orchuddio'i bronnau.

Leanne oedd prif butain y stabl, yn 26 oed erbyn hyn ac wedi bod ym meddiant Vexl ers dros bum mlynedd. Roedd ei chorff yn eiddil a'i chroen yn dynn o gwmpas ei hesgyrn, ei gwallt coch yn rhydd heddiw ac yn rhaeadru dros ei hysgwyddau fel afon Taji adeg y lladdfa flynyddol.

Trwy'r mwg a thywyllwch ei sbectols haul, syllodd Gimp arni. Ond ni sylwodd Leanne arno'n gwneud. Roedd hi'n rhy brysur yn syllu ar Miss Scarlett.

"Dis be Miss Scarlad," dywedodd Vexl fel cyflwyniad.

"Mmmmmmmmm-hmmmmmmmm," mwmiodd Leanne, gan wenu ar y gaseg newydd... ebol, a dweud y gwir. "Stand up girlie and let me take a look at you," gorchmynnodd Leanne ac ymatebodd y butain ifanc ar unwaith. Camodd Leanne ati gan sniffian ei gwallt a mwytho'i chorff. Symudodd un llaw tua'i chedorau gan eu rhwbio'n ysgafn ac anfon gwefrau ledled corff Miss Scarlett. Caeodd ei llygaid gan fwmian yn dawel. Anwybyddodd y ddwy y ddau ddyn a eisteddai wrth eu hymyl gan fwrw ati i gusanu ei gilydd yn y fan a'r lle. Cododd Vexl gan ystumio ar Gimp i adael hefyd.

"No fackin way, mate. I'm stayin' for vis!" ebychodd yn wyllt gan fwytho'i bidlen o dan y bwrdd.

"Now!" bloeddiodd Vexl, gan orfodi Gimp i ufuddhau. Dilynodd e Vexl tuag at y drws ffrynt gan edrych 'nôl dros ei ysgwydd ar yr olygfa a gweld Leanne ar ei phengliniau'n cael gwared ar hot pants Miss Scarlett er mwyn cloddio'i gwefusau gyda'i thafod busneslyd.

"You're such a cunt sometimes, Vex! Why d'we have to leave when fings are just starting to get interesting?" cwynodd Gimp fel plentyn.

"We gots work to do, mon," esboniodd Vexl wrth iddo danio injan y modur a gyrru'r chwarter milltir i orsaf drenau Caerdydd Canolog.

Wedi parcio yn eu lle arferol reit y tu fas i'r brif fynedfa, lle nad oedd hawl aros am dros ugain munud ar unrhyw adeg, popiodd y ddau bilsen yr un, cynnu sigaréts ac eistedd 'nôl i wylio.

"Say batty bwoy, keep dem eyes peeled for ah lovelee little Welsh lamb," dywedodd Vexl.

Yno oedd y lle gorau yn y ddinas i ddod o hyd i ferched ar goll a hwythau'n edrych am gymorth ac am le i aros. Fu dim rhaid iddyn nhw aros yn hir tan iddyn nhw weld eu targed. Allan o'r orsaf daeth merch dal tua 18 oed gyda gwallt cyrliog melyn yn tynnu cês ar olwynion. Roedd hi mor debyg i Miss Scarlett nes y bu bron i Vexl dagu ar ei fwg.

"Der she be, mon. Yah knah what to do," ac allan â Gimp gan anelu'n syth amdani.

004 **ANGEL UFFERN**

LLOSGAI LLYGAID Tubbs wrth iddo droi oddi ar y drafffordd ac anelu am Gaerffili a tharged nesaf ei daith adref o ganolbarth Cymru, sef pencadlys y Banditos yn Rudry y tu hwnt i dref y caws. Fflachiai golau'r ffyrdd heibio'n ddi-siâp a braidd yn rhy llachar i lygaid trwm Tubbs, ond ymlaen yr aeth gan ffocysu ar yr hyn fyddai ar ben y daith – ei wely cyffordddus, clyd a chwmnïaeth ei chwech o gathod.

Wedi gyrru'n araf trwy ganol y dref, gan wylio meddwon yn crwydro'r strydoedd, yn bwyta kebabs neu'n edrych am dwll i balu ar ddiwedd nos, fe'i cafodd ei hun allan yn y wlad – a oedd wedi hawlio'r tir yn ôl oddi wrth 'ddatblygiadau' dynol ryw.

Wrth dafarn y Maen Llwyd, trodd Tubbs i'r dde ac anelu trwyn y car bach am Lysfaen, ond ar ôl rhyw hanner milltir trodd y Polo'n ofalus oddi ar y ffordd wledig gan gymryd trac anhysbys, heb unrhyw arwydd, drwy'r coed trwchus i'r tywyllwch. Er na allai Tubbs weld cartref ei blentyndod trwy'r prysgwydd, llifai'r atgofion am ei fam yn ôl gan aflonyddu'i enaid. Digwyddai hynny bob tro pan deithiai'r ffordd honno.

Dyma dir ystad T-Bone lle magwyd Tubbs yng nghwmni ei fam a'i fentor – y fan y bu hi mor anodd iddo ddychwelyd iddo ar ôl colli ei fam. Daliai Tubbs i ryfeddu sut y gallai T-Bone barhau i fyw yno. Ond roedd galar yn effeithio ar bawb mewn ffyrdd gwahanol, ac roedd y ffaith fod T-Bone yn rhedeg busnesau amrywiol y Banditos o'r lle'n ffactor amlwg hefyd.

Cofiai Tubbs yr adeg pan symudodd T-Bone ei bencadlys yno, 'nôl tua '84. Cyn hynny, hen lecyn diwydiannol yn ardal Tremorfa yn y brifddinas oedd canolfan gweithgareddau'r Banditos, ond ar ôl i Tesco brynu'r tir hwnnw er mwyn troi'r lle'n archfarchnad anferthol i fwydo'r tai coch unffurf newydd cyfagos bu'n rhaid i T-Bone a'i griw ffeindio cartref newydd... a daeth yr arweinydd o hyd i'r lle perffaith.

Roedd T-Bone yn ddyn cyfoethog – roedd e'n ddyn cyfoethog

hyd yn oed pan gyfarfu Tubbs â fe gyntaf flynyddoedd yn ôl, felly rhaid ei fod yn gyfoethocach byth erbyn hyn. Ymgasglodd yr arian dros y blynyddoedd, wrth iddo ymwneud â meysydd proffidiol fel gwerthu cyffuriau ac arfau a sicrhau diogelwch i gwmnïau preifat ac unigolion am bris uchel. Erbyn heddiw, daliai'r hen ddyn i arwain y gangen mewn amryw o fentrau newydd, gan lwyddo ar bob achlysur. Byddai T-Bone wastad yn gwneud elw. Dyn clyfar. Dyn didostur hefyd. Cyfuniad peryglus. Cyfuniad proffidiol. Roedd e'n byw ar ei ben ei hun ym mhen pella'r ystad mewn plasty yn cynnwys deg ystafell wely. Ond treuliai'r rhan fwyaf o'i amser yn ei swyddfa yng nghlwb y beicwyr. Fel fampir, byddai'r hen ddyn yn osgoi golau ddydd. Dim ond yn y nos y byddai'n gyffyrddus: cysgodion oedd ei flanced, a thywyllwch oedd ei botel ddŵr poeth.

Yn araf ac yn ofalus gyrrodd Tubbs ei gar i lawr y dreif droellog – a oedd fel rhyw borth i fyd arall, rhyw realiti cyfochrog na fyddai pobl 'normal' yn cael y cyfle i gael y profiad ohono – gan glywed llais ei fam yn galw arno o'r coed wrth i'r rheiny gau o'i gwmpas. Ysgydwodd ei ben a rhwbio'i lygaid i atal yr artaith gan arafu wrth fynediad y clwb.

Yn sefyll wrth yr iet awtomatig roedd dau wyneb cyfarwydd: Chewbacca a Skid Row. Gyda'u gwisgoedd o ledr tywyll, gwallt fel Terry Nutkins (tynged nifer o Angylion wrth gyrraedd eu canol oed), ac yn cario Kalashnikov yr un dros eu hysgwyddau, roeddent yn cwrso sbliff mor drwchus â braich babi rhyngddynt. Gallai'r ddau fod yn fygythiol i'r mwyafrif o bobl, ond doedd dim rhaid i 'fab y bos' fecso am bethau felly.

I lawr â'r ffenest, cyn cyfnewid ambell air o gwrteisi. Yr arferol – "how's things, Tubbs?", "late one tonight" – ond dim byd dwys, dim byd o bwys; ac roedd hynny'n siwtio Tubbs i'r dim gan y byddai'r alwad yno'n un fer. Byddai'n rhaid i'r cawr gysgu, cyn y deuai'r wawr.

Tu hwnt i'r porth, o fewn hanner can metr, cyrhaeddai'r trac cul trwy'r coed faes parcio'r pencadlys a oedd yn go lawn y noson honno ac yn gartref i lu o feiciau drudfawr. Yn grôm i gyd ac yn sgleinio o dan drem y lleuad lawn, deuai'r olygfa â deigryn bron, i lygad Tubbs… Byddai ei emosiynau o hyd yn amlycach ar ôl iddo gyflawni cytundeb, ac roedd dychwelyd i'r lle hwn, yn llawn o atgofion am ei fam, yn gwneud pethau'n waeth o lawer.

Ar ochr bella'r maes parcio, safai pencadlys y Banditos yn fyw gan gyrff, cerddoriaeth a gormodedd o destosteron. Roedd yr adeilad yn rhannol agored yn y tu blaen, gan wneud y bar yn weladwy i'r byd. Yng nghefn yr adeilad roedd swyddfa T-Bone, felly gwyddai Tubbs y byddai'n rhaid iddo frwydro trwy'r cyrff cyfarwydd; a dyna'r peth diwethaf roedd am ei wneud heno. Bu bron iddo droi'r cerbyd yn ôl ac anelu am adref, ond gwnâi fwy o synnwyr iddo gyflawni'i dasg gan ei fod e yno.

Wrth iddo barcio'r Polo'n ofalus clywodd Tubbs gwpwl o leisiau'n sgwrsio'n uchel wrth iddynt adael y clwb. Daeth y trafod i ben yn sydyn wrth i'w sylw meddw droi at gerbyd Tubbs.

"Check this out, Sparkplug!" mynnodd un yn slyrian ei eiriau ar ôl noson ar y Newkie Brown. "What the fuck is this shit? A fuckin' Veee Dubla …" dywedodd a gwatwar hysbyseb deledu a ymddangosodd rai blynyddoedd yn ôl. "I'm gonna get my fuckin crowbar to teach this freak a fuckin' lesson…"

"Shuddup, Monkeyman, and get on yer fuckin' hog," sibrydodd y llall wrth i Tubbs agor ei ddrws a gwingo o dan boen y tatŵ ar ei goes.

"Fuck off, Sparks, anyone who drives a fuckin Polo deserves a pasting, and this joker's no different…"

"Shut the fuck up, yuh twat, before you get us both fucked up!"

"What?" gofynnodd Monkeyman, gan aros i feddwl am eiliad. Roedd tôn llais ei bartner yn gwneud iddo bryderu braidd… ac wedyn gwelodd y rheswm dros ei bryder wrth i Tubbs sythu yng ngolau'r lleuad a nodio'n fud i'w cyfeiriad.

"S-s-s-sorry, Tubbs, he didn't mean it…" plediodd Sparkplug, gan brocio Monkeyman tuag at eu beiciau.

"Shit, Tubbs, what can I say. Sorry dude, I'm a bit wrecked up, that's

all. Meant nothing by it, like… love your car…" esboniodd Monkeyman yn wanllyd wrth i'r ddau fowntio'u meirch metelaidd a thanio'r bwystfilod.

"No worries," mwmiodd Tubbs wrth gerdded heibio. Clywodd y beiciau'n gweryru wrth iddo edrych dros ei ysgwydd a gweld y ddau feddwyn yn diflannu'n sigledig i dywyllwch y coed.

Camodd Tubbs i mewn i'r clwb, a oedd yn llawn y noson honno ond heb fod yn orlawn, gyda'i gamau blinedig yn dal i arddangos yr hyder anymwybodol hwnnw a âi law yn llaw â bod yn 'fab y bos' ac yn ddyn caled. Fel arfer, wrth ymweld â T-Bone a'r clwb fyddai gan Tubbs ddim arf. Fyddai e byth yn cario'i wn yn ddiangen, felly dim ond pan fwriadai'i ddefnyddio y byddai'r arf yn gweld golau ddydd (neu, yn fwy cyffredin, dywyllwch nos). Roedd gan y gwn ryw bŵer anesboniadwy drosto, pŵer na fyddai Tubbs yn hoffi ei ystyried yn rhy aml. Yn sicr, roedd y gwn yn golygu gormod iddo. Yn sicr, gwyddai'r gwn ormod amdano...

Er nad oedd yr adeilad yn hen, byddai'n ei atgoffa o hen luniau o siediau'r Angylion adeg oes aur y 70au cynnar. Roedd y tu fewn yn rhyw fath o hanner garej a hanner tafarn, a'r waliau'n talu teyrnged i'r brodyr oedd wedi cwympo ar hyd y daith. Ei fwriad oedd cyfarfod T-Bone a gadael yn gloi. Aeth heibio i'r byrddau pŵl gan gyfarch y gwynebau cyfarwydd drwy nodio'i ben. Dynion blewog oedd ym mhobman, mewn lledr a denims, a'u cyrff yn dripian o datŵs a booze. Brwydrai'r testestoron a mwg melys ganja'r beicwyr yn yr awyr am yr hawl i herio'r chwys a bod yr elfen fwyaf haerllug yn yr amgylchedd glos. Gwnâi'r aroglau i Tubbs deimlo'n gartrefol ryw ffordd, ar ôl oes yn eu cwmni.

Roedd Tubbs ar fin dianc oddi wrth y dyrfa a chwblhau cam cyntaf ei dasg, sef cyrraedd swyddfa T-Bone heb orfod stopio i sgwrsio â neb. Ond, wrth basio'r murlun oedd yn portreadu logo'r Banditos – sef cysgodlun ffigwr tywyll yn gwisgo sombrero ac yn pwyntio dau bistol i gyfeiriad gelynion anweledig – digwyddodd yr anochel wrth i lais weiddi arno o gyfeiriad y bar.

"Tubbs!" oedd yr alwad ac adnabu'r llais cyn troi i'w wynebu. Cerddodd draw ato a chofleidio'i ffrind gorau meddw.

"Iawn Boda, ti 'di bod 'ma'n hir?" gofynnodd Tubbs, a'i eiriau'n ffinio ar fod yn goeglyd.

"Aye aye a pam lai? Mae'n wlad rydd ..."

"I raddau," ymatebodd Tubbs. Fel arfer, roedd bod yn sobor yng nghwmni rhywun meddw yn dasg anodd, ond gyda Tubbs bron marw eisiau cwsg, roedd yn waeth o lawer y noson honno.

"Be ti moyn then? I yfed like..." gofynnodd Boda gan droi yn ei stôl a cheisio mynnu sylw'r cyrff noeth y tu ôl i'r bar. Dyma un o hoff resymau Boda dros fod yn Fandito – roedd y barmaids i gyd yn noethlymun ac yn gwenu arno gan ddefnyddio dau bâr o wefusau. Doedd Tubbs ar y llaw arall ddim yn hoff o'r traddodiad hwn, yn bennaf oherwydd i'w fam gyflawni'r swydd am flynyddoedd, ond doedd neb yn gorfodi'r merched i ddadwisgo. Gwnâi'r olygfa i Tubbs gochi, ond yn ffodus iddo roedd cysgod blewog yn coloneiddio'i wyneb gan fasgio'r ffaith ei fod yn teimlo'n anghyfforddus.

"Dim i fi diolch, Bo. Jyst popo i weld T-Bone ydw i. Fi'n knackered ac angen cwsg..." Bradychai gwyneb ei ffrind ei siom ond dywedai ei eiriau rywbeth gwahanol.

"Hairy muff, mon amigo. Late night delivery, ife?" gofynnodd gan dynnu ar y blew hir sinsir yn hongian o'i ên. Yn hytrach na chadw ei wallt yn hir fel y gwnâi mwyafrif yr Angylion, cadwai Boda wallt ei ben yn gwta ond ganddo fe roedd y farf hiraf y tu hwnt i Texas, sef cartref ei hoff fand, ZZ Top. Ond, yn wahanol i Feistri Gibbons a Hill, plethai Boda'i locsyn, gan roi gwedd ddiafolaidd iddo.

"Ie, 'na ni," atebodd Tubbs. Roedd yn casáu dweud celwydd wrth ei unig ffrind, ond roedd e'n hen law bellach ac wedi bod yn gwneud 'ny ers blynyddoedd. Ac roedd ganddo ddwy gyfrinach a gadwai oddi wrtho – y llall yn llawer gwaeth na chuddio lle y bu'r noson honno. Mater o *raid* oedd peidio â dweud wrtho yr hyn y bu'n ei wneud y noson honno – T-Bone oedd yr unig un a wyddai am y gweithredoedd hynny.

"Sut ma dy goes?" gofynnodd Boda, gan larpio JD dwbl yn farus i'w fol.

"Ok," atebodd Tubbs, ond sylweddolai ei ffrind mor gelwyddog oedd ei eiriau.

"Ie ie, macho man, pam ti'n hercan fel Flyguy rownd y lle 'ma, 'te?"

"Pwy sy'n hercan?" gofynnodd Tubbs, gan hercan i ffwrdd oddi wrth ei ffrind gan wneud i'r ddau chwerthin. "Wela i di fory i ga'l mwy o boen, iawn?"

"Bydda i 'da ti tua hanner dydd," dywedodd Boda, gan droi ei gefn ar Tubbs a throi i syllu ar yr olygfa odidog y tu ôl i'r bar.

Aeth Tubbs at ddrws i'r dde o'r bar a 'Staff Only' wedi'i sgrifennu arno. Wedi mewnbynnu'r cod tri rhif i'r teclyn wrth y drws, agorodd hwnnw a chamodd Tubbs o amgylchedd myglyd, swnllyd y bar i gynefin tawel a heddychlon ardal 'busnes' yr adeilad. Herciodd Tubbs tuag at swyddfa T-Bone ym mhen pella'r adeilad, cyrraedd ei ddrws a chnocio'n dawel. Arhosodd am ateb cyn camu i mewn, rhywbeth a wnâi bob tro ers yr achlysur hwnnw pan gerddodd i mewn a dal T-Bone yn 'mwynhau cwmni' un o'r barmaids reit fan hynny ar ei ddesg.

"In," meddai llais cysglyd o'r ochr draw, ac i mewn â Tubbs i'r swyddfa. Y peth cyntaf a darodd Tubbs oedd arogl cryf yr Olbas Oil a ddenai ddŵr i'w lygaid. Roedd y lle'n arogli fel ffatri Lockets ond ddywedodd Tubbs ddim gair i ddechrau. Cododd T-Bone ar ei draed a chwrdd â Tubbs cyn iddo gyrraedd y ddesg. Cofleidiodd y ddau – y cawr ifanc a'r hen ddyn a grymai fwyfwy bob tro y gwelai Tubbs e. Camodd T-Bone yn ôl ac edrych ar Tubbs yng ngolau isel y swyddfa. Rhyfeddai'r hen ddyn at faint Tubbs, neu Al fel y byddai'n ei alw.

Fel llysfwytäwr o'r enw 'Beefy', llysenw eironig oedd 'Tubbs' bellach, er iddo fod yn addas ar un adeg. Wedi i Foxy farw, aethai Tubbs ati i orfwyta yn ogystal â goryfed. Ychwanegodd y dyn ifanc yn helaeth at ei bwysau yn y misoedd ar ôl colli ei fam a chafodd ei fedyddio â'r llysenw 'Tubbs', llysenw na ddiflannodd. Roedd Al yn casáu'r llysenw ac ymrodd i droi'r braster yn gyhyrau... ond roedd hi'n rhy hwyr a châi ei adnabod fel 'Tubbs' hyd yn oed dros ddegawd yn ddiweddarach. Credai rhai ei fod yn ddyn tew, ond roedd Tubbs mor galed â Charreg Bica – ac yn fwy ynysig – a gallai symud mor ysgafn ag ysbryd pan fyddai angen.

"Al, Al, Al! Ti'n iawn? Ti'n edrych yn shattered."

"Wel," meddai Tubbs gan agor ei geg yn llydan, fel petai eisiau profi'r pwynt. "'Na fel fi'n teimlo."

Gwahoddodd T-Bone ef i eistedd cyn parhau â'r sgwrs er nad oedd e'n disgwyl clywed llawer gan Tubbs y noson honno. Byddai'n dawel fel arfer, ond byddai'n dawelach fyth ar ôl cwblhau cytundeb. Edrychodd T-Bone arno'n eistedd yr ochr draw i'r ddesg gan deimlo'r un emosiynau ag a deimlai bob tro: hiraeth ac euogrwydd. Hiraeth oherwydd bod Foxy mor amlwg yng ngwyneb ei mab ac euogrwydd am...

"Alla i i ddim aros..." torrodd Tubbs ar draws ei feddyliau wrth i T-Bone estyn yn reddfol am y botel wisgi a gafael mewn dau wydr. "Fi'n gorfod mynd i'r gwely."

"Diwrnod prysur arall, ie?"

"Aye. Fi'n mynd at Luca brynhawn fory..."

"Time of the month, ife?"

Chwarddodd y ddau'n wanllyd ar joc wael y mentor wrth iddo godi o'i gadair er mwyn 'nôl arian Tubbs o'r coffor cornel.

Gwyliodd Tubbs ei gorff 68 oed yn camu ar draws y swyddfa eang gan feddwl pa mor wahanol oedd T-Bone heddiw o'i gymharu â'r dyn heini, cyhyrog a hyderus roddodd gartref iddo fe a'i fam. Daliai olion y ddamwain fod yn amlwg ar ei gorff – y 'ddamwain' a gawsai dros ddegawd cynt. Doedd y mentor ddim wedi gwella'n gyfan gwbl ers y digwyddiad hwnnw. Y diwrnod wedi angladd Foxy diflannodd T-Bone ar gefn ei dwrch 1800 cc. Cafodd ei ffeindio'n hwyrach y diwrnod hwnnw mewn clawdd ger Aberhonddu, ei esgyrn mor deilchion â'i galon. Clywodd Tubbs y sibrydion mai ar 'suicide ride' yr aethai T-Bone y diwrnod hwnnw, ond nid oedd erioed wedi gofyn iddo am gadarnhad o hynny. Roedd y boen gorfforol yn ddigon gwael ar ôl y ddamwain, heb i Tubbs agor creithiau'r meddwl yn ogystal.

Er ei oedran a'i arian, cadwai T-Bone yn driw i wisg yr Angylion ar bob achlysur. Denim oedd ei ddewis, yn hytrach na'r lledr mwy cyffredin ac roedd ei wallt hir gwyn a'i fwstash, a ddynwaredai handle bars ei feic pwerus, yn cwblhau'r ddelwedd. Roedd ei groen yn arw gan greithiau a'i lygaid glas yn pefrio yn y golau isel wrth iddo ddychwelyd at ei ddesg yn cario amlen drwchus. Disgleiriai drygioni ieuenctid yn yr hen ddyn hwn a lledai gwên lydan wrth iddo basio'r amlen i Tubbs. Fflachiodd modrwy Foxy ar fys bach llaw Al wrth iddo gymryd yr amlen: yr unig beth benywaidd am y blaidd unig hwnnw.

"Ma 'i hanner e i ti fan 'na, a'r hanner arall yn barod gyda'r Volsbank, ok?"

"Diolch," meddai Tubbs gan gofio am sgidiau'r Cofi. Fel rheol, fel ffordd o leddfu'i euogrwydd, byddai Tubbs yn rhoi hanner ei gyflog i elusen a oedd yn gysylltiedig â'r person marw. Er enghraifft, pe bai'r ysglyfaeth yn gwisgo sbectols trwchus, byddai'r arian efallai'n mynd at gŵn y deillion. Oherwydd esgid anabl y Cofi, Adran Orthopaedig Ysbyty Llandochau fyddai'n derbyn rhodd anhysbys o ddeg mil o bunnoedd yn ystod y dyddiau nesaf.

Cymerodd Tubbs yr amlen ac ysai am y diwrnod y câi roi'r gorau i'r gwaith – y diwrnod y byddai'n lladd llofrudd ei fam – gan feddwl pa mor fach yr ymddangosai'r pentwr ar ôl deuddeg mlynedd o gasglu cyflog yn y fath fodd. Aeth yr amlen i mewn i boced ei siaced a chododd Tubbs i adael. Ond daliai'r arogl i ymosod ar ei synhwyrau – gan gosi a chlirio'i ffroenau a thynnu dŵr i'w lygaid – ac roedd yn rhaid i Tubbs wybod y rheswm dros ei fodolaeth.

"Beth…" dechreuodd, ond roedd T-Bone yn barod amdano.

"Ti'n meddwl beth yw'r smell 'ma, 'yn dwyt ti?"

"Wel, ydw. Ma fe bach yn bwerus, a dweud y lleiaf."

Croesodd gwên slei arall dros ei wyneb a fflachiodd llygaid yr hen ddyn wrth iddo godi ac ystumio ar Tubbs i'w ddilyn. Estynnodd ddau glwtyn a orweddai gerllaw a thaflu un at Tubbs.

"Bydd angen hwnna arnot ti," dywedodd gan arwain y ffordd.

Allan o'r swyddfa trwy ddrws yng nghefn y stafell, i lawr y coridor at ystafell arteithio heb ffenest, na golau naturiol nac awel yn agos ati. Roedd yr arogl yn cryfhau gyda phob cam o'r daith, gan wneud i lygaid y ddau ddiferu i mewn i'r clytiau a ddalient yn dynn dros eu trwynau a'u cegau. Gwyddai Tubbs fod y lle hwnnw'n bodoli, ond roedd yr hyn welodd y tu ôl i'r drws yn ddigon i wneud iddo dagu.

Wedi ei glymu wrth gadair yng nghornel bella'r gell roedd dyn: ei ddwylo, ei goesau a chanol ei gorff wedi eu rhwymo'n dynn. Roedd ei ben mewn harnes i'w atal rhag symud. Doedd dim gobaith ganddo i ddianc. Yn ei geg roedd gag lledr yn atal ei sgrechiadau ond ei lygaid a dynnai sylw Tubbs. Câi ei lygaid eu dal ar agor gan dâp diwydiannol gludiog. Syllai'r dyn yn ddall ar y ddau ffigwr aneglur wrth y drws. Ond ni allai weld llawer am fod peli'i lygaid yn llosgi yn ei benglog. Yn union uwchben ei lygaid, yn drip-dripian yn barhaus i mewn i'r soced ac ymosod yn ddidrugaredd ar ei irisiau a'i retinau, roedd dwy botel maint diwydiannol o Olbas Oil. Yn araf bach, sylwodd Tubbs, fod llygaid y dyn yn toddi.

"Chinese torture with a modern twist," esboniodd T-Bone gyda balchder yn amlwg yn nhôn ei lais. "Deuddydd arall a bydd e mor ddall â David Blunkett."

Trodd Tubbs a chamu'n ôl tua'r swyddfa. Gwnâi'r hyn roedd e newydd ei weld ef yn sâl, ac roedd y ffaith fod ei fentor yn gallu cyflawni'r fath ddiawledigrwydd yn troi arno. Efallai fod corff, cragen, yr hen ddyn yn fusgrell, ond roedd ei feddwl mor ddidrugaredd ag erioed. Ond diflannodd y gwarth yn reit gyflym wrth i Tubbs ystyried pa hawl oedd ganddo fe, Mr Ergydiwr, i farnu unrhyw un ar ôl yr hyn wnaeth e rai oriau'n gynharach.

Cofleidiodd y ddau cyn i Tubbs adael, a bu bron i T-Bone awgrymu i Tubbs y dylai gymryd un o'r merched adref gyda fe er mwyn iddo ymlacio ychydig. Byddai Tubbs fel arfer yn dawel, ond roedd e fel mynach o Ynys Bŷr y noson honno. *Yn sicr*, meddyliodd T-Bone wrth aileistedd y tu ôl i'w ddesg ac arllwys wisgi i'w wydr, *roedd angen shag ar Tubbs o rywle.*

005

RHEDEG I BARRI

CYDIODD LLŶR yn ei llaw mor dynn â phlentyn ofnus. Teimlai Petra chwys cledr ei chariad ac ysai am iddo'i gadael yn rhydd. Nid oedd hi hyd yn oed eisiau iddo fe ddod gyda hi'r bore hwnnw ond clywodd hi'n codi a mynnodd ddod yn gwmni iddi.

Er bod yr haul yn tywynnu tu fas, roedd gorsaf bysiau Merthyr yn rhynnu o dan gysgod bythol y conrit cadarn. Difarodd Petra na fyddai wedi gwisgo mwy o ddillad ond roedd ganddi gorff tal gwefreiddiol ac roedd hi'n hoff o'i arddangos ar bob achlysur. Heddiw, mewn sgert mor fer nes bod bochau tyn ei thin a sidan ei thong i'w gweld pan blygai i lawr, ei fest dynn yn arddangos ei botwm bol a'i bronnau mawr i'r byd, ei boots lledr yn tynnu tua'i phengliniau a'i gwallt cyrliog melyn yn tonni dros ei hysgwyddau lliw hufen, edrychai Petra fel breuddwyd wlyb ar ddwy goes.

Yn ei llaw arall, yr un nad oedd yn cael ei mygu gan fysedd Llŷr, tynnai gês dillad bach ar olwynion. Roedd Petra'n rhedeg i ffwrdd. Nid oddi wrth unrhyw beth nac unrhyw un penodol a dweud y gwir, ond ar ôl colli ei theulu mewn tân a ddechreuodd hi, ar ddamwain, dros flwyddyn yn ôl, roedd gormod o boen yno iddi allu ei oddef bellach. Câi ei hadnabod fel 'the parent trap' gan rai, fel 'candle killer' gan eraill ac fel 'death doll' yn ogystal. Ar wahân i Llŷr, nid oedd ganddi ffrind agos iawn yn y dref, ac mewn gwirionedd doedd hi ddim eisiau Llŷr fel ffrind mwyach.

Heb os, roedd e wedi bod yn dda wrthi trwy'r holl strach ac wedi ei chefnogi a chynnig cartref iddi yn ei bedsit bach, ond teimlai Petra bod yn rhaid iddi adael, er mwyn ei challineb yn fwy na dim. Atseiniai lleisiau ei rhieni ym mhob cornel o'r dre a byddai'r hunllefau'n ei dilyn yn nhywyllwch pob nos. Gwelodd eu heisiau, teimlai fod arni angen cynhesrwydd cariad o rywle, ond ni lwyddodd i deimlo dim ond euogrwydd a gwacter ers iddynt farw.

Er ei bod hi'n rhedeg i ffwrdd, roedd ganddi gynllun hefyd. Wel, dim cynllun efallai, ond breuddwyd. Cantores oedd hi, yn ôl ei galwedigaeth, dyna a gredai hi, ta beth, a gwyddai nad oedd gobaith ganddi i wireddu'r freuddwyd honno ym Merthyr. Caerdydd oedd ei Mecca felly, ac efallai Bryste, Llundain, Efrog Newydd, Y Byd wedyn. Ond gwnâi Caerdydd y tro fel lle i gychwyn. Un cam ar y tro. Edrychai ymlaen at gyrraedd y ddinas fawr ddrwg a'i phalmentydd o aur, ac at wireddu'i huchelgais.

"Dyma ni then," meddai Llŷr yn llawn poen. Ni allai edrych arni gan fod ei galon yn deilchion rywle ar y llawr, tu hwnt i'w drowsus llac a'i sgidiau Vans tyllog.

"Paid ag edrych mor gutted, babe," atebodd Petra gan ddal ei ên a'i orfodi i edrych arni. "Dim ond i Caerdydd fi'n mynd. Ac anyway, ti'n dilyn fi ar ôl dy exams, on'd wyt ti?"

Gwenodd Llŷr arni er y gwyddai mai dyma fyddai'r tro diwethaf y byddai'n ei gweld. Lleddfu ei boen oedd pwrpas ei geiriau, ei chelwyddau, ac fe wnaethon nhw'r tric.

"Wel, bydd yn ofalus. Mae 'na bobl ddrwg yn y ddinas fawr..."

"Mae 'na bobl ddrwg ym mhobman, Llŷr, a ti'n siarad â public enemy number one fan hyn, cofia!"

"Jyst cym' ofal, iawn."

"Fi'n addo, babe. Cross my heart and hope to die. Wel, dim really, ond ti'n gwybod beth fi'n meddwl. Ac anyway, bydd Stacey'n gofalu amdana i, tan i fi ffeindio lle."

Stacey oedd ffrind ddychmygol Petra. I leddfu pryderon Llŷr, roedd hi wedi dyfeisio Stacey ac wedi rhoi cyfeiriad a rhif ffôn ffug iddo gan honni mai cartref Stacey fyddai ei chartref hi am yr wythnosau, os nad y misoedd, nesaf. Mewn gwirionedd, doedd dim syniad 'da Petra beth fyddai hi'n ei wneud wedi cyrraedd Caerdydd. Ffeindio lloches yn gyntaf mae'n siŵr, mewn hostel i ddechrau tan iddi ffeindio gwaith. Roedd ganddi sgiliau allai dalu'r biliau – yn ddawnswraig fedrus, ar lwyfan neu ar bolyn, a gwyddai fod 'na glybiau felly yn y brifddinas.

Roedd hi'n ifanc ac yn ddi-ofn; cyfuniad a fyddai'n sicr o lwyddo, roedd hi'n siŵr o hynny.

Cymerodd y gyrrwr ei chês dillad a'i osod yng nghrombil yr hen gerbyd, a hwnnw'n chwydu mwg piws i'r amgylchedd wrth aros i lenwi ei gargo dynol. Trodd Petra at Llŷr a'i gusanu'n nwydus gan balu'i thafod i'w geg ac anfon gwefrau trwy ei gorff o ganlyniad i'r styd arian oedd yn rhan o'i thafod ers blynyddoedd bellach. Cofiai Llŷr y tro cyntaf iddi sugno'i goc a'r oerni estron ar lafn ei gledd. Saethodd ei lwyth y tro hwnnw i'w cheg yn gynt nag y rhedodd Ben Johnson y can metr yn '88, ond parhaodd y gusan honno, ei gusan olaf ganddi, am lai o amser na hynny hyd yn oed.

"I love you, Pet," meddai Llŷr. Er mai Cymraeg oedd ei iaith gyntaf, câi hi'n amhosib i ddweud y tri gair yna yn ei famiaith. Ochneidiodd Petra mewn ymateb. Roedd hi'n casáu clywed ei henw'n cael ei dalfyrru, ond gwnâi rhywun hynny'n ddifeddwl bron yn ddyddiol. Heb os, roedd hi *yn* anifail, ond roedd hi'n bell o fod yn un anwes.

"Rhaid i fi fynd," dywedodd Petra'n oeraidd. Roedd hi'n hoff iawn ohono, ond nid oedd hi'n ei garu. Nid oedd hi hyd yn oed wedi bod yn ffyddlon iddo chwaith. Byddai'r ffyddlondeb hwnnw'n dod law yn llaw ag un person arbennig – *yr un go iawn,* hynny yw – ac roedd Petra'n ffyddiog y byddai'n sicr o'i adnabod *ef* wrth ei gyfarfod.

Camodd Petra i mewn i'r bws a ffeindio sedd rhyw hanner ffordd i'r cefn. Dim ond cwpwl o bobl arall a ymunodd â hi ar y daith a sylwodd ar feddwyn canol-oed yn yfed Special Brew yn y sêt gefn. Edrychodd hwnnw arni am eiliad ond trodd Petra i ffwrdd yn gyflym gan wylio cefn Llŷr yn diflannu o'i bywyd am byth. Teimlai ychydig o hiraeth ond ni pharodd am amser hir. Estynnodd ei llyfr o'i bag llaw Burberry ffug a'i agor wrth i'r bws adael cysgodion yr orsaf a dychwelyd i'r heulwen. Trwy'r ffenest, cynhesodd pelydrau'r haul ei hwyneb a gwisgodd ei shades er mwyn peidio â straenio'i llygaid.

Lion Boy oedd enw'r llyfr clawr caled yn ei llaw: stori ffantasi am fachgen a allai siarad iaith y cathod. Roedd Petra'n caru cathod o bob lliw a llun ac yn gweld eisiau Max, ei chath ddu, bron cymaint â'i rhieni. Bron. Nid oedd wedi'i weld ers noson y tân ac nid oedd hi'n gwybod a oedd e'n dal yn fyw neu wedi ei losgi'n ulw y noson honno. Ysgydwodd ei phen i gael gwared ar y delweddau erchyll hynny, ond pan ddychwelodd i'r presennol roedd delwedd yr un mor erchyll, os nad gwaeth, yn aros amdani.

I'r chwith, yn y sedd gyferbyn ar draws yr eil, roedd Mr Special Brew yn eistedd gan syllu arni drwy lygaid coch, llygaid coll. Edrychai fel cardotyn yn ei got hir dyllog a'i siwt yn llawn staeniadau. Ond, wedi meddwl, efallai mai dim fel cardotyn yr edrychai ond yn hytrach fel fflachiwr. Ac ar y gair tynnodd ei goc o'i gopish a'i fwytho â'i law rhydd.

"Wrap your legsh aroond thish, dollfache!" slyriodd Mr Special Brew, ond nid oedd ei goc yn gadarn o gwbl. Doedd dim gobaith i hynny ddigwydd ar ôl oes o yfed caled.

"Fuck off back to your seat..." meddai Petra'n fygythiol, "before I scream and get you chucked off." Roedd hi wedi delio ag idiots fel hyn o'r blaen; dyna ddiben edrych mor flasus – denu dynion bach rhyfedd lle bynnag yr âi. Doedd arni ddim ei ofn, ddim o gwbl. Roedd e mor fregus a gwan yr olwg fel y gallai babi blwydd ei chwythu drosto. Ar ôl magwraeth ar un o stadau tai cyngor drwgenwog y dref, gallai ofalu amdani ei hun, roedd hi'n hyderus o hynny.

"Cum on, dolly, I won't bite," dywedodd yr haliwr gan wenu a dangos ceg diddant bydredig iddi.

Pwysodd yn agosach ati ac aroglodd Petra ei aroglau erchyll – amonia ac alcohol. Cododd ei llaw chwith i'w cheg i atal y drewdod rhag ymosod ar ei synhwyrau. Caeodd y llyfr yn ei llaw arall a'i ddal yn dynn yn ei dwrn. Gwyddai beth oedd ar fin digwydd ac roedd hi'n barod amdano.

Ar y gair symudodd y trempyn amdani, gyda'i goc difywyd yn hongian o'i drowsus fel trwnc eliffant tegan meddal. Ond, cyn iddo allu cyffwrdd ynddi mewn unrhyw ffordd, tarodd Petra ef â meingefn ei chyfrol gan chwalu ei drwyn a'i anfon yn hedfan yn ôl i'r sedd gyferbyn. Gafaeliai yn ei wyneb a hwnnw'n diferu gwaed dros y clustogwaith brown. Cododd ar ei thraed a phlygu drosto, â'r adrenalin yn llifo'n wyllt trwyddi a'i llygaid yn bygwth neidio o'u socedi.

"Now gerrup you stinkin fuck and get back there where no one can smell you!"

Cododd y cardotyn yn araf gan ddal ei drwyn yn ei ddwylo a sleifio'n ôl tua chefn y bws. Sychodd Petra ychydig o waed oddi ar ei llyfr, cyn eistedd lawr ac ailafael yn y stori.

Troellai'r bws i lawr y cwm tuag at Gaerdydd, gan droi taith awr yn ddwy oherwydd yr holl aros a'r dargyfeiriadau di-rif. Gyda'r haul yn dal i dywynnu dros y wlad, cododd Petra ei phen a gweld bod y bws yn teithio dros bont Gabalfa. Edrychodd drwy'r ffenest a gweld meindwr Cadeirlan Llandaf yn codi'r tu hwnt i fflatiau stad Mynachdy sy'n hawlio'r blaendir. Fflachiodd atgof o flaen ei llygaid a chofiodd ymweld â'r eglwys gadeiriol gyda'i rhieni pan oedd yn blentyn. Er na allai gofio unrhyw fanylion am yr eglwys, roedd hi *yn* cofio'r sglodion blasus a'r saws melys-sawrus o'r chippy Tsieineaidd a gawsai yn y pentref gerllaw.

Cyflymodd curiad ei chalon wrth i'r bws deithio i lawr Ffordd y Gogledd, heibio i'r garej yn gwerthu ceir Porsche, y myfyrwyr lu yn mynd fan-hyn-fan-draw-a-nunlle-yn-y-diwedd, a'r ganolfan ddinesig fonheddig. Syllodd ar y castell a holl draffig Stryd y Santes Fair. Roedd hi'n agos nawr, gwyddai hynny. Ond yn agos at beth, doedd hi ddim yn siŵr.

Daeth y bws i ben ei daith a chododd Petra i adael. Edrychodd tua chefn y cerbyd a chlywed y cardotyn yn chwyrnu'n drwynol. Diolchodd i'r gyrrwr pan basiodd ei chês iddi. Syllodd yntau ar ei hôl yn chwantus wrth iddi ddiflannu ynghanol y dorf.

Anelodd Petra am yr orsaf drenau gan ei bod hi'n cofio bod 'na ddesg wybodaeth yno. Ond, pan gyrhaeddodd y cyntedd eang, roedd y ddesg ar gau a Petra ar goll.

'Nôl â hi i'r awyr agored gyda'r bwriad o ofyn i un o'r locals am gymorth i ffeindio swyddfa gwybodaeth i dwristiaid. Roedd angen lle i aros arni. Dim ond wedyn gallai hi ddechrau edrych am waith a gwireddu ei breuddwyd. Hostel o ryw fath roedd hi ei angen – lle rhad a glân o fewn cyrraedd canol y dref ar droed.

Edrychodd i lawr yn siomedig wrth sylweddoli nad oedd y pafin wedi'i wneud o aur, ond yn hytrach wedi'i orchuddio bron yn gyfan gwbl â gwm cnoi, jyst fel Merthyr Tudful. Ochneidiodd yn uchel cyn gafael mewn Marlboro Light o'i bag llaw a'i chynnu rhwng ei gwefusau fflamgoch. Tynnodd yn ddwfn a phendronodd ynglŷn â'i sefyllfa…

"Gorra spare one o' 'em, spa?" gofynnodd llais lleol o… o… edrychodd Petra o'i chwmpas gan feddwl ei bod hi'n mynd yn wallgof. "Down ere, spa!" ebychodd y llais. Edrychodd Petra i lawr a gweld cardotyn heb goesau yn tynnu'i hun o gwmpas â'i ddwylo ar hambwrdd bach pren ar olwynion sglefr fwrdd. Daliodd ei llygaid wrth ymateb iddi a gwenu ei wên orau arni. Gwyddai Petra fod golygfa wych ganddo o'i safle ar y llawr. Tynnodd sigarét o'r bocs a'i ddal o'i flaen yn bryfoclyd.

"You can 'ave this, no problem. But first you gorra 'elp me with summin', ok?"

"Name it, spa. I'll be like your one man personal freakfest if that's wot you wants!" dywedodd yn hollol ddiffuant, â thôn ei eiriau'n awgrymu difrifoldeb ei ddatganiad.

Gwenodd Petra er bod y syniad mewn gwirionedd yn ei gwneud hi'n sâl. Er mai merch ifanc oedd hi, roedd hi'n brofiadol iawn yn y maes arbennig hwnnw ac wedi gwneud arian da un adeg drwy werthu ei 'ffafrau' i rai o drigolion y stad. Er hynny, roedd rhywbeth hollol afiach am ddyn heb goesau… wel, heb ddim ond un goes fach yn y canol. Diflannodd y wên wrth iddi esbonio.

"Nothin like tha', luv. In fact, it's quite simple. All I need to know is where the nearest 'ostel is – you know, YHA or backpacka type place – and how to get there. Can ew 'elp me?"

"Fuck, yes!" ebychodd, gan godi i gipio'r sigarét fel morlo'n estyn am facrell o bwll truenus Sea World, ond tynnodd Petra hi 'nôl ati a methodd y cardotyn ei chymryd.

"Uh-uh-uh! Tell me first, and then you get your reward."

"All right, spa, keep sveed!" dywedodd, gan ddriblan wrth ynganu'r gair olaf. "It's a piece of piss. See that massive pub type building over there, beyond Bee Kay," meddai, gan bwyntio tuag at GWs, un o'r ychydig adeiladau gwreiddiol i oroesi adfywiad dinesig yr ardal. "Take a left down the alley just before you get there and the entrance is about fifty yards down on your right. The hostel type thing's above the shops on St Mary Street, see, that's why the entrance is round the back like…"

"Thanks!" meddai Petra a gollwng y sigarét i'w gôl, gafael yn ei chês a throi ar ei sodlau gan ddangos dwy foch flasus i'r trempyn lwcus.

Ar ôl gadael car Vexl, arhosodd Gimp o fewn deg llath i'w darged pan ddechreuodd Val Stumps sgwrsio â hi. Dihiryn lleol oedd Val, yn gweithio ar y cyd gyda'i bartner, Dodgy Ken. Nid oedd golwg o Ken yn unman ond nid oedd hynny'n synnu Gimp. Sgam oedd ar waith fan hyn. Pan welodd Val yn pwyntio tuag at GWs, sythodd Gimp gan wybod beth oedd ar fin digwydd. A phan gerddodd y flonden i ffwrdd i'r un cyfeiriad, dilynodd Gimp hi'n araf bach. Wrth basio prif fynedfa'r orsaf, estynnodd ei ffôn o'i boced a galw Vexl.

"Ya mon?"

"Vex, take ve motuh to ve uvva end ov ve lane…" gorchmynnodd Gimp, gan fwynhau'r tir uchel am unwaith.

"Lane, mon, wha lane?"

"Ve one by GWs. Comes out by ve Prince ov Wales, you know."

"Ya mon, I know."

A dyna ddiwedd ar yr alwad. Gallai'r pâr wneud tîm go dda ar adegau, yn enwedig pan oedden nhw ar helfa, doedd dim amheuaeth am hynny.

Nid oedd syniad 'da Gimp beth i'w wneud, sut i gau'r rhwyd amdani, fel petai, ond byddai'n meddwl am rywbeth, roedd e'n ffyddiog o hynny. Cariodd ei goesau bach ef ar ôl ei ysglyfaeth brydferth a chyflymodd y corrach wrth iddi ddiflannu i lawr yr ali, heb os i grafangau Dodgy Ken.

Oedodd Petra wrth geg yr ali gan ddrwgdybio geiriau'r cardotyn am eiliad. Ond, wedi aros am ychydig a diffodd y stwmpyn o dan wadn ei hesgid chwith, i ffwrdd â hi'n llawn gobaith gan dynnu ei bywyd y tu ôl iddi.

Rhifodd ei chamau, ond wrth iddi agosáu at hanner cant gwawriodd y gwirionedd am gelwydd y trempyn arni ar ffurf cardotyn arall yn camu o'r cysgodion yn dal cyllell fawr yn fygythiol tuag ati.

Syllodd Petra arno gan feddwl a ddylai afael yn ei llyfr a'i ddefnyddio fel arf am yr eilwaith y diwrnod hwnnw. Ond doedd y gŵr hwn ddim yn gaib, felly safodd yn ei hunfan gan obeithio mai dim ond ei harian y byddai e ei eisiau, ac nid ei chorff.

Yn ôl y disgwyl, gwelodd Gimp Ken yn camu tuag at y flonden. Edrychai'r gyllell yn fygythiol, ond gwyddai Gimp mai ffordd o ennill arian yn unig ydoedd. Nid oedd Ken na Val yn ddynion treisgar. Alcis oeddent, heb geiniog i'w henwau.

Ond roedd Gimp hefyd yn sicr na wyddai'r ferch hynny ac yn sydyn gwyddai'n gwmws sut y gallai fanteisio ar y sefyllfa. Gwelodd gar Vexl yn aros ym mhen draw'r ali a dechreuodd redeg nerth ei draed i gyfeiriad y ferch.

Wrth i'r dyn gamu'n agosach at Petra sgleiniai llafn y gyllell ym mhelydryn unig yr haul a dreiddiai i gysgodion yr ali gul dros gopa'r adeiladau. Gweddïodd am wyrth i'w hachub.

"Nae funny business now, dolleh," dechreuodd yr Albanwr mewn llais mor arw â'r blew ar ei ên. "Give us yer moneh and you can run along…"

Diolchodd Petra mai arian yn unig oedd ar ei feddwl. Arian ac alcohol, yn ôl ei arogl. Estynnodd am ei phwrs, ond cyn iddi gael cyfle i wneud dim arall, daeth sgrech y tu cefn iddi o geg rhyw gorrach bach a ddeuai ar garlam i'w chyfeiriad. Heb oedi, gafaelodd y ffigwr yn handlen ei chês dillad ag un llaw, ac yng ngarddwrn Petra â'i law arall. Cipiodd y corrach hi o grafangau Dodgy Ken a rhuthrodd y ddau tua phen draw'r ali. Yn ei dryswch, sylwodd Petra fod 'na gar wedi ei barcio gan atal eu llwybr ond, ar y gair, agorodd drws cefn y cerbyd a gwthiodd y corrach hi i mewn iddo.

Cyn iddi allu dal ei hanadl, caeodd y drws drachefn a gyrrodd y car i ffwrdd. *Diolch byth*, meddyliodd Petra, wrth edrych ar ei gwaredwr pitw a eisteddai wrth ei hochr yn wên o glust i glust. Gwenodd Petra'n ôl cyn sylwi ei fod e'n gwenu am fod un o'i bronnau wedi dianc yn y sgarmes. Sythodd Petra'i chefn, yn ogystal â gweddill ei chorff, cyn edrych ar y gyrrwr am y tro cyntaf. Gyda'i ddreadlocks trwchus a'i groen gwelw, edrychai fel rhyw fath o Rasta Goth iddi hi.

Trodd eto at ei gwaredwr gyda'r bwriad o ddiolch iddo, ond cyn iddi gael cyfle i wneud hynny dechreuodd y dynion chwerthin yn uchel. Aeth i banig ar unwaith a gwyddai fod rhywbeth o'i le. Anelodd gwestiwn tua'r gyrrwr, gan mai fe oedd y bòs, heb amheuaeth.

"Where are you taking me?" gofynnodd â'i llais yn crynu mewn gofid.

"Yo'r new home," daeth yr ateb mewn acen Rastaffaraidd ryfedd o'r sedd flaen.

"Where are you taking me?" gwaeddodd Petra'r tro yma, wrth i'r arswyd afael ynddi a'r dagrau dorri dros y glannau.

"Yo'r new life," oedd yr ateb anfonodd ias trwy ei chorff. Ac mor syml â hynny, roedd yr ysglyfaeth brydferth yn gaeth yng ngwe ddieflig Vexl cyn iddi sylweddoli'n iawn beth oedd yn digwydd.

006

DISGRACELAND

O'R AWYR, edrychai'r plasty ychydig bach fel y White House yn Washington DC: yn hirgrwn mewn mannau â phileri tal Italiante a ffenestri'n ymestyn o'r llawr i'r nenfwd. Ond, yn wahanol i'r gwreiddiol, roedd gan y tŷ gwyn hwn bwll nofio 25 metr awyr agored yn ymestyn tua'r gerddi, llyn pysgota a oedd yn gartref i'r brithyll gorau tu hwnt i Lyn Bwbach, stablau, driving range heb sôn am weddill adeiladau a thir Disgraceland.

Y bore hwnnw, gyda'r ceiliog wedi hen glochdar a mwyafrif poblogaeth yr ystad yn dal i gysgu o dan effeithiau sesiwn swnllyd y noson cynt, roedd 'na un corff yn mwynhau haul cynnes y bore. Un corff yn symud trwy'r dŵr fel... fel... fel rock star. Yn nŵr claear y pwll nofio nofiai Luca Parenti, perchennog Disgraceland ac un o gantorion enwocaf yr Eidal, gan ddod, gydag ymdrech, i ddiwedd ei hanner canfed hyd y pwll fel y gwnâi bob bore. Cyffyrddodd dwylo Luca o'r diwedd yn y wal lefn cyn iddo daflu'i wallt cyrliog allan o'r dŵr er mwyn ailafael yn ei batrwm anadlu arferol.

Difarodd smocio'r hanner sbliff hwnnw rhwng ei sesiwn yoga cynharach a'r sesiwn nofio hon, ond bellach roedd hi'n rhy hwyr i wneud dim am hynny. Cododd ei gorff gosgeiddig allan o'r pwll gan deimlo gwres haul yr haf ar ei gefn. Ymestynnodd ei gorff brown a'i gyhyrau tyn wrth i'r dŵr ddiferu oddi arno, gwisgodd ei Ray-Bans a chamu'n ofalus i'r jacuzzi gerllaw. Gyda'r swigod yn goglais ei groen, gafaelodd mewn gwydryn o sudd oren ffres a arhosai amdano yn y cysgodion ac ailgynnu'r stwmpyn skunkllyd.

Gorweddodd yn ôl gan wrando ar yr adar prysur yn y goedwig a amgylchynai'r ystad, gan amddiffyn Luca rhag llygaid busnesllyd. Gwyliodd y cymylau ysgafn yn hedfan heibio fel ysbyrdion anferthol yn aflonyddu'r awyr las. Byddai'n gweld eisiau hyn yn ystod yr wythnos i ddod pan fyddai'n teithio'r Eidal yn hyrwyddo'i record newydd *Anima Dannata*, casgliad o ganeuon acwstig gwreiddiol mewn Eidaleg, Saesneg a Chymraeg.

Ond roedd yn rhaid gwneud y pethau hynny, er mwyn gallu parhau i fwynhau'r bywyd moethus yn ei blasty.

Wedi awr fach haeddiannol yng nghwmni'r mwg, y swigod a'r sudd ffres, gadawodd Luca'r juccuzzi, gwisgo'i ŵn nos foethus a 'fenthycodd' o'r Beverly Palms Hotel mewn teyrnged i Axel Foley rai blynyddoedd yn ôl, a cherddodd yn hamddenol tua'r gegin fawr.

Ahhhhhh, meddai Luca, wrth arllwys llond gwydr arall o sudd o goffrau'r SMEG anferthol yng nghornel y stafell a pharatoi'r coffi ffres wrth aros i'r tecell ferwi. *Diwrnod arall bendigedig yn Disgraceland*, meddyliodd gan edrych allan drwy ffenest y gegin ar y ceffylau yn y cae agosaf a Bae Ceredigion y tu hwnt yn disgleirio yn haul y bore, fel gwên un o'i groupies wrth gyfarfod â'r Duw Celtaidd ei hun.

Disgraceland oedd enw ei gartref, a gwnâi'r enw iddo wenu bob amser, yn arbennig pan fyddai Chris Cont, ei Cofi Connection â'r goes giami, yn yngan yr enw – *Disgrêêêêêêêêsland*, gan swnio fel dafad gorniog ar lethrau'r Eifl.

Pendronodd Luca am Chris am eiliad, gan feddwl pam nad oedd wedi clywed ganddo ers wythnosau bellach, ond anghofiodd amdano wrth iddo agor amlen binc ac edrych ar y ffoto a oedd ynddi. Llyncodd lond ceg o sudd a syllu ar y merched ifanc yn gwenu arno yn y llun. Efeilliaid Eidalaidd. Ei hoff fath. Syllodd arnynt am sbel gan werthfawrogi'u prydferthwch – eu croen lliw coffi, eu llygaid dwfn, eu gwallt hir tywyll a'u gwefusau llawn addunedau anfoesol – cyn dechrau darllen eu cyfarchion.

Ciao Luca,

I love yu. Carolina, me sistr, she also love yu. We are twin. Identic twin. yes? We 18 old. We live on farm (like yu!) in region of Umbria, centrale Italia. Yu music make us happy. So happy. Yu so very hansum, with curl in hair and Italian skin. So brown. If yu ever visit Perugia, yu must come to us. We live only 1 hour from Perugia, very easy. Yu can stay with us, no problem. Yu welcome. We make yu happy. Very happy. You will lick us make happy. Our heart belong to yu...

Ti voglio bene. Baci, Caterina e Carolina Maldini.

PS – yu lick photo us?

Ydw, fuckin glei! I lick it very much! meddyliodd Luca mewn ymateb i'w cwestiwn diwethaf, gan syllu unwaith eto ar yr efeilliaid. *Yw hi'n rhy hwyr i'w hedfan nhw draw ar gyfer y parti heno,* meddyliodd, ond negyddol fyddai ymateb Darren, ei reolwr, i'r cais; gwyddai hynny o brofiad. Rhoddodd y llythyr a'r llun ym mhoced ei ŵn nos gan wenu wrth gofio bod Perugia yn rhan o'i daith. Am lwc! Ac am noson fyddai'n aros amdano fan honno... Nefoedd mewn gwesty. Nefoedd mewn gwely. Nefoedd ar y ddaear.

Byddai llythyron o'r fath yn ei gyrraedd bron yn ddyddiol, ond anaml iawn y byddai eu cynnwys mor ddeniadol â hyn. Hen ferched neu hoywon fyddai'n cysylltu ag ef fel arfer, yn cynnig pob math o ddrygioni a phleser iddo. Nid oedd Luca erioed wedi deall pam fod y llythyron i gyd bron wedi'u hysgrifennu yn Saesneg, o gofio ei fod e'n rhugl mewn Eidaleg, ond gwerthfawrogai'r ymdrech yn ogystal â'r ffaith fod eu Saesneg yn ychwanegu at eu doniolwch. Fel rheol, ni fyddai'n eu cymryd o ddifrif, ond roedd y ddwy yma'n mynnu ei sylw, a bwriadai Luca roi ei *holl* sylw iddynt ymhen cwpwl o ddyddiau.

Arllwysodd yr Yemen Mocha drud dros ei laeth organig gan werthfawrogi ei fywyd. Byddai'n gwneud hyn yn aml, yn enwedig ar drothwy taith arall. Roedd ganddo lawer i fod yn ddiolchgar amdano.

Symudodd Ernesto a Tita Parenti, rhieni Luca, o Florence i Gymru ar ddiwedd yr Ail Ryfel Byd gan sefydlu'r siop hufen iâ gyntaf yn Llandysul ym 1951. Buodd eu cynnyrch yn boblogaidd gyda thrigolion yr ardal a chyn hir roedd enw da Gelato Parenti wedi lledaenu ar draws y wlad gan ddenu sylw'r cwmnïau mawr. Gwrthododd y cwpwl â gwerthu eu cyfrinach yn ystod eu hoes ac fe dalodd yr hufen iâ am addysg eu hunig fab, Luca, yn Ysgol y Gadeirlan, Caerdydd. Pan oedd Luca yn Ibiza yng nghwmni ei ffrindiau'n dathlu ei fod wedi cwblhau ei arholiadau Lefel A gan lyncu Es fel Skittles a coke fel... wel, Coke, cyrhaeddodd y newyddion fod ei rieni wedi cael eu lladd mewn damwain hofrennydd ar dir eu hystad eang yng nghefn gwlad Ceredigion, nid nepell o Sarnau a heb fod ymhell o Blwmp.

Luca oedd perchennog y cyfan felly, ac aeth ati i sefydlu ei ymerodraeth a chyflawni ei holl freuddwydion. Yn gyntaf, gwerthodd gyfrinach ei rieni i'r cynnig uchaf, sef Ben & Jerry's, am bum miliwn o bunnau. Ac er i'r weithred ei boeni am flynyddoedd, gwyddai y byddai ei rieni wedi cytuno iddo wneud yr hyn a oedd yn iawn iddo fe, gan sicrhau y byddai'n hapus am weddill ei oes, yn hytrach na chadw'r busnes a thyfu i'w gasáu.

Defnyddiodd yr arian i droi ystad Bryncelyn ei rieni'n Disgraceland, gan droi'r cartws yn stiwdios lle y gallai recordio'i gerddoriaeth, yr ysgubor fawr yn blanhigfa ganja ddiwydiannol, a phrynodd geffylau drudfawr y gallai eu marchogaeth dros erwau'r ystad. Ychwanegodd y pwll nofio, driving range, llyn pysgota a'r pentref tipis ar ôl i'w albwm cyntaf, *Dio Celtico*, werthu dros filiwn o gopïau yn yr Eidal yn ystod y mis cyntaf, wedi iddo gael ei ryddhau.

Er ei holl lwyddiant cerddorol yn yr Eidal, deilliai prif incwm yr ystad o'r blanhigfa, a dyfai'r 'ganja gorau ym Mhrydain' (*High Times*, Rhifyn 47, Ebrill 2000).

Elw'r blanhigfa a alluogai Luca i gyflogi staff ei ymerodraeth. Roedd ganddo ddeg aelod yn byw'n barhaol ar yr ystad, a phob un, ar wahân i Blod y gwrw garddio, yn ffrindiau ysgol yn ystod ei gyfnod yng Nghaerdydd. Cyflogai dîm o bedwar o arddwyr i ofalu am y ganja yn ogystal â'r tirlunio cyffredinol, cynhyrchydd a pheiriannydd na fyddai braidd byth yn gadael y stiwdio, tri arall i fod yn gyfrifol am y ceffylau a'r stablau, a'i reolwr, Darren.

Roeddent oll yn byw mewn preifatrwydd llwyr, yn mwynhau eu bywydau braf. Oherwydd natur ei brif fusnes, ni fyddai pobl eraill yn mynd a dod fel y mynnen nhw, ac ar wahân i'r partïon gwyllt a ddigwyddai rhyw unwaith y mis, gwneud busnes yn bennaf oedd pwrpas bywydau'r grŵp clòs hwn yng Ngheredigion. Wrth gwrs, roedd 'na ferched di-rif a cherddorion amrywiol yn ymweld, ond doedd neb yn cael aros yno'n barhaol a neb yn sôn wrth y gwesteion am yr hyn a ddigwyddai yn y sgubor.

Gorffennodd Luca'i fiwsli cartref – arbenigedd Darren a gawsai ei hyfforddi fel cogydd yng ngholeg Rhodfa Colchester cyn dechrau ar ei yrfa fel rheolwr ei ffrind. Arllwysodd weddill y llaeth i mewn i'w geg fel pelican barus, gan werthfawrogi athrylith ei reolwr yn y gegin. Roedd Darren yn llawer mwy na rheolwr yn yr ystyr arferol – yn dad, mab, ysbryd glân, cogydd, gwarchodwr, hyrwyddwr, brawd mawr, mam, gyrrwr, agony aunt, casglwr cyffuriau, cynorthwy-ydd personol a ffrind gorau. Pob dim y byddai ei angen ar y rock star cyfoes mewn un person. Yna, paratôdd Luca fwgyn drwg arall, llyncu gweddill ei goffi, gosod y llestri yn eu llefydd penodol ac anelu am ei ystafell wely.

Wedi golchi a gwisgo dillad addas, camodd o'r tŷ a cherdded am y stablau. Edrychodd ar gloc y neuadd cyn gadael a gweld ei bod hi bron yn naw bellach. Byddai'r cyrff yn dechrau codi cyn bo hir a diwrnod arall ar ddechrau. Mwynheai Luca y bore bach, cyn i'w ffrindiau godi, cyn bod unrhyw un yn holi am unrhyw beth ganddo.

Fflachiodd wynebau'r efeilliaid o flaen ei lygaid a thorrodd gwên ar draws ei wyneb. Edrychai ymlaen yn barod at yr adeg y câi ei dreulio yn eu cwmni mewn gwesty moethus ym Mherugia ym mhen cwpwl o ddyddiau, ond wedyn cofiodd am y parti'r noson honno a'r sicrwydd o gael mwynhad rhywiol a ddeuai law-yn-llaw gyda bod yn rock stâr, yn ogystal â'r ffaith y câi'r parti ei gynnal yn ei dŷ ef ac mai ef fu'n gyfrifol am wahodd y merched i'r shindig.

Trotiodd Garmon a Sooty, dau o geffylau anwylaf ei stabl, draw i ddweud bore da wrtho a gweryru'n chwareus pan gynigiodd Luca lond llaw o giwbiau siwgr iddynt. Ym mhen dim, roedd pedwar ceffyl arall yn mynnu derbyn danteithion a dyna lle buodd Luca am gyfnod yn mwytho a sgwrsio gyda'i anifeiliaid, fel rhyw Ddoctor Doolittle diymdrech. Arweiniodd Garmon tua'r stabl, lle gosododd Luca gyfrwy ar ei gefn cyn esgyn arno a dechrau ar ei daith.

Byddai Luca'n gwneud hyn bob dydd, boed law neu hindda, pan fyddai adref ar ei ystad. Gwir ystyr rhyddid i Luca oedd cael carlamu'n rhydd ar dir Disgraceland ar gefn un o'i geffylau.

Cyfarfu â Pennar, a oedd yn gyfrifol am y stablau, ac yntau ar ei ffordd i ddechrau ei ddiwrnod gwaith drwy gael paned a phati yn swyddfa gyfforddus y stabl.

"Aros funud Luca, da' i 'da ti nawr," meddai Pennar gan redeg tua'r ceffylau a neidio ar gefn Sooty heb feddwl ddwywaith fod angen cyfrwy. Pennar oedd marchog mwyaf profiadol a dawnus Disgraceland, ac fe gawsai gryn lwyddiant yn rasio point-to-point cyn iddo ddioddef anaf cas a gorfod dod â'r hobi hwnnw i ben. Byddai'n ymuno â Luca'n reit aml yn y bore ac o ganlyniad daeth y ddau'n ffrindiau mynwesol. Byddai gweddill yr entourage (ar wahân i Blod, a ddewisai ddefnyddio'i ddwy goes) yn ffafrio'r quads neu'r certiau golff i deithio rownd yr ystad, ond roedd yn well 'da Luca a Pennar bedair coes a phersonoliaeth yn hytrach nag injan swnllyd a digymeriad.

Ymunodd â Luca gan drotian heibio i'r driving range a'r llyn cyn iddynt garlamu trwy'r coed am ffiniau eithaf yr ystad ryw filltir i ffwrdd. Arhosodd y marchogion a'u meirch mewn llecyn gwyrdd uwchben clogwyn serth. O'u blaenau, roedd traeth Penbryn ym mae Ceredigion, ac ymestynnai'r môr yn ddiddiwedd wedyn tua'r Ynys Werdd o dan glogwyn o niwlen braf.

"Shwt ma'r pen 'te, Pennar?" gofynnodd Luca wrth i'r ddau ohonyn nhw edrych allan dros y gogoniant glas o'u blaenau. Porai'r meirch y glaswellt yn awchus, heb fod yn ymwybodol o hyfrydwch yr olygfa o'u blaenau.

"Sdim byd gwell na charlamu ar geffyl i gael gwared ar hangover," meddai Pennar. "Mae'n well na fry-up neu paracetamol, any day."

Taniodd Luca'r mwgyn drwg ac eisteddodd y ddau mewn tawelwch cyfforddus wrth i'r haul godi'n uwch gan fwytho'u crwyn yn dyner.

"Glywest ti racet Blim a Sarge wedyn neithiwr?" gofynnodd Pennar gan gymryd y sbliff o afael bysedd main Luca.

"Dim o gwbl – 'nes i basio mas ar ôl y trydydd bong…"

"Ti'n lwcus! Aethon nhw mlaen am oriau. Jocers. Fel dwy gath yn anghytuno – sa i 'di clywed y fath sŵn, serious. By'n nhw'n fucked heddiw, fi'n dweud wrthot ti…"

"Ond yn ddigon da i ddechrau 'to erbyn y parti heno."

"Yn gwmws. Ma'n nhw off 'u penne, serious nawr. Anyway, beth yw'r plan heno – the usual neu oes gen ti rywbeth arbennig yn lined up?"

"Sa i'n gwybod. Bit of this, bit of that, digon of the other. O'n i'n meddwl gwahodd Tubbs. Ma fe'n dod i gasglu prynhawn 'ma a so fe byth yn aros yn hir. O'n i'n meddwl gofyn iddo fe aros dros nos. Ma fe mor dawel, sa i'n meddwl 'mod i 'di siarad yn iawn 'da fe ers pan o'n i yn yr ysgol…" meddai Luca. Roedd hynny braidd yn gamarweiniol, gan na fu Tubbs yn agos at ysgol breifat yn ei fywyd.

Yn wir, cyfarfu'r Tubbs ifanc â thrigolion Disgraceland pan oedden nhw yn yr ysgol, ond ddim yn *yr un* ysgol. Trwy eu cariad at berlysiau anghyfreithlon cyfarfu'r rabscaliwns 'ma, un amser cinio braf, wrth bont grog Blackweir. Ac er y byddai Tubbs yn casáu'r crach ac yn eu hosgoi fel arfer, daeth i sylweddoli'n go gloi mai gan y crach roedd y ganja gorau a datblygodd eu perthynas o ganlyniad i hynny.

"Busnes…" ychwanegodd Luca gan chwythu mwg i'r awyr las. "'Na'r unig beth ma Tubbs yn meddwl amdano…"

"A'i fam!" meddai Pennar, ac ailadrodd. "Busnes, a'i fam…"

"Gwir…"

"A thrist."

"Ti'n iawn eto, gwd boi! Ma rhywbeth tragic as fuck am yr hen Tubbs, fel 'se pwyse'r byd, neu o leia ei fodoleth, yn eistedd ar 'i ysgwydde…"

"Cyfrinache yw 'i enw canol…"

"Aye. Ma fe'n cuddio… Ond, I suppose bod yn rhaid iddo fyw bywyd yn y cysgodion ac ynte'n gwerthu cymaint o ganj…"

"Eitha gwir, ond fi'n dal yn meddwl bod rhywbeth arall yn poeni ein hen ffrind. Rhywbeth so fe moyn i neb wybod amdano…"

"Wel, ma gan bawb rywbeth i'w guddio…"

"Ti'n iawn eto," meddai Pennar gan gymryd drag hir ar dwll tin y bachgen tew cyn ei basio'n ôl i Luca. "Syniad da fydde gwahodd Tubbs by the way. Gallwn ni setio fe lan gyda un o'r merched. Ma angen shag ar y boi 'na, seriously. Talk about uptight…"

Wedi gorffen smocio a rhannu ychydig o ddŵr potel rhewllyd Pennar, arweiniodd Luca'r garlam yn ôl i'r plasty. Ond, cyn 'llinell derfyn' y dreif, gwthiai Pennar Sooty i'r eithaf a'r marchog heb gyfrwy enillodd y ras o hyd trwyn. Yna, camodd y ddau oddi ar y ceffylau gan adael Pennar i arwain y merlod yn ôl i'r stablau fel y gallai Luca ymweld â Blod.

Agorodd Luca ddrws y sgubor gyda chyfuniad o allwedd a chod – cedwid drws y sgubor ar glo drwy'r dydd a'r nos. Anadlodd ddrewdod y gwyrddni melys yn ddwfn i mewn i'w ysgyfaint. Wedi cloi'r drws drachefn, clywodd lais Wogan ar Radio 2 ac roedd hynny'n brawf o bresenoldeb y prif arddwr. Cerddodd tua'r swyddfa yng nghefn y sgubor. Roedd system rheoli hinsawdd fwy soffistigedig yma nac sydd i'w gael yng nghromen fawreddog yr Ardd Fotaneg, a gwnâi'r goleuadau llachar uwchben i'w lygaid losgi, felly gwisgodd Luca ei Ray-Bans unwaith eto. Gyda'r goedwig o wyrddni'n ymestyn tua'r nenfwd o dan haul bythol y lampau, arhosodd Luca i archwilio ac arogli clwmpyn o flagur gludiog cochlyd gan werthfawrogi'i arogl mintaidd ffres. Skunk cryf, neu Big Bud i ddefnyddio enw masnachol y rhywogaeth. Hwn oedd prif gnwd Disgraceland bellach, ac er bod Blod yn hoff o arbrofi a thrawsbeillio rhaid oedd tyfu'r hyn a blesiai'r farchnad, a pho mwyaf drewllyd yr anifail, uchaf i gyd fyddai'r elw. Fe fyddai wedi hoffi aros yno drwy'r dydd, ond gwnâi'r golau iddo chwysu ac roedd y lleithder yn annioddefol ar ôl dim ond rhai munudau. Ymlaen â fe tan iddo gyrraedd lloches cymharol oerllyd swyddfa Blod.

Er mai 'swyddfa' oedd teitl swyddogol y stafell, roedd yn debycach i gyfuniad o labordy rhyw wyddonydd gwallgof a'r tŷ gwydr mwyaf diddorol welwyd erioed – yn llawn toriadau a chroesrywiau anhygoel ac anghyfreithlon; oergelloedd a roddai loches i hadau prin a rhywogaethau hollol unigryw, yn ogystal â siartiau cymhleth a diagramau dryslyd. Daeth Luca o hyd i Blod, a'i wallt gwyn gwyllt, wrth y glorian ddiwydiannol ym mhen draw'r stafell yn pwyso archeb Tubbs.

Er bod Blod wedi pwyso archebion Tubbs ers dros ddegawd bellach, nid oedd erioed wedi cwrdd â'r dyn ei hun. Clywsai'r bois yn siarad amdano'n aml, mewn sibrydion ar adegau, fel tasai'r hen ffrind ysgol yn rhyw fath o ddrychiolaeth, ond o ganlyniad i hanes cythryblus gorffennol y garddwr byddai'n well ganddo osgoi gormod o gyswllt gyda'r byd y tu fas i ffiniau'r ystad. Hyd yn oed dros ddegawd ar ôl 'y digwyddiad', ni theimlai Blod yn hollol ddiogel yn unman... ddim hyd yn oed ym mhreifatrwydd ei bencadlys yn y gwaith. Byddai'n disgwyl i rywun ddod o hyd iddo ar unrhyw adeg, ond wnaeth mo'i orffennol ddal lan 'da fe... hyd yn hyn. Yr unig bethau oedd o ddiddordeb iddo bellach oedd ei blanhigion a'r ffaith ei fod yn byw'n ddigon pell o olwg y byd. Felly, un o'i gynorthwywyr fyddai wastad yn delio â'r cwsmeriaid, gan adael i Blod ganolbwyntio ar ei waith.

"Alright Blod," meddai Luca'n llon wrth ei wylio'n ychwanegu llond dwy law o wyrddni i'r pentwr a orweddai yn y glorian.

"Shw mae?" meddai'r garddwr ar ôl gorffen ei dasg a nodi'r pwysau.

"All good, Blod. Popeth yn good. Beth amdanot ti, jyst moyn checio bod popeth under control gyda ti gan 'mod i off am wythnos i'r Eidal..."

"Aye aye, dim problem Luca bach. Ma popeth dan reolaeth, paid â becso dim..." sicrhaodd Blod ef.

Gwyddai Luca ei fod e'n dweud y gwir hefyd, gan fod Blod yn eithafol o drefnus a manwl yn ei waith. Fyddai dim rhaid iddo boeni dim pan na fyddai yno; roedd proffesiynoldeb y garddwr yn ddigwestiwn a'i fysedd mor wyrdd â'i gynnyrch.

O holl aelodau staff Disgraceland, Blod oedd yr enigma mwyaf. Ond doedd hynny fawr o ryfeddod, wrth i Luca gofio sut y cwrddodd â fe am y tro cyntaf pan oedd yn byw'n wyllt yng nghoedwig yr ystad dros ddegawd yn ôl. Cafodd sioc, rhaid cyfaddef, wrth ei ffeindio yn y coed, yn cysgu mewn lloches bren reit gadarn gan fyw ar ffrwythau a mamaliaid bach anffodus.

Erbyn hyn cawsai'r lloches ei thrawsnewid yn gaban syml, syml ond cyfforddus. Blod oedd y Ray Mears gwreiddiol, ac er bod Luca'n dal i bendroni sut a pham roedd e'n byw yn y fath fodd, wnaeth e erioed wasgu arno i ddatgelu'r rhesymau. Cuddio oddi wrth rywun ydoedd, roedd hynny'n amlwg, ond wnaeth Luca erioed ofyn am esboniad. Ar ôl dod o hyd iddo, cafodd ganiatâd gan Luca i aros yn ei gaban pren am byth ar yr amod y byddai'n gofalu am erddi'r ystad. Ond ar ôl gweld bod sgiliau Blod yn cael eu gwastraffu'n gwneud gwaith tirlunio a phlannu bylbs, gwahoddwyd ef i gynorthwyo yn y blanhigfa. O fewn mis rhedai'r sioe, gan arwain y tîm; *fe* fu'n gyfrifol am droi busnes proffidiol yn fusnes aml-filiwn.

"Ti moyn coffi?" gofynnodd Blod wrth godi ar ei draed a chamu tua'r tecell gan sychu ei gledrau gludiog yn ei siwmper waith dyllog. "Ma angen pob help arna i heddiw ar ôl i'r ffycers 'na 'nghadw i ar ddihun neithiwr…"

"Fi'n olreit, diolch. A dweud y gwir, 'na lle fi'n mynd nesa. Ma pawb yn cwyno am y racet…"

"Sdim rhyfedd, o'dd hi fel gwrando ar gae o wartheg yn ceisio cyd-ganu."

"Sa i'n deall a dweud y gwir, ma'r stiwdio i fod yn hollol soundproof."

"Wel, doedd hi ddim yn soundproofed neithiwr, ma hynny'n sicr!"

"Yn amlwg. Anyway, bydd mwy o sŵn heno. Ti'n cofio am y parti?"

"Aye aye. Ma fy earplugs at the ready!"

Nid oedd Luca erioed wedi gweld y garddwr yn mynychu un o'r partïon – ffaith arall a awgrymai ei fod e'n cuddio oddi wrth rywun, neu oddi wrth rywbeth.

"Very good. Ta beth, wela i ti wedyn Blod, neu falle mewn rhyw wythnos fach…"

"Iawn," meddai'r garddwr gan droi ei sylw yn ôl at ei waith a chwythu'n ddiamynedd ar ei goffi crasboeth. "Pob lwc ar dy daith…"

Gadawodd Luca trwy'r drws cefn, heb orfod dychwelyd i

ganolfan grasboeth y blanhigfa. Anelodd yn syth ar draws yr iard tua'r cartws, gan ddilyn llwybr o sbwriel, a tharddle holl gwynion y gweithwyr. Wrth agosáu, gallai Luca weld pam bod y cerddorion wedi cadw'r fath dwrw gan fod drysau dwbl y fynedfa led y pen ar agor – yr holl soundproofing mewnol yn hollol ddiwerth felly.

Camodd Luca i mewn i'r cartws a chau'r drysau, a ffeindiodd Tim Blim, y peiriannydd, a Sarge, y cynhyrchydd, yn cysgu'n drwm ar y soffas lledr yng nghanol yr offer cerddorol â photeli gwag yn britho llawr y stiwdio. Yn ogystal â bod yn beiriannydd, roedd Blim yn gallu chwarae amryw o offerynnau ac roedd wedi ymddangos ar bob un o recordiau Luca, ac roedd Sarge hefyd yn lot mwy na 'jyst' cynhyrchydd. Roedd Blim wedi chwydu dros ei Fender Mustang coch a'r amp Marshall a ddaliai i ddirgrynu'n dawel â statig. Cododd yr arogl gyfog ar Luca a thynnodd goler ei siwmper dros ei geg a'i drwyn. Roedd Sarge, ar y llaw arall, yn cofleidio'i Jazz Bass 'Hendrix-white with pearl inscripted fretboard' fel partner ansicr yn ceisio atal ei gariad rhag ffoi. Roedd drooooool yn dyfrhau o'i geg gyda phob anadliad aflafar, gan greu trobwll llonydd ger ei afal adda. Trist iawn.

Heb eu dihuno (basai hynny'n gamp a hanner o gofio'u stad), eisteddodd Luca yn y gadair foethus ger y ddesg gynhyrchu a chodi'r clustffonau a'u gosòd yn eu lle. Edrychodd o'i gwmpas ar y llanast unwaith eto ac ysgwyd ei ben. Roedd e'n falch iddo gymryd ei hoff gitâr gyda fe cyn i whitey'r noson cynt afael ynddo.

Archwiliodd yr archif diweddaraf ar y cyfrifiadur a ffeindio trac o'r enw 'Kojak Blues' a gawsai ei addasu am hanner awr wedi pedwar y bore. Gwasgodd Luca PLAY a gwrando ar y gân. Roedd gwrando unwaith arni'n ormod, a dweud y gwir – dau lais aneglur yn udo i gyfeiliant gitâr a bas mas o diwn, gan adrodd hanes ci drwg fyddai'n trin ei eist fel baw, gan godi'i bawennau atynt yn aml.

Ar y gair, ymddangosodd testun y gân a'i gynffon rhwng ei goesau, a'i dafod pinc yn hongian drwy ochr ei geg a'r patch moel ar ei ben yn hawlio cael ei fwytho. Gorffwysodd Kojak ei ên yng nghôl Luca gan fwynhau'r sylw am ychydig, a phan gododd i adael dilynodd y sbaniel ef gan fod ei fola'n grwnian o eisiau bwyd. Cyn i Luca adael y stiwdio, gosododd y trac aflafar ar REPEAT a throi'r sain i fyny hyd yr eithaf gan godi'r cyrff o'u trwmgwsg gyda'r larwm mwyaf amhersain yn hanes y byd. Wrth gau'r drws ar ei ffordd allan, clywodd Luca un ohonyn nhw yn codi, mewn ymgais i atal yr artaith, ond cwympodd dros y drum kit ar ei lwybr sigledig at y ddesg.

"Der', Kojak, mae'n amser bwyd..." a denodd y datganiad hwn lond bol o gyfarth bodlon o gyfeiriad y ci.

Dychwelodd y ddau i'r plasty trwy'r garej – a roddai loches i bedwar o'r deg car drudfawr yn Disgraceland – er mwyn i Luca estyn ei iPod o'r Testarossa fflamgoch ar gyfer y daith. Yna, camodd allan a sefyll yn stond wrth weld car yr heddlu wedi ei barcio ar y dreif o flaen y drws ffrynt.

Dechreuodd Luca anadlu'n ddwfn er mwyn gwrthsefyll curiadau gwyllt ei galon. Nid fod ymweliad oddi wrth yr heddlu'n beth estron chwaith, ond fel arfer un o'u 'ffrindiau' o adran y ditectifs fyddai'n dod draw i'w gweld. Wedi iddo reoli ei batrwm anadlu, camodd Luca i'r tŷ gyda Kojak yn dynn wrth ei sodlau'n hollol anystyriol o'r newid sydyn yn hwyl ei feistr.

Camodd tua'r gegin gan geisio cofio a waredodd e'r Rizzlas arian a'r fowlen o ddeiliach oddi ar y bwrdd cyn gadael yn gynharach, ond pan gyrhaeddodd doedd dim rhaid iddo fecso am ddim gan mai gwyneb tew Ditectif Sarjant Jenkins, neu Carwyn i'w ffrindiau, a arhosai amdano'n bochio llond plât o bancos melys. Wrth y ffwrn, yn coginio'r pancos, roedd Darren, rheolwr sinsir Luca a oedd yn ddigon o faint i chwarae prop i ddîm o gewri.

"Ffycin hell, Carwyn, gaches i 'mhants pan weles i'r car 'na ar y dreif!" ebychodd Luca.

"Pa gar?" gofynnodd Darren.

"Des i mewn squad car heddi," esboniodd Carwyn trwy lond ceg o lemwn a siwgr. "Ma'r Jag yn y garej, chwel..."

"Ti moyn crêpe..."

"Go on 'te," torrodd Carwyn ar draws gwestiwn Darren.

"Gofyn i Luca ro'n i, ddim i ti'r bastard tew!"

"Fuck you, 'te!" atebodd Carwyn yn amddiffynnol wrth gael ei sarhau gan y cogydd. "Ac anyway, sa i'n dew o gwbl…" ychwanegodd, er bod ei fola mawr yn ymddangos trwy fotymau ei grys gwaith tyn.

"Falle nad wyt ti'n dew, ond ti definitely'n delusional!"

"Rhaid bod fel 'ny yn y jobyn 'ma… neu fysen i falle'n gweld yr amlen drwchus ti newydd ei rhoi ar y bwrdd o 'mlaen i fan hyn," esboniodd Carwyn, gan gyfeirio at yr amlen frown drwchus a orweddai ar y bwrdd. Dyna oedd cost cadw'r heddlu lleol ar eu hochr. Deg mil o bunnau bob mis. Câi'r arian ei rannu rhwng pum aelod o dîm ditectifs y dre, gan alluogi'r rhan fwyaf i ofalu'n dda am eu teuluoedd a chadw Jag Carwyn ar yr hewl a'i fola'n llawn bwyd a diod. Er bod yr amlen wastad yn ddigon i gadw'r heddlu'n hapus, y gwir yw gallen nhw fod yn mynnu cael dwbl y swm a mwy hyd yn oed, o ystyried maint busnes Luca.

Wedi llenwi bowlen Kojak, eisteddodd y cantor wrth y bwrdd ac ymddangosodd pancosen ffres o'i flaen er nad oedd wedi ateb cwestiwn Darren eiliad ynghynt. Erbyn iddo ei throchi mewn sudd lemwn ac ychydig o siwgr a dail mint ffres, dychwelodd Darren at y bwrdd gyda dwy arall – un iddo fe a'r llall i Carwyn.

Palodd y triawd i mewn i'w pancos gan wwwmian eu gwerthfawrogiad, cyn i Carwyn, unwaith eto, arwain y sgwrs gan boeri'i fwyd dros bobman wrth siarad.

"Parti heno fi'n clywed, bois?"

"Aye. Ti'n dod draw?"

"Wrth gwrs! Sa i 'di colli un 'to a sa i'n bwriadu dechre nawr… Ti off i'r Eidal fory fi'n clywed…"

"Ydw. Promo tour. Dim byd trwm. Beth yw e nawr, Dar – pedair gig a chwpwl o raglenni teledu…"

"Rhywbeth fel 'na… bydd rhaid i fi checio'r dyddiadur i wneud yn siŵr."

"Actually Carwyn, ma gen i gopi o'r CD newydd i dy fam 'ma'n rhywle…"

"Gwych! Diolch Luca," atebodd y ditectif ifanc wrth sychu'r sudd oddi ar ei blât gyda chegaid olaf ei bedwaredd bancosen.

Y tro cyntaf i Carwyn ddod yno i hawlio tâl yr adran – roedd yng nghwmni DCI Drake, ei fos, a oedd bellach wedi ymddeol – soniodd fod ei fam yn ffan mawr o gerddoriaeth Luca ac felly llofnododd y cantor gopi o'i CD cyntaf fel sweetener bach ychwanegol er mwyn cadw'r heddwas yn hapus. Esblygodd y weithred yna i fod yn ddefod reolaidd ac roedd Luca hyd yn oed wedi canu ym mharti mam Carwyn, pan oedd yn drigain oed y llynedd.

Sychodd Carwyn ei aml-enau gyda hances boced sieclyd cyn codi a pharatoi i adael.

"Cyn i fi fynd bois, chi moyn unrhyw beth ecstra ar gyfer heno?" Cocaine y cyfeirai ato, y cynnyrch gorau posib, fel arfer o storfa waharddedig swyddfa'r heddlu.

"Der' â phedair owns," meddai Darren. "Dyle hynny fod yn ddigon i gadw pawb yn hapus..."

"Dim probs, bois bach. Consider it done, on'd tyfe. Wela i chi wedyn..." ac i ffwrdd â fe gan wasgaru briwsion dros y lle oddi ar ei fol cwrw.

"Ti 'di gorffen?" gofynnodd Darren heb aros am ateb gan ei ffrind. Cododd ei blât a mynd ag e i'r peiriant golchi. Wrth osod y llestri yn eu priod le, awgrymodd fod Luca'n mynd i'w ystafell i bacio ar gyfer y daith. Byddai Darren o hyd yn gwneud hynny, gan fod Luca'n enwog am adael popeth hyd at y funud olaf.

Gadawodd ei reolwr yn y gegin, ac ufuddhau i'w awgrym. Edrychai ymlaen at y daith yn fwy na'r un y gallai ei chofio'n ddiweddar. Syllodd unwaith eto ar brif reswm y disgwyliadau hynny, wrth i'r efeilliad syllu yn ôl ato o gaethiwed y papur gloyw.

007 **TUA'R GORLLEWIN, TUA'R GORFFENNOL**

CYN GYNTED ag yr agorodd Tubbs ei lygaid a gadael ei swyngwsg yogäidd, cododd llenni ei ddychymyg a syllai gwyneb ei fam 'nôl arno o lwyfan unig ei ymennydd. Yr unig adeg na châi Tubbs ei aflonyddu gan ddelweddau ohoni oedd pan fyddai'n ymarfer ei yoga, sef bob bore am awr wedi iddo godi. Byddai gweddill ei amser yn artaith parhaus o atgofion a chwant anniffoddadwy am ddial ar y dyn a'i cipiodd hi oddi arno mewn modd mor ddidrugaredd. Bu'n ymarfer ers chwe blynedd, a bellach roedd yn feistr ar y ddisgyblaeth, ond yn anffodus ni allai yoga gael gwared ar yr hunllef o golli ei fam am fwy nag awr ar y tro.

Ysgydwodd ei ben a chodi o'r safle lotws yn araf gan ymestyn ei gorff swmpus i'r eithaf ar y decking o flaen ei dŷ ym mhentref cysglyd Dinas Powys ar gyrion dinas Caerdydd. Hwn oedd ei gartref fe a'i fam. Ei gartref ef yn unig yn awr. Anrheg iddynt oddi wrth T-Bone ydoedd, ond allai Tubbs ddim cofio ei weld ef erioed yn ymweld â'r lle. Roedd ei fywyd yntau'n artaith hefyd, gallai Tubbs werthfawrogi hynny. Er y boen o gerdded yn ôl traed Foxy bob dydd, ni allai Tubbs feddwl am werthu na symud – yn bennaf oherwydd bod llwch ei fam wedi ei gladdu o dan ei hoff goeden yng ngwaelod yr ardd, ac roedd y tai gwydr yn llawn o lysiau fel rhyw fath o gofeb fyw iddi oherwydd ei hangerdd at blannu, gofalu a chynaeafu planhigion.

Wedi gorffen llacio'i gyhyrau, trodd Tubbs a chamu at gegin ei gartref. Adeilad pren syml unllawr oedd e o dan orchudd bythol o iorwg – yn cynnwys cegin ac ardal fyw eang gyda ffenestri'n ymestyn o'r llawr pren i'r nenfwd, yn ogystal â dwy ystafell wely ac ystafell ymolchi. No frills. Nid oedd ganddo gymdogion, neu o leiaf ni allai eu gweld nhw o'i gartref gan fod gardd eang yn ymestyn i lawr at nant fyrlymus a redai drwy'r coed, a wal gerrig uchel yn gwarchod ei breifatrwydd. Yn yr ardd wyllt câi natur ryddid i dyfu a datblygu fel y dymunai ac ar wahân i'r tri thŷ gwydr, roedd yr ardd yn debycach i warchodfa natur nag i ardd breifat.

Ar ôl pum awr o drwmgwsg, cododd Tubbs â'r haul cynnar yn cosi cloriau ei lygaid trwy'r ffenest. Ac wedi sesiwn hir o yoga roedd wedi bwrw blinder a thywyllwch y diwrnod cynt. Ddim yn gyfangwbl efallai, ond yn ddigon iddo allu wynebu bywyd unwaith eto a dilyn trywydd ei ffawd.

Ar ôl cael brecwast syml – te gwyrdd, bara cartref a llond bowlen o ffrwythau a iogwrt – ac wedi bwydo pump allan o'i chwe cath, 'molchodd yn y gawod, gorchuddio'i goes gignoeth â Preparation H a gwisgo'i ddillad garddio, sef hen bar o comfy pants llac a fest ddu sy'n arddangos yr oriel o datŵs ar ei freichiau. Allan wedyn unwaith eto i haul y bore, gan gario llond powlen o diwna i'r gath arfradlon. Doedd Victor, y gath, ddim wir ar goll. Gwyddai Tubbs yn iawn ble roedd e: yn yr un man ag y byddai bob dydd, sef yn galaru o dan goeden Foxy. Victor oedd ffefryn ei fam ac roedd yr hen gwrcyn wedi gweld eisiau Foxy bron cymaint â'i mab. Treuliai ei holl amser yn gwarchod y balmwydden a blanodd Foxy a Tubbs yn yr ardd pan symundon nhw yno gyntaf: y balmwydden gymerodd Foxy o'r fflat yn Abertawe, a'r man lle claddodd Tubbs ei lludw. Roedd y goeden fel rhyw flanced o gysur i Tubbs, yn enwedig pan fyddai'r yucca'n blodeuo bob blwyddyn gan lenwi'r awyr ag arogl a oedd, i Tubbs, fel adlais o Foxy'n galw arno o dywyllwch y byd a ddaw.

Yn ôl y disgwyl, dyna lle'r oedd Victor, yn gorweddian yng nghysgod yr yucca. Plygodd Tubbs wrth y cwrcyn a'i fwytho'n dyner cyn iddo fwrw ati i sugno'r pysgodyn seimllyd. Doedd dim dant ym mhen Victor bellach, ond doedd dim byd yn bod ar ei chwant bwyd chwaith. Gadwodd Tubbs ef i'w frecwast a cherdded tua'r tai gwydr i ddyfrhau'r cnydau. Dechreuodd ei ddiddordeb mewn tyfu a gofalu am blanhigion yn ystod y flwyddyn ar ôl iddo golli ei fam. Yn sicr, roedd Foxy'n berchen ar fysedd gwyrdd a phenderfynodd Tubbs ofalu am ei chnydau ac efallai gadw'i hysbryd yn fyw trwy barhau â'i gwaith garddio. Dyna a berswadiodd Tubbs ei hun i gredu, ta beth, ond roedd y ffaith iddo ffeindio llond tŷ gwydr o Collie Jamaicaidd drewllyd yn tyfu'n wyllt yn help mawr i danio'i ddiddordeb! Nid oedd Tubbs hyd yn oed yn gwybod bod ei fam yn ysmygu, ac roedd e wastad wedi meddwl mai cnwd yn perthyn i rywun arall oedd yr hyn y daeth o hyd iddo'r holl flynyddoedd yna'n ôl...

Yn y tŷ gwydr cyntaf tyfai Tubbs domatos organig amrywiol fel y gwnâi ei fam. Codai arogleuon hyfryd o'r dail wrth iddo roi dŵr iddynt yng ngwres braf haul y bore. Anadlodd Tubbs yn ddwfn cyn troi at yr ail dŷ gwydr, lle y tyfai fefus a grawnwin yn yr un modd, hynny yw, heb gemegau. Trochodd y planhigion iachus cyn camu i'r trydydd tŷ gwydr. Treuliai fwy o amser yn yr un yma, gan fod angen tipyn bach mwy o sylw ar yr hyn a dyfai ynddo, sef cnwd organig arall ychydig fwy grymus na'r ffrwythau na'r llysiau.

Archwiliodd y deiliach pum-bys llydan am widdon a gweld nad oedd arwydd o drwbwl. Gwnâi'r gwymon ar lawr ei waith yn berffaith. Cofiai Tubbs am y trafferthion a gawsai wrth geisio tyfu ei gnwd cyntaf o Collie Jamaicaidd. Collodd ei ddeg planhigyn cyntaf oherwydd pla o bryfed cyn cofio am ddull ei fam o gadw'i chnydau'n rhydd o bryfed. Byddai Foxy'n carpedu'r tir rhwng ei thomatos â gwymon, 'bownsers mwyaf bygythiol byd natur' yn ei barn hi. Nid oedd gan Tubbs syniad lle darganfuodd ei fam y ffaith hono – roedd yn anodd dod o hyd i wybodaeth o'r fath yn y dyddiau tywyll hynny, cyn dyfodiad y rhyngrwyd – ond, ers cyflwyno'r gwarchodlu morwrol i'w dai gwydr, tyfai'r cnydau heb unrhyw drafferth.

Fyddai Tubbs ddim yn smygu'r stwff cryf – yr hydro ffrwydrol a brynai oddi wrth Luca a'i werthu i'w gysylltiadau ledled Cymru – ers rhyw bum mlynedd bellach. Y rheswm? Am fod y mathau pwerus yn ormod i'w ymennydd bregus. Ers hynny, homegrown organig llai heger o'i blanhigfa bersonol yn unig y byddai Tubbs yn ei fwynhau, heb lygru'r pleser â thybaco ar unrhyw adeg.

Prynu, gwerthu a dosbarthu 'ganja gorau Prydain' oedd prif weithgaredd Tubbs erbyn hyn; hynny a dienyddio pobl am gyflog, wrth gwrs. Rhoddodd y gorau i'w drydydd gweithgaredd amheus, sef trefnu lladradau i ddihirod amrywiol ac eistedd 'nôl i dderbyn ei 10% heb drochi ei ddwylo, ryw dri mis cynt wedi i job syml mewn swyddfa bost yng nghefn gwlad Gwent fynd o chwith yn nwylo Floyd Fortune a'i Funky Bunch – os gellid galw pedwar corff marw ac un wedi'i barlysu o'i wddf i lawr, yn ôl y *Western Mail*, yn sefyllfa a aeth 'o chwith', hynny yw.

Wedi orig dawel yn llonyddwch clos y tŷ gwydr, wrth i Tubbs ddyfrhau'r dail gan greu arogleuon hudolus oddi ar y blagur a godai ac a lenwai'r awyr gan gosi ei ffroenau, clywodd lais ei ffrind yn torri ar y tawelwch a chipio Tubbs yn ôl i'r presennol.

"TUUUUUUUBBS!" deuai'r floedd o dop yr ardd. Heb ymateb, aeth Tubbs yn ôl tua'r tŷ am ei apwyntiad gyda'r nodwydd a'r inc.

Pwysai Boda ar ochr y dec â'i git tatŵs teithiol ar y llawr a'r un dillad amdano ag a wisgai pan welsai Tubbs e ryw wyth awr ynghynt. Â'i lygaid yn gul agored a'r halitosis yn hongian o gwmpas ei geg, sylweddolai Tubbs fod un peth yn amlwg: ni fu Boda adre neithiwr. Wrth ysgwyd dwylo, cadarnhaodd gwên slei Boda hynny.

Arweiniodd Tubbs ei ffrind tua'r gegin, cyn berwi'r tecell a phasio mw`g o goffi ffres cryf iddo.

"Wel?" cododd Tubbs ei eiliau'n awgrymog.

"Beth?" atebodd Boda cyn llarpio llond ceg o'r hylif hufenllyd, gan esgus nad oedd ganddo unrhyw beth i'w rannu gyda'i ffrind. Ond, fel pob dyn sy newydd cael gwagiad, ysai am gyfle i ymhelaethu mewn gwirionedd.

"Dere 'mlân, Bod! Spill the beans…"

"Spill my load, more like!" ebychodd, gan chwerthin ar ei joc sâl.

"Sick!"

"Sut o'ti'n gwybod 'ny?"

"Fine, bydda fel 'na 'te, ond fi'n gwybod bo' ti'n marw eisie dweud y

cyfan wrtha i…" Tynnodd Boda sbliff drwchus o boced ei grys sieclyd di-lewys a chamu allan o'r gegin i'r haul cynnes. Cynnodd y cetyn a dechrau adrodd yr hanes. Yn anffodus, doedd dim llawer i'w ddweud gan fod cof Boda wedi ei foddi gan yr hen Jack D.

"Wel, ar ôl i ti fynd a 'ngadael i neithiwr aeth pethau bach yn… yn… wel, fuck knows beth ddigwyddodd really, cos o'n i off 'y mhen ac yn hongian wrth y bar fel rhyw fwnci meddw moel. Short story shorter, dihunais ryw ddwy awr yn ôl yng ngwely Jess…"

"Jess, y barmaid?"

"Na, Jess, cath Postman Pat!"

"Wrth gwrs. Sori…"

"Anyway. Dyna ni…"

"Dyna ni?"

"Ie. Complete blank. Sa i'n cofio dim…"

"Dim hyd yn oed ei Brasilian newydd? Fi hyd yn oed yn cofio hynny!"

"Ha, ha. Wrth gwrs 'mod i'n cofio hynny…"

"A phawb arall oedd yn y clwb neithiwr…"

"Aye, ond sa i'n cofio fuck all o'r stwff da," ychwanegodd yn siomedig gan godi'i law at ei ben i fwytho'r hangover oedd yn chwyddo o dan effeithiau'r perlysiau myglyd yn hytrach na chilio fel y gobeithiai Boda.

"Sut ti'n teimlo, 'te?"

"Well, gutted wrth gwrs, basai partial recall yn well na dim!"

"Ddim 'na beth ro'n i'n feddwl. Sut deimlad yw gwybod bod llwyth o dy ffrindiau wedi'i gweld hi'n noeth cyn i ti wneud beth bynnag wnest ti wedi 'ny?"

"Dunnow," dechreuodd Boda'n ddifeddwl, ond wedi saib fer atebodd yn fwy pendant. "Actually, mae'n siwtio fi i'r dim. I mean, mae e fel try before you buy, on'd yw e?"

Ysgydwodd Tubbs ei ben mewn annealltwriaeth lwyr cyn gwrthod y mwg a gynigiai ei ffrind.

"Wel, beth fi'n treial dweud, I suppose, yw fod cymryd un o'r barmaids adref yn safe bet…"

"Ti'n iawn fan 'na!"

"Gad i fi orffen! Fuck. Fel arfer, os ti'n sgorio gyda merch so ti erioed wedi 'i gweld yn noeth, ma 'na siawns fod rhywbeth o'i le arni – ti'n gwybod, tair nipple, coc, cefn blewog…"

"Coc?"

"So fe 'di digwydd i fi, ond ti'n nabod Billy Ray…" nodiodd Tubbs; roedd *pawb* yn adnabod Billy Ray. "… wel, nath hynny ddigwydd iddo fe. Tynnodd e six foot stunner mewn rhyw ŵyl yn Awstria cwpwl o flynyddoedd yn ôl, ond trodd Dolly'n Danny ar ôl tynnu'i ddillad. Roedd hi fel yr olygfa 'na yn *Bachelor Party* yn ôl Bill, er sa i'n siŵr pam 'i fod e'n dweud y stori wrth neb chwaith. Weirdo! Anway, sdim rhaid becso am bethe fel 'na gyda Jess gan 'mod i'n gwybod pa mor ffit yw hi'n barod… try before you buy…" ailadroddodd eto am ryw reswm.

"Ti'n siŵr mai Jess oedd hi? O gofio dy stad di neithiwr, sen i ddim yn synnu tase Chewbacca neu Skid Row yn dod â brecwast i'r gwely i ti yn y bore!"

Chwarddodd Tubbs ar y ddelwedd ond roedd Boda'n fud. Y gwir oedd nad oedd syniad 'da fe ble dihunodd e'r bore hwnnw gan nad oedd neb yn gwmni iddo. Y peth diwethaf y gallai ei gofio oedd syllu ar lain glanio Jess wrth iddi arllwys diod arall iddo, felly ychwanegodd ddau at ddau a chyrraedd chwe deg naw. Roedd e'n rhy hungover i ddadlau gyda Tubbs ac roedd e'n meddwl bod ei ffrind yn dipyn bach o goc yn cymryd y piss mas ohono fe, gan na allai e gofio'r tro diwethaf i Tubbs fwynhau cwmni benywyaidd. Archwiliodd ei atgofion heb unrhyw lwyddiant. *Mae'n hen bryd i Tubbs gael shag*, meddyliodd, wrth gamu'n ôl i'r tŷ er mwyn dechrau ar y darlunio.

"Nawr, ti'n siŵr bod ti moyn neud hyn heddiw, I mean so inc ddoe wedi sychu'n iawn 'to hyd yn oed…"

"Ydw," atebodd Tubbs heb oedi. "Fi'n fed up ar yr holl beth a dweud y gwir. Ti 'di bod yn gweithio ar 'y nghoes i ers dros dri mis nawr a fi jyst moyn gorffen gyda hon a symud 'mlân…"

"'Ot ti'n hercan neithiwr …"

"Wel, sa i'n hercan nawr, ydw i, so jyst get on with it!"

"Ok, ok! Bloody hell, Tubbs, chill out…"

Cytunodd Boda o'r diwedd gan osod CD gan Black Cesar, ei hoff fand newydd, yn y stereo, cyn paratoi ei offer yn y man arferol. Arferai Boda redeg siop datŵs yn Nhreganna, ond gyda busnes yn araf a'r rhent yn codi penderfynodd dorri'n rhydd o gonfensiwn a chynnig gwasanaeth yn y cartref. Daliai'r gwasanaeth hwnnw i fod yn unigryw yn y rhan hon o'r byd. Aelodau'r Banditos oedd y rhan fwyaf o'i gwsmeriaid, a gwnâi fywoliaeth ddigon derbyniol oherwydd eu chwant parhaol i addurno'u cyrff.

Etifeddodd Boda'r siop oddi wrth ei dad – Yr Eryr, prif arlunydd clytwaith croen T-Bone a nifer o genhedlaeth hŷn y Banditos – ar ôl iddo farw mewn damwain beic amheus ar yr A470 ryw wythnos neu ddwy cyn i Tubbs golli'i fam. Derbyniodd hyfforddiant ganddo cyn ei golli a bu Boda'n gweithio ar Tubbs ers dechrau'i yrfa. Y bandit bach ar dop braich dde Tubbs oedd tatŵ cyntaf y ddau ohonyn nhw – Tubbs fel derbynnydd, Boda fel artist. Roedd y ffigwr yn dal i fod yno, ymysg yr holl ddelweddau eraill, a'r inc fel glud yn glynu'r dynion wrth ei gilydd.

Gyda Tubbs yn gorwedd ar ei La-z-boy, a'i goes dde'n barod am boen, gofynnodd Boda'r un peth iddo ag y gofynnai bob tro y byddai'n creu tatŵ iddo.

"Ti moyn anesthetic heddiw, Tubbs?" Gwyddai Boda'r ateb cyn iddo ofyn. Jôc oedd y cwestiwn erbyn hyn ac atebodd Tubbs ddim hyd yn oed. "Fine by me, ond ti'n gwybod bod y ben-glin yn ei chael hi heddiw. Un o'r llefydd mwyaf poenus..."

Cododd Tubbs ei ysgwyddau mewn ymateb cyn cau'i lygaid a dychwelyd i lesmair tebyg i'r un adeg yoga'r bore.

Gwelai Tubbs y 'boen' fel rhywbeth llwythol, egnïol.

"Ti'n meddwl fod y bois 'na o Samoa sy'n edrych fel eu bod nhw'n gwisgo cycling shorts wrth chwarae sevens yn cael anesthetig?" gofynnodd i Boda'r tro cyntaf iddo'i gynnig.

Defnyddiai'r amser yng nghwmni'r nodwydd fel cyfnod ychwanegol o fyfyrio a châi'r weithred bob amser ei gwneud mewn tawelwch, ar wahân i'r gerddoriaeth a dirgrynu parhaus y nodwydd.

O fewn awr, roedd y ddraig a phen-glin Tubbs yn dychlamu a chwyddo o dan effeithiau'r lliwio a'i ddannedd yn crensian mewn ymateb. Sychodd Boda'r ben-glin yn ofalus a'i gorchuddio â haen o Preparation H wrth i Tubbs ailymuno â thir y byw.

"Croeso'n ôl," dywedodd Boda gan ailgynnu'r sbliff a thynnu'n galed.

"Diolch. Am faint o'n ni mas?"

"Jyst dros awr. Rhywbeth fel 'na. Ma' dy ben-glin di'n fucked though. Wedes i, do. Anyway, rho dy draed lan am y diwrnod – byddi di'n iawn fory, fi'n siŵr…"

"No, can do, Bo. Fi'n mynd i weld Luca prynhawn 'ma. Busnes."

"Pob lwc gyda'r gyrru!"

"Be' ti'n meddwl?"

"Cod ar dy draed and we'll take it from there…" A dyna wnaeth Tubbs gan wingo o dan boen ei ben-glin. "Wedes i, do?"

"Tuff. Fi'n gorfod mynd heddiw. Ma pobl yn aros am eu deliveries… Hang on. Beth ti'n neud nawr?"

"Fuck all, fel mae'n digwydd. Cysgu a cheisio cofio'r manylion am neithiwr oedd fy nghynllun…"

"Sori Bo, ond ti'n dod 'da fi. Fel chauffeur…"

"Ti'n serious? I Disgraceland?"

"Wrth gwrs. Ti'n gêm?"

"Ffycin right! Bydd hi fel ymweld â Rivendell neu rywbeth!"

"Diolch Bo, ti'n seren." Ac ar ôl cinio clou o gawl cartref, straffaglodd Tubbs i du blaen ei gar gyda Boda wrth ei ochr yn llawn cyffro am y daith o'u blaen.

O fewn dwyawr, yn cynnwys piss stop ym Mhont Abraham a phlated o'r sglodion a selsig mwyaf drud, a di-flas, ar wyneb y ddaear i Boda, ymlwybrodd y Polo bach trwy Ffostrasol tu ôl i dractor llydan dan haenau o gaca. Cyn hir collodd Boda ei amynedd a phasio'r ffarmwr ar gornel dall. Gwylltiodd Tubbs wrth ei ffrind am fod mor fyrbwyll, ond sylwodd mai wedi cyffroi roedd Boda am ei fod e'n cael ymweld â'r ystad chwedlonol. Roedd y tatŵydd wedi clywed ei ffrind yn sôn am Disgraceland nifer o weithiau ac erbyn hyn roedd y darlun o'r lle'n llawn lledrith ym mhen Boda. Er y disgwyliadau anghygoel, ni chafodd mo'i siomi pan gyfarwyddodd Tubbs e oddi ar yr A487 tua Thresaith a'r fynedfa fawreddog arweiniai tuag at y plasty.

Gan fod y glwyd ar gau, agorodd Boda'i ffenest ac estyn ei fys tua'r Intercom. Ond cyn canu'r gloch, dywedodd Tubbs, "1969-1990-LP-DL."

"Beth?" Oedodd Boda ar ôl mewnbynnu y cyfuniad pedwar rhif agoriadol.

"1990-LP-DL," ailadroddodd Tubbs, ac wedi i'w ffrind gyflawni'r dasg agorodd y gatiau'n araf ac i mewn â'r Polo ar hyd y dreif droellog tua phen eu taith. Erbyn iddyn nhw gyrraedd y tu blaen i'r plas, ac wedi pasio'r llyn, y driving range a'r holl geffylau, roedd llygaid Boda'n pefrio. Roedd cartref T-Bone yn anhygoel, ond nid oedd yn yr un cae â hwn.

Ni fyddai Tubbs fel arfer yn parcio wrth y plas pan fyddai'n dod i

Disgraceland. Yn arferol byddai'n gyrru i'r sgubor, derbyn y llwyth oddi wrth bwy bynnag a fyddai yno, cyn talu a gadael yn dawel bach. Ond, heddiw, gyda Boda'n gwmni llawn cyffro, gwyddai Tubbs y byddai'r ymweliad hwn yn wahanol, hyd yn oed cyn iddo weld Luca ei hun yn camu o'r tŷ a cherdded tuag atynt. Yn llawn hyder fel y dylai pob artist byd enwog fod, roedd ganddo wên lydan ar ei wyneb, efallai am ei fod mor falch o weld Tubbs – neu'n fwy na thebyg o dan effaith uniongyrchol y mwgyn a hongiai o gornel ei geg.

"Yeeeeeeeeeeeeeeeeeeees Tuuuuuuuubbs!" ebychodd, gan ysgwyd

llaw â'r cawr. "Sut wyt ti, all good gobeithio…?"

"Da iawn diolch, Luca, ar wahân i…"

"I beth?"

"Paid poeni. Dyw e'n ddim byd."

"Fuck off, macho man, beth sy'n bod?" A chododd Tubbs goes dde ei drowsus cotwm ysgafn ac ateb cwestiwn Luca heb yngan gair.

"Jeeezus!" meddai Luca, gan droi ei lygaid i ffwrdd oddi ar y cawlach gwaedlyd a orchuddiai ben-glin ei ffrind cyn sylwi ar Boda am y tro cyntaf.

"Pwy yw hwn 'te, Tubbs?"

"Fy ngyrrwr am y dydd a'r bastard achosodd y llanast 'ma…"

"Boda," dywedodd Boda a chamu tuag at Luca gan geisio actio'n blasé a ffaelu'n gyfangwbl. Nid oedd Boda'n ffan o Luca fel y cyfryw, er ei fod e'n berchen ar gopi o'i albwm cynta, ond roedd bod yng nghwmni rhywun mor amlwg gyfforddus gyda'i lwyddiant yn gallu gwneud i'r mwyaf cŵl deimlo'n grasboeth.

"Yo Bo! Enw gwych a barf gwell, gyda llaw," ac ysgydwodd y ddau ddwylo cyn i Luca gynnig y mwg i'r tatŵydd. Trodd wedyn at Tubbs. "Reit, cyn dechrau ar y busnes, fi moyn eich gwahodd i barti heno sy'n digwydd fan hyn…"

"Sweet!" meddai Boda, ond roedd yr olwg ar wyneb Tubbs yn adrodd mil o eiriau a dim un ohonyn nhw yn gadarnhaol.

"Yn gwmws," dywedodd Luca wrth wenu'n berlaidd. "Parti ffarwél i fi yw e. Sort of. Fi'n mynd i'r Eidal ar daith hyrwyddo fory, ond ni'n cynnal partis 'ma tua unwaith y mis, anyway. Select few. Merched stunning. Cyffuriau gwych. Llond llyn o booze. Ta beth, so ti byth yn aros yn hir 'ma, wyt ti Tubbs, ac mae'r bois i gyd yn gofyn amdanat ti, so dim esgusodion, jyst dwêd iawn. Iawn?"

"Too right!" ychwanegodd Boda yn llawn cyffro. Parti preifat yn nhŷ rock star! Ac i feddwl ei fod e bron â mynd adre i gysgu!

Edrychodd Tubbs i gyfeiriad y ddau oedd yn siario'r sbliff. Ysgydwodd Tubbs ei ben ond eto gwyddai y byddai'n aros. Doedd dim dewis 'da fe, mewn gwirionedd.

Ymhen dim, gyda Luca'n derbyn bod Tubbs am aros a Boda'n methu cuddio'i hapusrwydd, ymunodd ffigwr dieithr â'r tri o flaen y tŷ. Nid oedd Tubbs yn ei adnabod er bod 'na rywbeth cyfarwydd amdano 'fyd. Roedd e'n lot hŷn na gweddill trigolion Disgraceland a chanddo wallt gwyllt gwyn afreolus. Gwisgai ddillad llawn tyllau, ei ddillad gwaith, ac roedd pridd yn gorchuddio'i ddwylo.

"Blod!" cyfarchodd Luca ef, a gwyddai Tubbs pwy ydoedd yn awr. 'Guru garddio' Disgraceland a safai o'u blaenau. Athrylith y tŷ gwydr. Duw yr hydroponics. "Der i gwrdd â chwpwl o ffrindiau da. Dyma Tubbs a dyma Boda…"

Estynnodd Tubbs ei law iddo ond oedodd Blod cyn ei hysgwyd a gwawriodd golwg ryfedd dros ei wyneb. Cydnabyddiaeth efallai, ond cydnabyddiaeth o beth nid oedd Tubbs yn gwybod. Ailfeddiannodd ei hun ar ôl eiliad a chydiodd y garddwr yn llaw Tubbs.

Cyn troi at Boda, cododd Blod law'r cawr a chraffu ar y fodrwy fenywaidd a addurnai ei fys bach a daeth yr olwg arswydus yn ôl ar wyneb y garddwr yr eilwaith. Ni allai Blod gredu pwy oedd yn sefyll o'i flaen e. Y llygaid. Y geg. Y fodrwy. Doedd dim amheuaeth. Roedd y bachgen ifanc boliog a gofiai wedi tyfu i fod yn fynydd o ddyn, a'r gorffennol, o nunlle, yn cripian tuag ato. Trodd lliw ei fochau'n gochlyd, ond cyn i Tubbs allu gofyn beth oedd yn bod, trodd Blod yn fyrbwyll tuag at Boda, ysgwyd ei law'n gyflym a cherdded oddi yno fel tasai'n cael ei erlid gan elyn anweledig.

"Beth oedd yn bod arno fe?" gofynnodd Tubbs i Luca.

"Beth ti'n feddwl?"

"Dim byd," dywedodd, gan sylwi mai fe yn unig a sylwodd ar yr olwg ar wyneb y garddwr. Plyciai'r boen yn ei goes unwaith eto ac arweiniodd Luca hwy i adain y gwesteion.

Wedi crwydro'r plasty gan ryfeddu ar y dodrefn, y decor a'r arwyddion o ariangarwch amlwg ym mhob cornel o'r lle, o'r diwedd cyrhaeddodd y triawd ystafelloedd y gwesteion â choes Tubbs ar dân. Gadawodd Luca ei ffrind ar wely pedwar postyn yn ailosod gorchudd o Preperation H dros ei glwyfau. Tywysodd Luca Boda ar daith o gwmpas yr ystad, gan adael Tubbs i hel meddyliai am ymateb rhyfedd y garddwr wrth ei gyfarfod.

Ymhen ychydig, caeodd Tubbs ei lygaid a gadael i gwsg ei feddiannu heb iddo fod yn ymwybodol fod y domino cyntaf a fyddai'n arwain at ddiwedd ei yrfa fel llofrudd wedi cwympo'n barod.

BLAS BRAWF

W RTH DEITHIO trwy faestref dawel Dinas Powys, gydag un
llygad ar y ffordd a'r llall yn syllu ar Petra'n pwdu yn y
rear-view, meddyliodd Vexl fod hon yn mynd i fod yn eithaf
sialens.

Syllai'r flonden dawel a surbwch, a'i llygaid yn llawn arswyd,
ar y byd y tu fas i ffenest y car; nid oedd hi wedi yngan gair ers
iddi weiddi wrth adael yr orsaf ryw bymtheg munud ynghynt.
Taranai'r adrenalin rhwng ei glustiau wrth i'w galon garlamu o
dan effeithiau'r cemegau a chyffro'r helfa. Edrychodd eto arni.
Mor ifanc. Mor ofnus. Mor berffaith. Oedd ei meddwl ar garlam,
neu'n llawn anobaith? Yr ail opsiwn, gobeithiai Vexl.

O'r stereo, dirgrynai drymiau, bas a dub yr Hi-Fi Killers ac
o gyfeiriad Gimp, a ddaliai i eistedd yn fud yn y sedd gefn gan
gadw llygad ar yr eiddo newydd, llifai mwg y Marlboro coch.

Wrth agor ei ffenest i waredu ychydig o'r llygredd, dechreuodd
Vexl feddwl am y llinell a arhosai amdano wedi iddynt gyrraedd
y Barri, ond o nunlle clywodd lais annisgwyl o'r cefn a newidiodd
ei farn am y ferch newydd mewn eiliad.

Rhewodd Petra wrth glywed geiriau Vexl am 'fywyd newydd'.
Rhewodd ei gallu a'i chwant i ddweud dim byd. Ond, er y parlys
llafar, roedd ei hymennydd ar ras yn ceisio datrys y pos.

Roedd ambell i ffaith yn amlwg. Yn gyntaf, roedd hi yng
nghwmni dynion drwg. Dihirod heb os, efallai'n waeth na
hynny hyd yn oed. Yn ail, cawsai ei herwgipio. *Am air dramatig*,
meddyliodd Petra. Ond, er hynny, roedd e yn wir.

Dyna lle gorffennai'r ffeithiau pendant; dim ond dyfalu allai hi
wneud am yr hyn fyddai'n digwydd wedyn. Roedd Petra'n amau
mai pimp oedd y gyrrwr, a phutain newydd ydoedd hi. Cywir.
Roedd Petra hefyd yn amau eu bod nhw'n mynd i'w gorfodi i
weithio iddynt a'i chadw'n gaeth ar ben y daith. Cywir eto.

Yn amlwg, nid oedd y sefyllfa'n apelio ati a chwalai ei

breuddwydion o'i chwmpas wrth iddynt droi pob cornel.

Wrth fynd heibio arwydd am Landochau Bach daeth Petra i gasgliad. Rhaid fyddai dianc, ond i wneud hynny byddai'n rhaid iddi fod yn ddewr, ac yn fwy na hynny, byddai'n rhaid iddi fod yn glyfar. Roedd hi'n chwarae gêm nawr, ac i ennill byddai'n rhaid iddi herio'r dihirod cyn bachu ar y cyfle cyntaf a gâi i ddianc. Byddai'n rhaid iddi felly wneud a goddef beth bynnag y bydden nhw'n ei ofyn iddi. Rhaid fyddai iddi ddisgwyl y gwaethaf, yn y gobaith na fyddai'r hyn y gwnaent iddi ei wneud mor wael â'r disgwyl. Y peth cyntaf i'w wneud, felly, fyddai codi'r llenni, camu ar y llwyfan a rhoi perfformiad teilwng o Wobr Olivier i'r ddau ddihiryn.

Wedi gadael Llandochau, teithiodd y triawd mewn tawelwch am Ddinas Powys. Gwyliodd Petra'r pentref prydferth yn pasio'r ffenest a phenderfynodd mai nawr fyddai'r amser i weithredu ar ei chynllun o dwyllo ei chyd-deithwyr. Gwaredodd ei chragen gorniog, dechreuodd wenu, a gofynnodd, "So, where we goin' then boys? It betta 'ave a kettle cos I'm fuckin parched..." mor hamddenol â chwsmer yn archebu latté yng Nghaffi Clonc. A dyna ddechrau'r sgam, dechrau ei hymgyrch i ddianc o'i charchar agored.

"So," dywedodd Gimp, gan chwythu mwg i'w chyfeiriad, "you can talk as well as scream..."

"Yeah, sorry 'bout tha babe. It was a birrofa shock, that's all... I mean, it's not every day you get kidnapped, is it?"

Gwyliodd a gwrandaodd Vexl ar y sgwrs y tu ôl iddo, a gadael i Gimp leddfu gofidiau'r ferch.

"Kidnapped!" ebychodd Gimp. "Steady on vere, dahlin', I just saved ya fuckin life back vere! Vat tramp was about to stab ya..."

"An' I'm very grateful for tha..." ffalsiodd Petra wrth i'w hamrannau hypnoteiddio Gimp. Ysodd am ofyn iddo beth yn union roedd e'n wneud i lawr yr ali, ond fyddai gofyn hynny fawr o help i weithredu'i chynllun. "So, where we going then?" gofynnodd yn lle hynny.

"Yah'll see," ymunodd Vexl i mewn, ac er bod ei lais yn

aflonyddu enaid Petra, syllodd arno yn y drych a thaflu gwên lydan i'w gyfeiriad.

"Seriously now, are you gonna hurt me or wha?"

"Nah nah, nuffin like va'!" atebodd Gimp yn gelwyddog, ond synnwyd y pâr gan ateb annisgwyl Petra, a llwyddodd i ddenu gwên i'w gwynebau ar ôl i'r anghrediniaeth ddiflannu.

"Oh," dechreuodd Petra'n llawn siom. "That's a shame, you both know I'm a very, very bad girl..." Estynnodd a chyffwrdd penglin Gimp gan redeg ei thafod dros ei gwefus, cyn gafael mewn Marlboro Light o'i bag a throi ato am dân. Yr unig beth sicr yn ei bywyd ar yr eiliad honno oedd ei rhywioldeb, a byddai'n rhaid i Petra ddefnyddio hwnnw i'w lawn botensial cyn y byddai gobaith iddi ennill ffydd y dynion hyn a chael cyfle i ddianc rhagddynt.

Stryffaglodd Gimp i ffeindio'i Zippo cyn pwyso tuag ati a chynnau ei sigarét. Wrth wylio'r olygfa yn y rear-view, meddyliodd Vexl pa mor lwcus oedd e i ffeindio'r eilydd perffaith i Miss Scarlett.

Cyn iddi orffen ei ffag, parciodd Vexl y car tu fas i dŷ teras di-nod yn edrych i lawr at Ffair y Barri. Gallai Petra glywed sgrechiadau hwyliog yn dod o gyfeiriad y log-flume, y dodgems neu'r chwyrligwgan a chofiodd ymweld â'r lle yn ystod ei phlentyndod. Amgylchiadau tra gwahanol i'r presennol a'i harweiniodd hi yno'r tro diwethaf – trip clwb ieuenctid ganol haf. Hufen iâ a sglodion seimllyd. Llosg haul a thrwynau coch. Candyfloss a bola tost. Fyddai'r ymweliad yma ddim hanner cymaint o hwyl, gwyddai Petra'n hynny'n barod.

Edrychodd o'i chwmpas ar yr ardal gan greu darlun yn ei phen o'r daith yno. Cofiodd iddynt fynd heibio i'r Safari Inn ar y ffordd trwy'r Barri, Dow Corning a'i simneiau llygredig a McDonald's ar y groesffordd cyn cyrraedd Dinas Powys. Clodd y cyfeiriadau hyn yn ei phen, gyda'r bwriad o aildroedio'r un llwybr yn y dyfodol agos.

Arweiniodd Gimp y ffordd gan dynnu cês Petra tua'r tŷ, ac ymhen dim roeddent yn y gegin gyda'r tecell yn berwi a merch arall yn gwmni iddynt.

"Vicky, vis is Petra, our new girl. Petra, vis is Vicky, our old girl," dywedodd Gimp a nodiodd Vicky ar Petra gan ddiawlo'i phrydferthwch. Byddai pob merch newydd yn diflasu Vicky ac yn ei hatgoffa o anobaith ei bywyd hi a'i chaethiwed yn y puteindy hwn. Edrychodd Petra ar Vicky a suddodd ei chalon wrth i realaeth ei sefyllfa wawrio arni. Roedd presenoldeb y butain yn cadarnhau holl amheuon tywyll Petra a llyncodd yn galed gan wybod y byddai'n rhaid iddi aberthu'i hunan-barch rywbryd heddiw cyn ailafael ynddo yn hwyrach.

Adlewyrchodd Vicky ddyfodol aflan posib Petra, gan greu trobwll byrlymog yn ei stumog. I osgoi'r fath dristwch a'r anobaith amlwg yn ei llygaid gwag, rhaid fyddai dianc ar y cyfle cyntaf, yr unig gyfle, a gâi.

"So what now, when do I get started?" gofynnodd Petra gan gynnig yr abwyd i'w gwarchodwyr. Bron i Vexl chwythu'r powdwr roedd e ar fin ei sugno i'w drwyn dros y bwrdd a'r llawr wrth glywed y fath gwestiwn.

"We'll have a cuppa tea first and ven get dahn to business, is it Vex?"

"Yah mon," atebodd y bòs, gan sugno ar ei sinysys er mwyn tynnu'r cemegau yn gyfan gwbl i'w waedlif. "Den we gyet dyahn ta biznuz."

"Be a dahlin, Vic luv, and sort vu tea aht would ya..." awgrymodd Gimp, er mai gorchymyn ydoedd mewn gwirionedd. Cododd y butain gan ochneidio, ond ni wnaeth anghytuno chwaith. Roedd hi wedi hen arfer cael ei thrin fel hyn, amheuodd Petra.

Diflannodd y te mewn corwynt o gam-drin. Sugnodd Vexl a Gimp ddwy linell o bowdwr anhysbys oddi ar y bwrdd, tra llyncodd Vicky dair pilsen las amheus. Nid paracetamol mohonynt, dyfalodd Petra yn gywir unwaith eto. Yna, rhannodd y pedwarawd sbliff drewllyd a oedd yn cynnwys mwy na'r perlysiau arferol, gan achosi i ben Petra chwyrlïo am gyfnod. Yn ystod y pendro, gwawriodd y gwirionedd ar Petra unwaith eto a gorffennodd weddill ei diod cyn plymio tuag at ei ffawd greulon a chymryd cam arall ar y daith i ddianc o'r hunllef.

"Ready!" ebychodd gan glapio'i dwylo a chribo'i bysedd trwy ei gwallt euraid.

"Fackin' ell, steady on girl!" Nid oedd Gimp erioed wedi cwrdd â merch newydd mor frwdfrydig. Roedd hon yn rhywbeth arbennig iawn, roedd e'n sicr o hynny.

"Nah mon, tha's cool." Gwerthfawrogai Vexl ei heiddgarwch, a gwnâi'r ferch bethau'n hawdd iawn iddo...

"You wants me to show her the room?" cynigodd Vicky wrth i'r cyffur lacio'i cheg.

"Nah yet," dywedodd Vexl gan ddal ei law o'i flaen. "Yah wanna show wha yah cyan do?" gofynnodd Vexl yn rhethregol a chododd Petra ar ei thraed.

"You wanna see me dance, is tha it?"

"Nah quite," chwarddodd Vexl ar ei diniweidrwydd cyn ychwanegu'n hollol ddifrifol. "I wanna see yah fuck da Gimp. Yah cyan cyall it a taste test..."

"No way!" gwaeddodd Vicky gan droi'r awyrgylch o fod yn fygythiol i fod yn farwol heb fawr o ymdrech. "Don't do it Vex, please!" Plediai hithau, ond heb fawr o bwrpas wrth wylio'i chariad yn llacio'i wregys a dechrau mwytho'i wrywdod.

Achosodd hyn i Vicky godi a gadael y tŷ gan fwmian yn fygythiol o dan ei hanal, a gadael Petra'n gwynebu realiti ei sefyllfa heb ddewis ond ufuddhau. Llyncodd eto i geisio denu dŵr i'w phaled cyn mmmmmwmian ei hymateb.

"Mmmmmm, I was 'oping you'd say tha'," gan godi ar ei thraed a chamu tuag ato. "Cum ere little man, let's see what you've got there..." ond nid oedd Petra'n disgwyl i'r fath fwystfil gael ei ryddhau o'i drowsus, a bu bron iddi â llewygu yn y fan a'r lle wrth ddod wyneb yn wyneb â'r pidyn mwyaf a welodd erioed. Efallai fod Gimp yn ddyn bach o ran taldra, ond roedd e'n gawr o'i gymharu â'r mwyafrif.

Wedi llyncu'i syndod, trodd Petra oddi wrtho gan ddweud dros ei hysgwydd, "Put a tent on it and follow me," cyn gwneud beth fyddai hi wastad yn ei wneud mewn sefyllfaoedd o'r fath, sef diffodd pob teimlad, pob gwefr a phob meddylfryd a gadael i beth bynnag a ddigwyddai fod ar wahân iddi.

Roedd e'n debyg i fyfyrio, neu'n brofiad a ddigwyddai i rywun arall, profiad anesboniadwy, ond roedd Petra wedi bod yn ymarfer y ddisgyblaeth ers iddi dechrau gwerthu ei ffafrau pan oedd yn dair ar ddeg oed. Roedd y gallu ganddi i wneud hyn yn gryfach nag erioed ers iddi golli ei rhieni y llynedd a byddai'r gweithredoedd eithaf, fel y weithred hon, yn digwydd heb iddi fod yn llwyr ymwybodol ohonyn nhw.

Arweiniodd Petra, Gimp i lolfa'r tŷ. Gyda'r dihirod yn ei ddilyn – un yn eiddgar, a'r llall yn ymholgar – plygodd Petra dros fraich y soffa ledr dreuliedig, codi ei sgert y mymryn lleiaf a philio'i thong yn araf i lawr ei choesau gan ddangos ei gogoniant eilliedig iddynt. Caledodd coc llipa Gimp ar unwaith wrth i'w chedorau adlewyrchu golau'r bylb noeth uwchben a sgleinio o flaen ei lygaid. Diolchodd Gimp i Dduw nad oedd yn credu ynddo fel y câi ryddid i wneud yr hyn roedd ar fin cael y pleser o'i fwynhau. Camodd tuag ati gan dynnu'r rwber dros ei fin.

Eisteddai Vexl ar y gadair gyfforddus gyferbyn, yng nghysgod poster o lun enwocaf Edvard Munch, gan danio mwgyn arall a diawlo'i anallu rhywiol. *Fe* ddylai fod yn blasu'r mêl 'ma, ddim Gimp a'i goc anferthol.

"What you waiten for?" gofynnodd Petra gan edrych ar Gimp dros ei hysgwydd, wrth iddo ddynesu ati fel corrach gardd yn gwthio whilber. Nid oedd hi wedi rhag-weld y byddai pethau'n digwydd cweit fel hyn, ond roedd hi wedi derbyn yr anochel yn ystod y daith o Gaerdydd i'r Barri. "C'mon big man, take me now," dywedodd, gan gynnal yr act gystal ag y gallai.

Doedd dim angen ail wahoddiad ar Gimp, felly camodd ati a mewnbynnu'i gawr bach yn ofalus. Roedd e'n gwybod y boen y gallai maint ei arf achosi, felly proses dyner oedd y gwthiad cyntaf.

Erbyn i hyd cyflawn Gimp suddo i mewn iddi, nid oedd Petra yn perthyn i'r un byd â'r lle y digwyddai hyn. Roedd hi'n bell bell i ffwrdd yn nyfnderoedd pleserus ei dychymyg. Roedd ei chorff yn dal ar dir y byw ond roedd ei henaid a'i chydwybod yn rhywle arall.

Roedd yr ardd yn llawn bywyd, yn baradwys llawn blodau

lliwgar a phlanhigion yn tyfu ym mhobman ac adar yn canu yn y coed er bod cathod di-rif wedi coloneiddio'r cornel hwnnw o'i hisymwybod. Yn gwarchod y llannerch llonydd roedd cawr cyhyrog tawel, yn gwylio Petra wrth iddi fwytho'r cathod a throchi'i thraed yn y nant oerllyd ar waelod yr ardd. Gwenodd Petra ar y cawr pan sylwodd ei fod yn syllu arni, ond arhosodd yn yr unfan yn amlwg ansicr o sut y dylai ymateb. Cerddodd Petra tuag ato ond diflannodd i ganol y deilach cyn iddi ei gyrraedd. Teimlai'n ddiogel yma yng nghwmni'r cathod a'r cawr, a dyna'r lle arhosodd Petra am weddill y dydd, wrth i'w chorff gael ei gam-drin ar dir y byw drachefn.

Wedi pasio'r prawf gydag A serennog, treuliodd Petra weddill y dydd yn ei swyddfa – ei hystafell wely, hynny yw – yn aros am gyfle i ddianc rhwng rhoi adloniant i ambell gwsmer. Yn anffodus, er ei bod hi'n siŵr iddi dwyllo Vexl gyda'i hact, nid oedd e'n ymddiried yn llwyr ynddi gan na wnaeth e na Gimp adael y tŷ am eiliad yn ystod y diwrnod cyfan. Yn anffodus, byddai'n rhaid iddi fod yn amyneddgar, meddyliodd wrth i 'Walter', dyn canol oed digon diflas yr olwg oedd yn arogli o Fisherman's Friends, saethu'i lwyth dros ei bronnau ac yntau'n dal i wisgo'i gap fflat a'i sanau sieclyd gan fwmian am ryw Glenda neu'i gilydd wrth gyrraedd pen ei daith…

Wrth wylio Gimp yn ddwfn ynddi, â gwên slei a Marlboro yn brwydro am sylw ei wefusau, atgoffai'r olygfa Vexl o Yorkshire Terrier yn ffwcio Afghan Hound. *Cyan it gyet any worse dan dis, mon?* gofynnodd iddo ef ei hun, ond roedd rhyw lais yn ddwfn ynddo, rhyw deimlad anesboniadwy, yn rhag-weld mai dim ond dechrau'r trywydd tywyll oedd y sioe yma. *Storms ah brewin, Vexmon.* Ar ôl ychydig, diflasodd ar yr halibalŵ. Yn wir, roedd gwylio'r olygfa'n ei wneud yn reit sâl. Roedd e wedi gweld hen ddigon ac roedd ei lygaid coch yn bygwth ffrwydro y tu ôl i'w shades.

"E'nuff!"

"No way Vex, I'm not even close to shootin' my load!" atebodd Gimp gan ddal i balu.

"Gerroff 'er, Gimpmon, NOW!" Ac wrth glywed tôn ei lais, datglodd Gimp o gefn Petra a rhedeg i'r tŷ bach i orffen y job gyda posh wank rwystredig.

Anfonodd Vexl Petra i'w hystafell gan estyn bag o wair a Rizzlas glas iddi.

"Yah watch samh tee-vee nah girly, get stoned, wait fah yah firs' customah," ac i ffwrdd â hi fel merch dda. Ni allai Vexl gredu'i lwc, a dywedodd hynny wrth Gimp pan ddychwelodd i'r ystafell.

Dychwelodd Vicky i'r tŷ gan gamu'n dawel trwy gil y drws. Roedd ei hwyliau'n well ers iddi adael yn ei thymer ar ôl iddi sylweddoli nad oedd ganddi hawl i fod yn grac wrth Gimp am yr hyn a wnaeth. Wedi'r cyfan, roedd e'r un mor gaeth â hi yng ngwe Vexl.

Clywodd leisiau yn y lolfa a chlustfeiniodd wrth y drws.

"She's summin' else, vis one Vex. " Suddodd calon Vicky wrth glywed geiriau Gimp.

"Tru mon, she be headin to Kiadiff in nah time."

"I reckon. I fought she'd be a fackin nightmare when we picked er up, vough."

"Too tru. She soon cyam rahnd mon!" A chwarddodd y ddau yn fodlon ar ddiwrnod da o waith.

Clywodd Vicky Vexl yn malu pils ar y ford goffi a chefnodd y butain arnynt a chamu tua'r llawr cyntaf, via'r gegin, am 'air bach' 'da'r ferch newydd.

Gafaelodd Vicky mewn cyllell fara finiog o'r gegin cyn camu'n benderfynol am ystafell Petra. Ond pan gyrhaeddodd hi gallai glywed bod cwsmer gyda hi ac felly dychwelodd i'w hystafell wely i aros. Dim Petra'n unig fyddai'n gorfod bod yn amyneddgar heddiw.

Erbyn deg o'r gloch y nos roedd Petra wedi gwasanaethu pedwar cwsmer.

Dim rhyw oedd ar feddwl pob un ohonyn nhw, ond roedd

ceisiadau 'amgen' yn aml yn fwy annymunol na'r amlwg.

Ar ôl cawod hir, eisteddai ar ei gwely'n smygu sbliff cryf wrth i'r mwg ac arogleuon afiach eraill yr ystafell ddianc i'r nos trwy'r ffenest agored. Cododd ac ystyried y posibilrwydd o neidio allan drwy'r ffenest a dianc yn y modd hwnnw, ond er y byddai'n bosibl neidio nid oedd y ffenest yn agor digon i alluogi iddi fynd trwyddi.

Wrth eistedd unwaith eto ar y gwely gyda phwysau'r byd ar ei hysgwyddau, estynnodd am ei llyfr er mwyn ceisio dianc rhag ei hunllef, ond cyn iddi ddarllen gair agorodd y drws ac i mewn y daeth Vicky. Yn ei llaw roedd 'na gyllell finiog. Yn ei llygaid roedd casineb llwyr.

"What you doin, babe?" gofynnodd Petra gan godi o'r gwely a chilio tua'r cornel pellaf. Roedd y gwely rhyngddynt ond doedd hynny'n fawr o gysur.

"You-can't-go-they-all-go-except-I-stay…" mwmiodd Vicky heb anadlu.

"What? Where d'they go, luv, what you on about?"

"You-all-leave-me-you-does. All-the-pretty-ones."

"Slow down slow down and drop the knife!"

"You-gotta-stay-with-me. Don't-go…"

"I'm not goin' anywhere, babe, onest," *ond sut roedd hon yn gwybod am ei chynlluniau*, meddyliodd Petra, cyn i Vicky ddatgelu'r gwir ac wedyn ei bwriad.

"Yeah-you-is-yous-goin-to-Cardiff-I-heard-him-say-but-not-if-yous-not-beautiful-yous-not…" a chododd Vicky'r gyllell a chamu o gwmpas y gwely. Doedd dim angen i Vexl greithio Vicky'n allanol i'w chadw'n gaeth i'r bywyd hwn gan fod ei chreithiau mewnol yn ddigon o fagl, ond roedd geiriau ei phimp a gormodedd o bils wedi'i harwain at y fan hyn. O gofio anobaith ei bodolaeth, byddai creithio'r ferch benfelen brydferth hon yn codi'i chalon o leiaf.

Gafaelodd Petra yn ei llyfr i'w ddefnyddio fel arf am yr eildro y diwrnod hwnnw. Roedd hi'n hyderus y gallai ddelio â Vicky – wedi'r cyfan, roedd hi mewn gwell siâp na hi ac yn edrych i lawr arni o ucheldir ei chwe throedfedd. Roedd bywyd caled y butain hŷn – y cyffuriau, yr afiechyd eithaf a'i galwedigaeth ddinistriol – wedi cronni ynddi ers blynyddoedd, gan fudferwi cyn ffrwydro i'r wyneb pan glywodd hi eiriau Vexl yn gynharach.

Brasgamodd Vicky tuag ati gan geisio torri'i gwyneb â'r gyllell fel y gwelsai Vexl yn ei wneud droeon dros y blynyddoedd, ond llwyddodd Petra i osgoi'r ergyd a neidio i ben y gwely. Trodd Vicky'n syth a phlymio am Petra, ond roedd hi'n rhy araf; Petra erbyn hyn oedd yn sefyll wrth y drws tra gorweddai Vicky'n llipa ar bydew drewllyd y gwely gwaith. Cododd yn araf a chamu'n sigledig oddi ar y gwely. Oedodd am eiliad gan anadlu'n drwm a gwthio'r arf unwaith eto i gyfeiriad wyneb Petra. Y tro hwnnw ymatebodd Petra gan ddefnyddio'r llyfr clawr caled fel raced denis a rhoi ergyd go iawn i foch dde'r butain gan daflu'i chorff gwan yn galed yn erbyn y wal. Tra brwydrai Vicky i ennill ei chydbwysedd a'i gwynt, tarodd Petra'r gyllell o'i llaw a'i thaflu hi allan o'r stafell gerfydd ei gwallt cyn cloi'r drws. Pwysodd ar y wal a gadael i'r adrenalin ei boddi. Carlamai ei chalon a chymylodd ei meddyliau cyn i'r dagrau dorri dros y glannau.

Dyna'r eiliad pan darodd gwir realaeth ei sefyllfa hi. Dyna'r eiliad y gwawriodd sicrwydd ei hanobaith drosti. Dyna'r eiliad y sylweddolodd y byddai'n *rhaid* iddi ddianc y bore wedyn, cyn i Vicky gael ail gyfle i'w niweidio. Dyna'r eiliad y cododd y gyllell finiog oddi ar y llawr, cyn gorwedd ar ei gwely a dychwelyd i'r llecyn llon ymhellteroedd ei hymennydd yng nghwmni'r cawr a'r cathod...

CAETHIWED CREULON Y CADNO

Atseiniai sŵn camau Foxy a'i mab o amgylch crombil gwag cyntedd eang gorsaf drenau Caerdydd, gan wneud y fam yn fwy petrusgar fyth. Roedd hi'n siŵr fod yr heddlu ar eu trywydd yn barod, a doedd clywed ei chamau ei hun yn ei herlid yn helpu dim ar gyflwr ei meddwl.

Fflachiodd ei llygaid o gwmpas y lle er mwyn sicrhau nad oedd y glas yn aros amdanynt wrth y fynedfa ond, ar wahân i gyrff cwpwl o gardotwyr yn chwyrnu'n drwynol o dan orchudd o sachau tatws ger yr amserlen ar y wal, roedd yr orsaf mor dawel ag elordy yng nghanol nos.

Tawodd yr erlid cyn gynted ag y camodd y fam a'i phlentyn i'r nos. Stopiodd Foxy am eiliad gan edrych i'r chwith tua'r Empire Pool a'r Taf tu hwnt, ac wedyn i'r dde tuag at ben eu taith. Gallai weld adeilad mawr â 'GW' wedi'i gerfio ar ei ochr, ond allai hi ddim gweld y Central Hotel o ble y safai. Cofiodd eiriau'r casglwr tocynnau – *Out the station, turn right, can't miss it...* – ac felly, i ffwrdd â nhw eto a'r fam yn llusgo'i mab bach blinedig tua'u dyfodol ansicr.

Roedd y strydoedd mor wag â'r orsaf, ac ar wahân i ddau dacsi a chlwstwr o feiciau modur a'u perchnogion blewog yn rhannu potel o Jack tu fas i'r Wimpy Bar ar gornel Ffordd Saunders, dim ond y gwynt a'i phryderon oedd yn peri unrhyw broblem i Foxy...

"Plîs Al, paid â bod fel 'na," plediodd Foxy ar ei mab am fod hwnnw wedi rhewi yn yr unfan yn syllu ar y beicwyr a gwrthod symud modfedd. "So ni'n bell nawr, 'drych, co'r gwesty," ond ni symudai Al, felly gorfod i Foxy ei dynnu'n rymus er mwyn gorfodi ei goesau i gamu.

Wrth anelu am y gwesty, neidiodd calon Foxy tua'i cheg pan welodd olau car yr heddlu'n fflachio tua hanner can llath o'u blaenau ar Stryd y Santes Fair. Yn fyrbwyll braidd, gyda'i phen yn llawn dryswch tywyll, arweinodd hi Al i'r chwith i lawr lôn gefn dywyll er mwyn cuddio am funud neu ddwy tan i'r heddlu adael. Wrth blygu wrth y wal oer, clywodd Al Bach injan drom yn tanio yn y pellter, ond ni chlywodd Foxy ddim gan ei bod hi ar blaned arall ar y foment honno.

Tasai Foxy wedi aros i feddwl am eiliad, byddai wedi gweld ffolineb ei chynllun yn syth, ond roedd hi'n gweithredu'n reddfol, gan fod ei phen ar chwâl a'i phryderon yn tagu ei synnwyr cyffredin. Taranai curiad ei chalon rhwng ei chlustiau, ond plyciodd Al hi'n ôl i'r presennol gan ei phrocio'n dyner ar ei braich. Agorodd ei llygaid yn disgwyl y gwaethaf, sef gweld heddwas yn sefyll o'i blaen, ond roedd yr hyn a arhosai amdani'n waeth fyth rywsut.

Safai dau ddyn o'u blaenau fel tyrau tywyll uwch eu pennau – ysgwyddau llydan a phedwar llygad gwyn llachar yn pefrio o'u hwynebau croenddu. Craffodd Foxy er mwyn ceisio'u gweld yn well ond roedd hi'n amhosib gweld mwy yn nhywyllwch yr ali gefn. Nid oedd hi'n siŵr bellach ai croenddu oeddent neu'n gwisgo balaclafas am eu pennau. Yn llaw un ohonynt roedd cyllell hela ond bar haearn oedd dewis arf y llall. Sleifiodd llaw Foxy'n araf i'w bag i chwilio am y gwn tra syllai Al Bach arnynt gyda golwg estron ar ei wyneb, golwg nad oedd Foxy erioed wedi'i weld o'r blaen. Roedd Al wedi newid mwy yn yr oriau diwethaf nag yn ystod y flwyddyn cynt.

Heb rybudd, gafaelodd yr un â'r gyllell yn Al, gan ei dynnu oddi wrth Foxy a dal yr arf at ei wddf.

"*Your bag!*" mynnodd y llall, ond erbyn hynny roedd llaw Foxy'n gafael yn y Magnum yn y bag. Oedodd pawb am eiliad neu ddwy. Symudodd neb. Syllai Foxy ar lygaid ei mab a'r rheiny'n llydan agored a'r pryder yn serennu ohonyn nhw.

"*Your bag!*" ailadroddodd yr ymosodwr gan godi ei far haearn uwch ei ben, ond cyn iddo allu trywanu Foxy tynnodd y gwn o'r bag a'i bwyntio'n syth at ei geilliau. Rhewodd y dyn ar unwaith ac edrych ar ei bartner.

"A Mexican standoff, I believe," dywedodd Foxy gan godi i sefyll a chyfnewid y ceilliau am y gwyneb tywyll llawn ofn. "Let him go and walk away slowly or I'm going to blow your head off," meddai Foxy'n llawn sicrwydd.

Er y swniai'i llais felly, crynai ei pherfedd yn ddireolaeth. Tynnodd ei bag yn agosach ati gan ddal i bwyntio'r gwn yn syth at drwyn y dyn a ddaliai'r bar haearn uwch ei ben, ond tarfodd golau llachar o ben y lôn ar y sefyllfa ac yn y dryswch gwthiodd y dyn â'r gyllell Al yn ôl at Foxy wrth i'r llall gipio'r bag o'i gafael. Erbyn iddi ailafael yn ei chydbwysedd a phwyntio'r gwn ar eu holau, roeddent wedi diflannu i fol y fuwch gan adael Foxy ac Al yn eu tlodi unwaith eto.

Wrth i'r golau a'r injan drom agosáu yn araf tuag atynt, plygai Foxy wrth y wal gan gofleidio'i mab. Roedd noson wael newydd ddirywio'n noson waeth a'r mymryn o obaith a ddaethai'n sgil marwolaeth Calvin wedi diflannu. Beichiai Foxy'n ddireolaeth wrth i Al fwytho'i gwallt yn dyner a thawelodd yr injan cyn i'r marchog gamu oddi ar ei feic a nesáu atynt.

"Anyone hurt? Are you two ok? I wish I would've found you earlier but I can't see in the dark. Haven't been eating my carrots maybe. I saw the little man staring around the corner and thought I'd come and offer my assistance, introduce myself. I had a look around the front and sort of came here by a process of elimination... sorry, please excuse me, I'm babbling. Are you ok? That's the only thing that matters..."

Edrychodd Foxy ar y ffigwr estron diweddaraf i groesi'u llwybr gan gofio iddi ei weld gyda'r beicwyr eraill y tu fas i Wimpy'n gynharach. Yng ngolau blaen ei feic modur roedd ei wallt hir arian yn mynnu sylw a'i fwstash fel cyrn tarw ymladd, ben i waered. Yn gyfforddus yn ei ganol oed, roedd y gŵr, yr Angel Uffern, yn olygus tu hwnt ac yn meddu ar gorff dyn ugain mlynedd yn ifancach. Gwenodd ar Foxy ond ni allai ddychwelyd ei gyfarchiad. Roedd hi mor grac iddi golli ei harian a llifai'r anobaith drosti, ond cyn i'r dagrau ailymddangos cofiodd y byddai'n rhaid iddi fod yn gadarn, petai ond er mwyn Al.

"Ti'n iawn, Al?" gofynnodd, a nodiodd ei mab ei ymateb.

"Chi'n siarad Cymraeg?" gofynnodd y marchog, gan helpu Foxy ar ei thraed.

"Ydyn. O Abertawe. Newydd gyrraedd. Ar ein ffordd i'r Central ond roedd ein harian i gyd yn y bag ddwgodd y ddau ddiawl 'na, so sa i'n gwybod beth i neud nawr..."

"Ma gen i syniad... Anthony yw'r enw gyda llaw, ond ma pawb yn 'y ngalw i'n T-Bone."

"A Lisa dw i, er bod pawb yn 'y ngalw i'n Foxy," a gallai T-Bone weld yn iawn pam. "A dyma Al, fy mab..."

"Iawn Al?" gofynnodd T-Bone gan blygu i lawr at lefel y bachgen ifanc. "Ti moyn dod am reid ar 'y meic i?"

Wrth glywed y cynnig gwenodd Al ar ei ffrind newydd.

"Hang on nawr am funud!" meddai Foxy. "Mae hi bach yn hwyr i fynd ag Al am reid, nag yw hi?"

Ond cododd T-Bone ac edrych i fyw ei llygaid gan wenu.

"Ddim Al yn unig fydd yn dod 'da fi. Come on, chi'n aros 'da fi am heno. Ma'r strydoedd 'ma'n beryglus amser hyn o'r nos..."

Cododd T-Bone Al Bach o dan un fraich a bag dillad Foxy yn ei law arall gan arwain y ddau at ei chopper grymus. Gydag Al wedi'i frechdanu rhwng corff cyhyrog T-Bone yn llywio ac un heini ei fam a eisteddai yn y cefn, teithiodd y triawd trwy'r strydoedd tawel ar eu ffordd i gartref y beiciwr.

Cafodd Foxy sioc ei bywyd pan gyrhaeddon nhw ben eu taith, gan mai rhyw fflat ddigon brwnt neu garej seimllyd mewn ardal annymunol roedd hi'n ei ddychmygu fyddai cartref T-Bone, yn hytrach na'r plasty gwledig yn Rudry. Ond, er y syndod, roedd hi'n reit hapus gyda'r canlyniad, rhaid cyfaddef hynny!

Trodd y dyddiau'n wythnosau, tra blagurodd cariad T-Bone tuag at Foxy wrth i gariad Foxy tuag at T-Bone farw'n araf wedi'r wefr gychwynnol wrth ei gyfarfod.

Ar ddechrau eu perthynas, pentyrrai T-Bone Foxy ag anrhegion – o'r diangen ar ffurf chopper pinc, 'hers' i'w 'his' dynol ef, i'r eithafol, sef tŷ ym maestref ddymunol Dinas Powys – gan ei gwneud hi'n amhosib i Foxy hyd yn oed ystyried ei adael.

Ar ben hyn i gyd, roedd T-Bone ac Al yn ffrindiau gorau o fewn oriau o gwrdd ac ymddangosai i Foxy fod ei mab wedi llwyddo i gladdu'n ddigon didrafferth yng nghefn ei feddyliau yr hyn y credai iddo'i neud i Calvin. Neu efallai fod y plentyn yn sicr i'w dad gael ei haeddiant ac y gallai fyw gyda'r hyn a wnaethai. Beth bynnag, nid Foxy'n unig gafodd ei sbwylo gan bennaeth y Banditos. Ond, yn hytrach nag anrhegion materol, cariad, cyfeillgarwch a chefnogaeth tadol dderbyniodd Al, rhywbeth nad oedd e erioed cyn hynny wedi ei brofi yn ystod ei fywyd byr.

Prynodd y tŷ yn Ninas Powys i Foxy tua mis ar ôl eu cyfarfod ger yr orsaf drenau, gan esbonio nad oedd ef eisiau iddi deimlo'n gaeth iddo mewn unrhyw ffordd. Roedd y tŷ, felly, i fod gynnig rhywfaint o annibyniaeth iddi ond, wrth gwrs, ffordd o'i chaethiwo drwy ei roi mewn dyled iddo oedd hi mewn gwirionedd.

Manteisiodd T-Bone ar ddiffyg cyllid a diffyg dyfodol Foxy, gan ei charcharu'n seicolegol fel rhyw Petrosinella ôl-fodernaidd. Gan iddo ei hachub rhag bywyd caled yn gwasanaethu dieithriaid ar strydoedd Abertawe, teimlai T-Bone ei fod yn berchen ar ei bywyd, jyst fel Calvin gynt. Er iddi symud i'r tŷ yn Ninas Powys er mwyn ceisio cadw ychydig o bellter, rhwng ei swydd y tu ôl i far clwb y Banditos a chwyno parhaol Al ei fod eisiau bod pob munud yng nghwmni'i ffrind gorau newydd, byddai hi'n hala'r rhan fwyaf o'i hamser yng nghartref T-Bone, ta beth.

Natur T-Bone oedd y brif broblem. Roedd e'n hŷn o lawer na Foxy ac fel arweinydd cangen lwyddiannus, cangen dreisgar o feicwyr mynnai barch oddi wrth bawb ac roedd wedi arfer rheoli pob person y deuai i gysylltiad â hwy. Ar ben hynny, roedd e'n ddyn unig a gollasai ei wraig i ganser dros ddegawd yn ôl. Yn anffodus iddo, roedd ei ysfa i reoli a'i unigrwydd yn dawnsio'r samba mewn cylch dieflig, gan fod presenoldeb un yn golygu na fyddai'r llall byth yn ei adael.

Trodd y misoedd yn flynyddoedd wrth i berthynas yr oedolion gyrraedd gwastadedd anffrwythlon. Doedd eu perthynas ddim yn gyfan gwbl amhleserus, ond roedd ymhell o fod yn gariadus. Daliai T-Bone i garu Foxy a datblygodd ei berthynas â'i mab yn gyfeillgarwch ddwfn, yn seiliedig yn bennaf ar feiciau modur a reifflau awyr. Teimlai Foxy fel troffi iddo, yn enwedig pan gâi sylw arbennig gan T-Bone yn y clwb neu pan fyddai yng nghwmni ffrindiau. Ffars oedd y cyfan, a dweud y gwir, gan y byddai'r ddau'n gorwedd fel boncyffion wrth ochr ei gilydd yn y gwely pan fyddai Foxy'n aros yn ei gartref yn hytrach na dychwelyd i Ddinas Powys.

Yn aml, gorweddai Foxy gyda'i llygaid ar agor yn ystyried ei hopsiynau tra byddai T-Bone yn rhochian wrth ei hochr. Er ei bod eisiau ei adael, nid oedd siawns ganddi o wneud hynny. Roedd hi mor dlawd ag yr oedd hi'r noson honno wedi i'r lladron ddwyn ei harian. Yn ogystal, tasai hi'n gadael byddai'n colli ei chartref yn y Fro, yn colli'r diogelwch o fod o dan adain pennaeth y Banditos, ond yn bennaf byddai'n colli parch a chariad ei mab annwyl – oedd mor agos at T-Bone nes bod eu genynnau fel petaent wedi uno i greu bond y tu hwnt i'r un biolegol.

Yn ogystal, nid oedd Foxy eisiau dechrau dychmygu'r hyn fyddai T-Bone yn ei wneud iddi tasai hi'n ei adael. Roedd yr hyn wnaeth i Georgie Skinz pan welodd T-Bone e'n syllu'n rhy fanwl ar ei chorff noeth y tu ôl i'r bar yn dal i aflonyddu arni a sŵn y gwydr yn hollti'i benglog yn dal i atseinio yn ei phen.

Er na fu Foxy'n anffyddlon unwaith i T-Bone yn ystod eu 'perthynas', ac er y rhybudd amlwg am yr hyn a allai ddigwydd petai hi'n ei fradychu, newidiodd popeth ar ben-blwydd ei mab yn un ar bymtheg oed. Mehefin 4, 1987 oedd y dyddiad a gorweddai Foxy wrth y pwll nofio'n mwynhau'r haf crasboeth cynnar mewn bicini arian a sgleiniai yn yr haul gan dynnu sylw at ei chroen tyn a'i chorff gosgeiddig wrth iddi wrando ar y synth pop diweddaraf i lygru tonnau'r awyr.

Roedd T-Bone ac Al wedi gadael am y prynhawn, ar daith gyntaf gyfreithlon Al ar gefn beic modur. Prynodd T-Bone chopper iddo ar ei ben-blwydd, un tebyg iawn i'w un ef ei hun, ac roedd y ddau'n gyrru tuag at Aberhonddu yr eiliad honno. Gallai Foxy weld gwyneb ei mab yn wên o glust i glust wrth i'r ffordd droelli a'r gwynt chwythu drwy ei wallt trwchus ac yntau'n hedfan dros y Bannau yn dilyn trywydd ei 'dad' mabwysiedig.

Ond diflannodd ei wyneb mor gyflym ag yr ymddangosodd, wrth i rywun arall fynnu ei sylw. Yr ochr draw i'r pwll, yn noeth ar wahân i shorts denim tyn, sgidiau gwaith trwm a llond pen o wallt cyrliog gwyllt, safai'r garddwr newydd yn yfed dŵr i dorri'i syched yn y gwres. Fel hunks Diet Coke y dyfodol, sgleiniai ei gorff fel arfwisg arian o ganlyniad i'r chwys a lifai drosto – gallai Foxy flasu'r hylif hallt hyd yn oed o ochr arall y pwll. Llyfodd ei gwefusau. Nid oedd hi wedi teimlo unrhyw wefr fel hyn ers blynyddoedd, ac roedd hi'n awchu am brofi'r hyn a safai o'i blaen.

Fel tasai'r garddwr wedi darllen ei meddyliau, gosododd ei botel ar y llawr a cherdded tuag ati. Cyflymodd calon Foxy wrth iddo agosáu a sylwodd nad oedd modrwy briodas ar ei law chwith. *Arwydd da,* meddyliodd. Tu ôl i'w sbectols haul, archwiliai llygaid Foxy bob cyhyr yn ei gorff. Gwenodd y garddwr arni, eto fel tasai'n gallu darllen ei meddyliau. Penliniodd wrth waelod ei gwely haul a blasodd Foxy ei aroglau hallt yn arnofio yn yr awyr. Bu bron iddi â llewygu mewn chwant ond wedi iddi glywed ei eiriau bu bron i Foxy golli pob rheolaeth a chwerthin.

"Ti moyn gweld fy nghactys i?" gofynnodd y garddwr â gwên goeglyd ar ei wyneb.

Dychwelodd Foxy ei wên ond roedd ganddi gwestiwn ei hun i'w ofyn.

"Ti'n gwybod pwy ydw i, on'd wyt ti?"

"Wrth gwrs. Gwraig y bos…"

"Wrong!" ebychodd Foxy, gan ddal ei llaw chwith o flaen ei drwyn.

"Esgusodwch fi!" meddai'r garddwr. "Ymddiheuriadau am fod mor anwybodus."

"Mae'n iawn. You're forgiven," ychwanegodd gan biffian fel merch ysgol.

"Ond ti yn byw 'ma, gyda fe…"

"Falle. Ac anyway, sut wyt ti'n gwybod?"

"Ti'n addo peidio dweud wrth neb nawr?"

Nodiodd Foxy gan gadw i chwarae'r gêm.

"Ok. Fi di bod yn dy wylio di ers y diwrnod cyntaf y dechreues i weithio 'ma."

"Cheeky. Unrhyw beth arall i'w gyffesu, Mr Garddwr?"

"Sa i erioed wedi gweld menyw fel ti, yn fy myw," meddai, gan godi ar ei draed a chamu'n ôl. "Nawr, beth am y cactys? Fi'n mynd i roi dŵr iddyn nhw'n awr, os ti moyn cael pip…" ac i ffwrdd â fe gan deimlo llygaid Foxy'n marcio'i gefn.

Cyn diflannu rownd y cornel i gyfeiriad y tai gwydr, trodd ei ben i edrych ar Foxy unwaith eto, gan ysu am iddi ei ddilyn. Gwenodd Foxy. Cododd Foxy. Dilynodd Foxy. A phan gyrhaeddodd hi'r tŷ gwydr agosaf, lle tyfai'r garddwr ei domatos, roedd e'n aros amdani.

"Andrew y'f i, gyda llaw, ond ma pawb yn 'y ngalw i'n Blod…" dywedodd y garddwr gan ei chymryd hi yn ei freichiau.

Edrychodd Foxy arno'n syn.

"Blod! Pam Blod?"

"Byr am 'blodyn', am wn i…"

"Wel, os nag oes ots 'da ti *Blod*, fi'n mynd i dy alw di'n Andrew."

"Ddim o gwbl. Foxy wyt ti, ife?"

"Ond gei di 'ngalw i'n Lisa…"

"Ok, *Lisa*, mae gen i gyfaddefiad bach."

"Beth?"

"Sa i'n tyfu cactys…"

Ac wrth i'w tafodau a'u dwylo grwydro dros gyrff ei gilydd, teimlodd y ddau rywbeth nad oeddent erioed wedi ei brofi o'r blaen.

Aeth Foxy i mewn i'r tŷ gwydr yn fenyw unig, drist a difywyd, a gadael ymhen rhyw chwarter awr wedi'i hail-eni, gan deimlo mymryn bach fel Mrs Chatterley. Er iddi gysgu gyda T-Bone ryw wythnos ynghynt, nid oedd wedi ffwcio neb fel Andrew ers dyddiau cynnar, cynnar y berthynas â'r hen feiciwr. Ac er ei bod hi'n ôl wrth y pwll, ac Andrew 'nôl wrth ei waith, a phopeth yn ymddangos yn 'normal' erbyn i T-Bone ac Al ddychwelyd o'u taith gwpwl o oriau'n ddiweddarach, roedd *popeth* wedi newid yn awr a ffawd yn araf wthio'r pedwarawd tuag at ddyfodol llawn poen, colled a thor calon.

Yn ystod y flwyddyn wedyn treuliai Foxy fwy a mwy o amser yng nghwmni'r garddwr. Gwnâi Andrew iddi deimlo mor rhydd, er ei bod hi, mewn gwirionedd, yn fwy caeth byth i T-Bone oherwydd ei pherthynas ag e. Yn ffodus i'r ddau ohonyn nhw, roedd ffocws T-Bone bron yn gyfan gwbl ar ei fusnes – ei fusnes a'i berthynas ag Al, hynny yw. Closiodd y ddau fwy fyth ers i Al Bach dyfu'n ddyn, ac fe dreuliai Foxy fwy o amser yn ei thŷ yn Ninas Powys nag a wnaethai cyn cwrdd ag Andrew.

Adeiladodd Andrew dri tŷ gwydr yn ei gardd: un i dyfu tomatos, un i dyfu grawnwin a mefus a'r olaf i roi lloches i gnwd go arbennig, sef Collie Jamaicaidd tywyll. Dysgodd Foxy sut i arddio yn ei gwmni ac, yn wir, datblygodd y diddordeb yn angerdd ymhen amser. Roedd y ddau'n byw mewn byd bach afreal yng nghwmni eu pedair cath – gan gynnwys Victor, cath fach a gyflwynodd Andrew i Foxy a ddaeth yn gyflym iawn yn ffefryn iddi. Er y pellter rhyngddi a T-Bone doedd hi byth ymhell o'i gysgod. Fel bos i Andrew a cheidwad Foxy, roedd dylanwad y pen Bandito'n pwyso'n drwm ar eu hapusrwydd.

Ar ben hyn i gyd, gwelai Foxy eisiau cwmni ei mab, felly pan alwodd Al un diwrnod, rhyw flwyddyn ar ôl iddi gwrdd â'r garddwr, a gofyn a allai ddod i aros gyda hi am sbel, daeth 'rhyddid' eu perthynas i ben.

Nid oedd Andrew yn grac, nac yn siomedig na dim pan glywodd e'r newyddion, gan y sylweddolai fod perthynas ei gariad â'i mab yn bwysicach hyd yn oed na'i berthynas ef â hi. Dyn fel 'na oedd e; doedd e ddim yn hunanol, roedd e'n hollol ddi-ego. Dyna pam roedd Foxy'n ei garu gymaint, mae'n siŵr.

Aeth Foxy draw i dŷ T-Bone y diwrnod canlynol am ginio ac i gasglu dillad Al gan na allai gario'i holl stwff ar gefn ei feic modur. Cofleidiodd T-Bone hi'n dynn gan gusanu ei gwddf yn nwydus.

"Mmmmmm, pryd ti'n bwriadu aros y nos 'da fi nesa, Foxy?"

"Wel, ddim tan ar ôl gwyliau Al…"

Byddai hi'n dal i gysgu gyda T-Bone, yn gorfforol ond ddim yn ysbrydol, o leiaf unwaith yr wythnos. Gwyddai Andrew am y trefniant, gan sylweddoli mai'r unig ffordd y gallai gynnal perthynas â'i gariad oedd drwy ei rhannu â'i fos. Trodd Foxy i wynebu'i mab, a oedd bellach yn ddyn a chanddo farf anniben yn gorchuddio'i fochau.

"Ti'n gweld eisiau dy fam, wyt ti bach?" gofynnodd yn goeglyd, gan rwbio'i ên yn chwareus.

"Dim fe yw'r unig un," meddai T-Bone wrth i Al wthio llaw ei fam o'r ffordd a cherdded tua'r gegin. Er bod y plentyn mud wedi hen ddiflannu, roedd Al mor dyner a meddylgar ag erioed, ac yn darged hawdd i goegni chwareus ei annwyl fam.

Wedi cinio hafaidd blasus – gyda thomatos Andrew yn ganolbwynt eironig i'r salad mozzarella a basil yn ogystal â'r cymysgedd blasus i gyd-fynd â'r bara Eidalaidd twym – ymddangosai'r triawd fel teulu hapus reit normal, yn hytrach na fel y dihirod a'r bradwyr yr oedden nhw mewn gwirionedd. Aeth Al ati i gasglu'i bethau, gan adael Foxy yng nghwmni T-Bone. Roedd y beiciwr fel ci'n cwrso gast ar wres, ond allai Foxy feddwl am neb arall ond am Andrew wrth i T-Bone gydio ynddi. Ac wedyn, cofiodd am y newid i'w cynlluniau nos Fercher, felly cododd a cherdded o'r gegin gan adael T-Bone yn awchu amdani.

"Rhaid i fi fynd i'r tŷ bach," dywedodd cyn gadael.

"Olreit, bach," atebodd T-Bone gan ailosod ei goc gadarn mewn safle mwy cyfforddus yn ei jîns. Eisteddodd yn ei gadair yn pendroni am sbel, a dod i'r casgliad mai dyma'r cyfle diwethaf a gâi i weld ac i deimlo'i chorff am o leiaf pythefnos, felly cododd a dilyn ei thrywydd tua'r toiled. Aeth allan o'r gegin ac ar draws y cyntedd lle gallai weld o ben pella'r neuadd fod drws y cachdy ar agor – yn rhyfedd iawn, gan y mynnai Foxy gael preifatrwydd fel arfer wrth wneud ei gwneud.

Edrychodd i mewn i'r ystafell ymolchi, jyst i wneud yn siŵr, cyn sefyll yn stond a gwrando. Clywodd ei llais yn dod o'i swyddfa ar draws y neuadd a chripiodd tua'r drws i glustfeinio. Dyn drwgdybus fuodd e erioed, ac roedd celwydd golau ei gariad fel abwyd iddo. Gyda'r drws yn gil agored, gallai glywed pob gair o geg Foxy – geiriau a chwalodd ei galon yn deilchion.

"Gotta be quick, iawn, cariad. Change of plan nos Fercher…" dechreuodd Foxy a difaru codi'r ffôn wrth sylweddoli ar ôl deialu bod yr alwad yn weithred rhy fentrus o lawer.

"Pam?"

"Achos Al. Ma fe'n dod i aros 'da fi am sbel…"

"Wrth gwrs, o'n i *yn* cofio."

"Ie, ie. Anyway, o'n i'n meddwl bwcio noson mewn gwesty. Rhywle niwtral. Ti'n gwybod am rywle?"

"Ydw, fel mae'n digwydd. Y Safari Inn, Holton Road, Barri," atebodd Andrew, gan gofio sgwrs gawsai'n gynharach gyda chwpwl o gydweithwyr.

"Good. Da iawn. Ddwedwn ni saith o'r gloch yn Safari Inn nos Fercher 'te. Wnei di fwcio'r stafell o dan enw Mr a Mrs Jones? Sa i'n meddwl ga i gyfle…"

"Wrth gwrs! Bydd gen i syrpreis i ti 'fyd…"

"Www! Promises, promises. Wela i di nos Fercher then, rhaid i fi fynd…" Ac i lawr â'r derbynnydd ac allan â Foxy i'r neuadd wag lle clywodd lif wrin T-Bone yn rheadru i'r dŵr yn y tŷ bach ar draws y cyntedd.

Safai T-Bone uwchben y badell gyda'r dŵr yn llifo o'i bidyn, dagrau o'i lygaid a gwaed o'i galon. Am y tro cyntaf erioed, roedd e wedi colli rheolaeth dros rywun a thrwy gymylau tywyll ei ben atseiniai'r geiriau: *Nos Fercher, saith o'r gloch, Safari Inn. Nos Fercher, saith o'r gloch, Safari Inn…*

"**A**LRIGHT THEN, one grand. Final offer," meddai Pennar wrth Maya, Milla, Mia neu beth bynnag oedd ei henw, gan ddifaru peidio â sicrhau presenoldeb merched proffesiynol yn y parti y noson honno.

O'i flaen, yn sigledig ei choesau ac ansicr ei geiriau, safai merch ifanc anhygoel o brydferth yn pwyso ar y bar yn ystafell snwcer Disgraceland. Wrth ei hochr, yn ansicr ei goesau a sigledig ei eiriau, safai Boda â llond gwydraid o JD yn un llaw a cherdyn credyd yn malu pentwr bach o risialau anhysbys ar y bar o'i flaen. A hithau'n tynnu at ddeg o'r gloch yr hwyr, nid oedd Pennar yn rhy sobor ei hunan. O'u cwmpas roedd y parti'n pwmpio a phawb yn mwynhau lletygarwch Luca a'i gyfeillion. Yr eiliad honno, llenwai nodau anthem enwocaf Beats International yr awyr o feinyl a throellfwrdd y DJ, tra bod y tŷ a'r gerddi'n llawn cyfeillion hen a newydd… a mwy o ferched trawiadol na thudalennau *Perfect 10*.

"A grand? Why, what's wrong with him?" gofynnodd y ferch mewn acen ddieithr o du draw i Glawdd Offa. Hi oedd y bedwaredd i Pennar a Boda ei thargedu yn y gobaith o roi noson i'w chofio i Tubbs, ond roedd y perwyl yn profi'n anoddach na'r disgwyl a hon eto'n amheus, er bod yr arian bron â'i bachu – gallai Pennar weld hynny yn ei llygaid gwaetgoch llydan.

"He's a bit oversensitive, that's all," ymunodd Boda â'r sgwrs gan godi ei lygaid oddi ar y tair llinell orffenedig a phasio sbliff cryf iddi yn y gobaith o selio'r fargen drwy ei llygru ymhellach.

"Is that all – a bit of a mummy's boy, is he?" Tynnodd y ferch yn galed ar y mwg wrth i Pennar a Boda edrych ar ei gilydd mewn ymateb i gywirdeb ei dyfaliad. "What's the catch, then – is he deformed or summin'?"

"Not at all, not at all. In fact, he's a bit of an adonis if truth be told…"

"He's ripped to the tits…"

"What d'you mean, he's off his face on summin?"

"No no, I mean he's well built, stacked, you know, muscles everywhere. I should know, I'm his tattooist…"

"Mmmmm, I like tats!"

"Well, you'll love the big man then, cos he's covered in 'em…"

"If there's no catch, why are two of his mates out trying to buy him a shag?"

"He finds it difficult to meet nice ladies. He's shy. No confidence. He's had his heart broken once too many…" cymerodd Pennar yr awenau yn ôl oddi wrth Boda, am fod hwnnw'n brysur yn llenwi'i drwyn â'r crisialau crai.

"He's so shy I don't think he's been laid this century!" ychwanegodd Boda wrth i'r cemegau ruthro trwyddo gan ddrysu'i synhwyrau fwy byth. Rhynnodd am eiliad cyn i'r wefr lonyddu, a phasiodd y papur decpunt i'r ferch unwaith eto. "Fill your nose, dollface, this stuff'll get you in the mood for love…"

"Why, what is it?"

"Crushed rhino horn, ancient aphrodisiac…"

"What?"

"Only jokin! It's MDMA, the best Dyfed Powys Police have to offer." Ac i lawr â hi, gan ffroeni'r llinell heb gwestiwn pellach. Fel Boda, crynodd y ferch wrth i'r powdwr afael ynddi, a chipiodd Pennar y decpunt oddi arni er mwyn ymuno yn yr hwyl. Roedd y tri'n chwantus bellach, yn chwantus a hollol fucked, hynny yw – cyfuniad peryglus, os buodd un erioed.

Estynnodd Boda sbliff arall o'i boced a'i gynnu cyn i Pennar arllwys rownd arall o ddiod i bawb – JD ac iâ i Boda, G&T i'r ferch a rym tywyll a dandelion & burdock iddo ef ei hun – wrth i'r sgwrs ddychwelyd at Tubbs.

"I appreciate the offer, boys, and the money's very tempting but I'm sort of saving myself for Luca tonight…"

"Really? Well well, what a surprise…" ond ni sylwodd y ferch ar goegni Boda.

"Look," dechreuodd Pennar, cyn anghofio beth oedd e'n

bwriadu 'i ddweud a chofio eto eiliad yn ddiweddarach. "You came here in the hope of fucking Luca, like most if not all the other girls you see swanning around the place like walking fuck-me sandwich boards. But, let's face it, he can't shag you all, can he, and unfortunately for you and the other ninety eight per cent present, Senior Parenti's already paired off for the night with some supermodel from Bilbao..."

"Bitch!"

"... indeed. So, the way I see it, you may as well cash in by here with us, do what you came here to do and get handsomely rewarded in the process. What d'you reckon?"

"Good plan..."

"Yeah, thanks for that Boda, but I wasn't asking you!"

"Sorry, boss, lost track of things there for a sec..."

Ond yn y dryswch cydiodd y cyffur yn gadarn ynddi, a dechreuodd Maya, Milla, Mia, beth bynnag, weld synnwyr yng ngeiriau Pennar. Fflachiodd punnoedd o flaen ei llygaid a gwelodd ei chyfle i chwyddo'r cyfanswm.

"And there's definitely nothing wrong with him?"

"Apart from his oversensitivity."

"Apart from that?"

"Absolutely nothing. He's hung like a horse and a cunning linguist to bot, the perfect man in many ways..."

"Ok," cytunodd Mmmmm... cyn selio'r fargen â'i chynnig ei hun. "Make it two gees and I'll fuck all three of you!"

Edrychodd Pennar a Boda ar ei gilydd unwaith eto, gan ryfeddu at bŵer digamsyniol y corn rhino cyfoes.

Ymhen hanner munud safai'r triawd y tu allan i stafell Tubbs yn y coridor tawel â'r parti'n atsain afreal yn y pellter. Roedd y ferch bellach yn hollol noeth ar wahân i'r grafell gaws o thong oedd yn palu'n ddwfn i'w phen-ôl a chodiad Boda'n bygwth rhwygo'i drowsus. Roedd e'n hollol genfigennus o'i ffrind cysglyd a'r ffaith ei fod e ar fin dihuno i weld y fath olygfa, ond eto'n falch iawn o allu chwarae rhan yn ei waredigaeth rywiol hefyd.

Cnociodd ar y drws...

Cipiodd y cnocio Tubbs allan o'i drwmgwsg ac edrychodd o gwmpas yr ystafell dywyll gan geisio cofio ble yn y byd yr oedd e. Llosgai ei goes gan ei atgoffa, cyn i'r cnocio ailddechrau, yr ail dro i gyfeiliant lleisiau'n sibrwd a chwerthin yn gynllwyngar.

Cododd Tubbs a gwisgo'i got cyn diflannu'n dawel i'r nos tu hwnt i'r llenni llaes moethus. Nid oedd ganddo amser i'w wastraffu'n delio â'i gyfeillion meddw a dim ond ag un person yr hoffai Tubbs siarad ag e'r noson honno.

Y tu allan i'r ffenest safodd ar y balconi ac edrych ar yr olygfa o'i flaen. Roedd ei ystafell ar y llawr cyntaf yn edrych i lawr dros y pwll, a dawnsiai'r dŵr yn adlewyrchiadau'r goleuadau tanddwr wrth i'r cyrff heini arnofio a phlymio fel morloi mewn sw fôr. Dirgrynai'r drymiau a'r bas o'r uchelseinyddion wrth i lais digamsyniol Prince Far-I bregethu wrth y cynulliad llygredig. O gwmpas y pwll safai mwy o bobl brydferth – modelau, cerddorion, dihirod – a dawnsiai'r mwg porffor yn yr awyr gan gofleidio ffroenau Tubbs fel hen ffrind.

Clywodd ddrws yr ystafell yn agor drachefn a neidiodd Tubbs heb feddwl ddwywaith oddi ar y balconi gan lanio ar y glaswellt islaw. Trodd nifer o wynebau i'w gyfeiriad ac wrth i ambell un ddechrau clapio mewn ymateb i gamp y cawr, ceisiodd Tubbs anwybyddu'r boen a rwygai drwy ei goes. Ceisiodd guddio'i gamau cloff wrth iddo anelu am Darren a eisteddai yr ochr draw i'r pwll yn gwisgo pâr o Speedos melyn llachar, gyda bagiau o bowdwr gwyn yn gorwedd ar y bwrdd o'i flaen. Ond, yn hytrach na'r merched pert a ddylai amgylchynu'r Tony Montana 'ma, ei unig ffrind oedd rhyw foi tew, chwyslyd, mewn par o shorts Bermuda blodeuog yn dal i edrych yn gwmws fel yr hyn oedd e – heddwas.

Gallai Blod glywed curiadau cerddoriaeth y parti yn y cefndir dros nodau un o hoff recordiau Foxy a chwareai ar ei droellfwrdd. *Harvest* gan Neil Young oedd y record a chofiodd Blod wrando arni o flaen y tân agored yn eu caban cariad yn Ninas Powys. Byddai'r garddwr wedi gwenu wrth gofio, tasai'r dagrau a lifai i lawr ei fochau ddim yn ei atal rhag gwneud hynny.

Eisteddai yn ei gadair gyfforddus gyda'r tân yn clecian a mygu yng nghornel yr ystafell. Ar y ford goffi fach wrth ei ochr safai potel hanner gwag o Lophroaig, ei hoff wisgi brag, a gwydryn rhewllyd hanner llawn. Yn ei gôl roedd cist agored, cist llawn atgofion. Yr eiliad honno syllai ar ffoto o Foxy'n gorweddian ar wely haul yn yr ardd yn Ninas Powys ryw wythnos yn unig cyn iddi gael ei lladd. *Pam?* oedd yr unig air a hawliai ei le ym mhen y garddwr. *Pam?*

Gosododd y llun ar fraich y gadair cyn codi'r fodrwy o'r gist a syllu arni. Parhaodd y dagrau i lifo: roedd ei atgofion am y noson olaf yn ei chwmni mor ffres yn ei gof ag yr oeddent y diwrnod wedi iddo'i cholli.

Eisteddai yno'n gwrando ar eiriau torcalonnus 'The Needle and the Damage Done', nad oedd fawr o help i godi'i galon wrth iddo aros am ymweliad Al Bach – aros i'w orffennol, o'r diwedd, ddod yn ôl i'w aflonyddu.

"There's no answer," dwedodd y ferch, gan edrych dros ei hysgwydd ar Pennar a Boda a guddiai rownd cornel y coridor, fel plant yn chwarae cwato.

"Open the door, then," ceisiodd Boda sibrwd.

"He's probably still kippin'. Go on in and fuck his brains out," dywedodd Pennar wrth lafoeri ar yr olygfa o'i flaen; nid ar y ferch yn unig y cafodd yr MDMA effaith.

Trodd y ferch fwlyn y drws a'i agor yn araf cyn camu i'r tywyllwch ac anelu am orchudd sidan y gwely. Nid oedd hi'n siomedig o'i weld yn wag gan ei bod yn disgwyl gweld rhyw anghenfil yn aros amdani. Cyneuodd y lamp cyn eistedd ar ochr y gwely'n gwynebu'r drws. Rhuthrodd gwefr arall trwyddi wrth i oerni'r sidan gyffwrdd â'i bochau noeth a lledodd ei choesau cyn galw ar ei dilynwyr eiddgar.

Ymddangosodd y ddau wrth y drws o fewn eiliad, fel helgwn rheibus wrth fynedfa ffau cadno, a'u llygaid yn pefrio wrth weld yr hyn oedd yn aros amdanynt – eu codiadau'n dychlamu yng nghaethiwed eu trowsusau. Estynnodd y ferch ei bys tuag atynt gan fynnu eu bod nhw'n ymuno â hi. Nid oedd angen ailwahoddiad ar y cŵn hyn, ac i ffwrdd â nhw am eu gwobr, gan ddiolch nad oedd Tubbs yma i ddifetha'u hwyl.

"Ti'n gweld Tubbs, gw'boi, fi yw sheriff personol Disgraceland, ontyfe Dar, fel Clint Eastwood neu ffycin, ti'n gwbod, beth yw 'i enw fe, ffyc, y Bronson, na, na, dim Bronson, em, o ti'n gwbod..."

"Sheriff of Nottingham?" cynigodd Darren, gan wincio ar Tubbs ar draws y bwrdd. Eisteddai Tubbs yn syllu ar yr heddwas hanner noeth, gan geisio gwneud ei orau rhag chwerthin ar ei ben. Roedd y boi'n meddwl ei fod e'n... ei fod e'n... wel, yn sheriff, ond mewn gwirionedd jyst heddwas tew a chwyslyd oedd e, yn meddu ar bâr o ddyn-fronnau oedd yn sboncio wrth iddo adrodd ei stori. Ac roedd ei ymffrostio gwag yn dechrau blino Tubbs.

"...ffyc off Dar, dim ffycin Sheriff of ffycin Nottingham..."

"Wel, pwy then? Sorry am hyn, Tubbs, ma Carwyn yn siarad digon o shit fel arfer, ond mae'n waeth byth ar ôl ychydig o Wynfryn..."

Mwmiodd Tubbs mewn ymateb ond roedd Carwyn off unwaith eto.

"Pat   Garrett!   'Na   fe.   Pat   ffycin   Garrett!"
"Pwy, gŵr Leslie, ife?" gofynnodd Darren yn goeglyd yn y gobaith o chwalu pen yr heddwas.

"Beth? Beth? Beth ffyc ti'n siarad am nawr Dar? Seriously. Beth?"

"Y gantores opera. Leslie Garrett. Ife'i gŵr hi yw Pat?"

"Beth? Na. Na. Beth? Darren Williams, ti'n ffycin dwat! O ddifrif nawr. A ti'n gwybod yn iawn am bwy fi'n siarad – fi 'di gweld *Young Guns Two* yn dy gasgliad DVDs!"

"Ffilm dda," cynigodd Tubbs.

"Too right, mae'n ffilm dda. Ar wahân i Bon ffycin Jovi a'r ffycin gân 'na wrth gwrs," meddai Carwyn. "Anyway. Ble o'n i? O ie, fi yw sheriff Disgraceland. Hebdda i basai'r bois ma'n ffyced.

A ti 'fyd. I mean, bydde pawb yma heno'n ffyced achos bydde'n i'n galw'r SWAT i mewn a'r helicopters a'r…"

"Ond baset ti'n fwy ffyced na neb, Carwyn. Neu DS Jenkins fel ma dy gydweithwyr yn dy nabod…"

"Pam? Beth ti'n siarad amdano nawr 'to?"

"Wel, edrych arnot ti. Ti'n hollol ffyced. Ma pentwr o garlo o dy flaen di a hanner hwnna lan dy drwy a dros dy wyneb di. Ma dy bocedi'n llawn cash a ti'n siarad mwy o gach na gwleidydd ar whizz…"

"Undercover, Darren. Deep deep undercover…" Rhwbiodd Carwyn ei wyneb gan geisio cael gwared ar y powdwr, ond lwyddodd e ddim i wneud hynny hyd yn oed, dim ond gwasgaru'r llanast dros ei wyneb. Tywynnai'r gwres o'r gwresogydd patio gerllaw gan gadw'r ffyliaid hyn yn gynnes ond ysai Tubbs am ddianc. Er bod Carwyn yn amlwg yn ddigon hoffus, yn ogystal â bod yn ffrind i drigolion Disgraceland, nid oedd Tubbs, yn naturiol, yn teimlo'n gyfforddus yn ei gwmni. Chwiliodd am ddihangfa ond roedd hi'n anodd gweld cyfle'n codi i ddianc oherwydd dolur rhydd geiriol yr heddwas a'r tanwydd diderfyn ar y bwrdd o'i flaen.

"Can I gerranotha gram off ya, mayte?" Daeth llais dros ysgwydd Tubbs i fynnu sylw Carwyn, a bachodd y cawr ar y cyfle gan droi at Darren.

"Lle ma Blod?" Daeth Tubbs yn syth at y pwynt.

"O flaen y tân, mae'n siŵr. So fe byth yn dod i'r partis 'ma – ma fe'n rhy hen neu rywbeth. 'Na beth ma fe'n dweud, ta beth…"

"Ond *ble* ma fe, Darren – fi moyn siarad 'da fe."

"O, reit, ie, sorri. Ma fe'n byw mewn caban pren yn y coed. Cer mewn i'r tŷ a mas trwy'r drws ffrynt, wedyn lawr y dreif ryw ganllath ac fe weli di lwybr bach i'r chwith. Dilyna hwnna am ryw chwarter milltir ac fe weli di'r caban…"

"Diolch," meddai Tubbs gan godi a gadael.

"Bydd angen torch arnot ti, Tubbs," ychwanegodd Darren, ac fe estynnodd Tubbs ei Mini Mag o boced ei got a'i dal i fyny er mwyn i Darren allu ei gweld.

Aeth Tubbs drwy'r gegin a gwrthod gwahoddiad i brofi pleserau'r cyllyll twym, cyn osgoi dawns-lawr gorlawn yr ystafell fyw. Arhosodd yn y neuadd eang er mwyn gwylio'r olygfa ryfedd o'i flaen. Ar waelod y grisiau, yn llawn cyffro, safai clwstwr o ddihirod ystrydebol yr olwg – neu efallai bartneriaid busnes Luca o'r Eidal yn eu siwtiau streips main tywyll a'u coleri agored, yn edrych fel extras o'r *Sopranos*. Ar ben y grisiau, wedi eu gwisgo fel merched ysgol, safai pedair merch wefreiddiol yr olwg. Gyda'u plethau cytiau moch, eu sgertiau byr a'u sanau cotwm gwyn yn estyn dros eu pengliniau, roedd Tubbs mewn penbleth eisiau gwybod beth yn union oedd yn digwydd. Ond daeth yr ateb yn ddigon cloi pan lithrodd un o'r merched i lawr y banister yn goes agored ac yn foelni i gyd cyn cwrdd ag un o'r dynion a arhosai amdani'n geg agored ac yn dafod i gyd. Bloeddiodd y dynion eu cefnogaeth wrth wylio'u ffrind yn bochio ar waelod y banister fel ceffyl barus mewn bag o geirch.

Trodd Tubbs a gadael yr olygfa, y parti, a'r tŷ y tu ôl iddo. Roedd y ffordd y câi'r merched yn y parti eu trin fel gwrthrychau gan y dynion yn troi ar ei stumog ac felly croesawodd yr awyr iach y tu fas i'r plasty – nefoedd o'i gymharu â'r uffern y tu mewn.

Meddyliodd am Boda am eiliad cyn cofio ymateb y garddwr. Diflannodd Boda i bellteroedd ei ben a cherddodd Tubbs yn benderfynol tuag at ei dynged.

Stopiodd y record a chododd y garddwr o'i gadair. Daliai'r parti i aflonyddu ar yr awyrgylch, felly estynnodd Blod glasur Harvey Mandel, *Cristo Redentor*, o'r silff a phlygu i'w gosod ar y troellfwrdd yn lle campwaith Mr Young. Ond, cyn i nodyn cyntaf y record chwarae, clywodd Blod sŵn traed ar y dec y tu fas i'r drws ffrynt. Tynhaodd ei holl gorff gan hanner disgwyl gweld y Medelwr Mawr ei hun yn camu i mewn i'w gartref.

Er mawr syndod iddo, yn hytrach na chic yn torri'r clo, neu fricsen yn chwalu'r ffenest, cnociodd yr ymwelydd yn ysgafn ar y drws – ymddygiad rhyfedd tu hwnt gan ddyn a ddeuai i'w ladd.

Cuddiodd y gist o dan y gadair cyn agor y drws. Fel y

disgwyliai, ac fel atsain o'i gariad coll, Al Bach a safai yno.

"Sori'ch poeni chi…" dechreuodd Tubbs yn ansicr, "… ond alla i ofyn rhywbeth i chi?"

Nid oedd gan Tubbs syniad beth oedd e am ei ofyn iddo, ond roedd e yma'n awr a theimlai'n sicr ei fod e'n agosáu at ddod o hyd i atebion. Ond atebion i beth, doedd e ddim yn siŵr?

"Gelli di ofyn unrhyw beth i fi, Al Bach. Fi 'di bod yn aros amdanot ti…"

Rhewodd Tubbs mewn ymateb wrth glywed ei enw a dyblodd y dryswch. Pwy oedd y boi 'ma? Sut roedd e'n gwybod ei enw?

"Dere mewn i ni gael cau'r drws ar y blydi sŵn 'na…"

Tywysodd Tubbs i'r ystafell fyw. "Ti moyn wisgi bach, Al? Stwff da…"

"Plîs. Digon o iâ, os oes peth 'da chi."

"Wrth gwrs," a gadawodd Blod Tubbs o flaen y tân.

Edrychodd yr ergydiwr o gwmpas gan edmygu casgliad feinyl y garddwr a'i chwaeth amlwg. Crwydrai ei lygaid o gwmpas yr ystafell cyn syllu ar hen ffoto oedd wedi colli ei liw ar fraich y gadair. Plygodd Tubbs a chodi'r llun, gan synnu gweld gwên lydan ei fam yn syllu'n ôl ato. Ar y gair, dychwelodd Blod gyda gwydr llawn iâ a golwg bryderus ar ei wyneb.

Cododd Tubbs a'i wynebu, a rhewodd amser am eiliad neu ddwy. Ofnai Blod y byddai'n ymosod arno, ond yn lle'r gweir, cymerodd Tubbs y gwydryn gan ei lenwi â'r chwisgi mawnog ac eistedd yn y gadair gyferbyn.

"Pwy y'ch chi, Blod? Sut y'ch chi'n gwybod 'yn enw i? Ac yn fwy na hynny, sut roeddech chi'n nabod Mam?"

Eisteddodd y garddwr ac edrych ar Tubbs. Chwiliai am y ffordd orau i ddechrau esbonio. Yn y pen draw, penderfynodd mai dweud y cwbwl wrtho'n blwmp ac yn blaen fyddai'r dacteg orau…

"Fi oedd cariad dy fam, Al. *Gwir* gariad dy fam, hynny yw…"

Tro Tubbs oedd hi i dynhau nawr wrth i Blod adrodd hanes eu carwriaeth mewn manylder i'w mab. Yn amlwg, nid oedd y sefyllfa'n gyfforddus i'r naill na'r llall, ond ym marn Blod roedd Al yn haeddu esboniad. Yn haeddu'r gwir.

Gwrandawodd Tubbs yn astud ar ei eiriau. Bron na allai eu credu'n llwyr. Hoffai Tubbs gredu bod ei fam yn angel – er y gwyddai bod hynny'n bell o fod yn wir – ac roedd clywed ei hanes yn bradychu T-Bone yn anodd ei lyncu. Er hynny, roedd angerdd Blod a'r cariad a deimlai tuag ati'n amlwg, ond eto, roedd rhywbeth yn poeni Tubbs, rhywbeth yn crafu o dan yr wyneb...

Wedi iddo barablu am ugain munud a mwy, dynesodd Blod at ddiwedd yr hanes ac yngan y geiriau hyn: "Ro'n i gyda hi ar y noson buodd hi farw..." ond cyn iddo allu ymhelaethu ymhellach, ffrwydrodd Tubbs o'i gadair a gafael yng ngwar y garddwr a'i godi o'i gadair cyn ei hoelio'n erbyn y wal.

"Chi oedd e!" Poerodd y cawr dros ei wyneb ond ni allai Blod ymateb oherwydd y pwsau angheuol ar ei afal adda. Brwydrodd am ei wynt. Brwydrodd am y gallu i ymateb, ond roedd Tubbs yn gandryll ac roedd golwg wyllt ar ei wyneb. "Chi yw e!"

Gan ddal y garddwr yn gaeth yn erbyn y wal, gafaelodd Tubbs yn y botel wisgi gyda'r bwriad o'i defnyddio fel arf, ond, wrth estyn amdani, sylwodd Tubbs ar y gist agored a'r lluniau a'r llythyrau ar wasgar ar lawr wedi'r ymrafael. Llaciodd ei afael.

"Gad fi fynd, Al!" llwyddodd Blod i bledio mewn llais gwan. "Sdim clem 'da fi am beth wyt ti'n sôn. O'n i'n 'i charu hi'n fwy na dim..."

"Sori," sibrydodd Tubbs, gan benlinio ar lawr a chasglu'r ohebiaeth i'r gist cyn dychwelyd i'w gadair a dechrau darllen.

Esboniai geiriau ysgrifenedig ei fam y sefyllfa'n well na geiriau llafar Blod. Daeth hi'n amlwg i Tubbs mai Andrew, fel y galwai ef, oedd ei ffrind gorau, ei chariad... ei phopeth. Yn ogystal, eglurodd Foxy fod T-Bone yn ei rheoli a'i chaethiwo, yn reit debyg i'r ffordd y byddai'r hen ddyn yn trin Tubbs fel oedolyn. Nid oedd Foxy'n ei garu, ond eto i gyd roedd hi'n ddiolchgar iddo ei hachub hi ac Al rhag eu bywyd cynt. Dim byd mwy. Teimlai Foxy mewn dyled iddo a chymrai T-Bone fantais ar hyn ar bob achlysur. Unwaith eto adlewyrchai hynny berthynas gyfredol Tubbs a T-Bone. Ysai Foxy am ei adael, roedd hynny'n amlwg, ond roedd hi'n rhy ofnus i wneud hynny oherwydd ei bod yn rhy ymwybodol o beth fyddai'r canlyniadau tebygol.

Wrth ddarllen, llifai'r dagrau i lawr ei fochau a daeth hi'n amlwg i Tubbs fod ei fam wedi colli'r cyfle i brofi gwir hapusrwydd yng nghwmni Blod oherwydd natur greulon T-Bone. Syllodd ar y lluniau gan gofio'i fam annwyl. Gwelodd Victor fel cath fach a Blod yn codi'r tai gwydr yng ngardd ei gartref ym Mro Morgannwg. Â'i ben ar chwâl a Blod yn ei wylio mewn tawelwch, gwelodd Tubbs fodrwy debyg i'r un a wisgai ar ei fys bach.

"Rhoddais i'r fodrwy 'na sy ar dy fys bach di, i dy fam ar y noson y buodd hi farw. Dyna'r 'his', i'w 'hers' hi. Al. Ro'n i'n ei charu hi gymaint â ti. Chwalodd 'y nghalon i, 'y mywyd i, 'y myd i'r noson y cafodd hi ei lladd a fi 'di bod yn cuddio fan hyn ers 'ny. Ti yw'r person cynta o 'ngorffennol i i ddod ar 'y nhraws i. Sa i'n gwybod beth arall i weud…"

Edrychodd Tubbs ar y garddwr, a'i ddagrau'n cael eu hadlewyrchu ar ei wyneb yntau.

"Fi *yn* eich credu chi, Blod. Wir, nawr. Ond ma hyn i gyd yn andros o sioc… a sdim syniad 'da fi sut y galla i fyth edrych i fyw llygaid T-Bone eto ar ôl clywed a darllen hyn…"

"Beth! Ti'n dal mewn cysylltiad â fe?"

"Ydw. Pam? Ma fe fel tad i fi."

"Hyd yn oed wedi…" Tawelodd y garddwr cyn gorffen y frawddeg.

"Wedi beth?" gofynnodd Tubbs.

Yn araf bach, agorodd llygaid cochlyd Boda gan dynnu'u perchennog yn ôl i dir y byw. Tywynnai haul y bore trwy'r bwlch yn y llenni gan ei ddallu, felly trodd Boda a gwynebu'r ffordd arall. Trwy'r niwl boreol gwelodd gefn noeth yn gorwedd wrth ei ymyl yn y gwely brenhinol. Cofiodd am y ferch. Maya? Milla? Mia? Beth bynnag. Gwenodd. Estynnodd ei law i fwytho'i chefn. Pwy a ŵyr, efallai y gallai ddefnyddio'i ogoniant boreol ar gyfer gweithred fwy pleserus na phisiad anghyfforddus neu wanc am unwaith. Gwelai ei lygaid wyneb y ferch ond teimlai ei fysedd gefn blewog. A chyn i Boda ddeall yn gwmws beth oedd yn digwydd, trodd Pennar i'w wynebu, gan wenu arno, mwmian, a chwympo'n ôl yn anymwybodol unwaith eto. Gwasgarodd y niwl boreol o'i ben mor gloi â choesau'r ferch y noson cynt. Ymhen dim roedd Boda ar ei draed yn gwisgo er mwyn gallu dianc. Ni allai gofio unrhyw fanylion. Beth ddigwyddodd? Ble oedd y ferch? Aeth Boda i edrych am Tubbs. Roedd angen gadael nawr, cyn i Pennar ddeffro a chodi. Cyn i Pennar gofio...

Canodd yr adar mewn ymateb i fore arall ond nid oedd Tubbs yn gallu ymateb i'w brwdfrydedd. Ni wnaeth hyd yn oed ei sesiwn yoga boreol glirio'i ben y bore hwnnw. Wedi cyfaddefiad Blod am ei berthynas â'i fam, aeth y garddwr ati i ddatgelu mwy ar ei stori a oedd hyd yn oed yn fwy syfrdanol.

Safai Tubbs o flaen y caban yn ceisio gwneud synnwyr o'r cyfan, ond roedd hi'n dasg amhosib. Ni allai wneud synnwyr o hyn oll, yn enwedig wedi noson ddi-gwsg.

Câi bywyd Tubbs ei adleisio yng ngardd Blod. Wrth i Tubbs fynd am dro o'i chwmpas gwelai'r un math o domatos yn tyfu, yr un math o Collie'n ffynnu a yucca anferthol yn talu teyrnged i'w gariad coll. Wrth edrych yn agosach ar gynnwys tai gwydr y garddwr, gwyddai Tubbs yn gwmws lle cafodd Foxy'r syniad o ddefnyddio gwymon fel pryfleiddiad. Pwysodd Tubbs ar ffrâm y caban yn gwylio un o gathod Blod yn hela adar yn yr Eden gudd yno wrth hel meddyliau am eiriau'r garddwr.

Roedd hi'n anodd credu'r hyn a glywsai yn ystod y nos, ond byddai'n rhaid iddo glywed ochr arall yr hanes cyn y gallai fod yn sicr. Cwympodd deigryn unig o'i lygad, y deigryn olaf efallai ar ôl llifogydd neithiwr. O'r diwedd, roedd e gam yn agosach at lofrudd ei fam; cam yn agosach at ei ddihangfa, yr allwedd i'w ryddid. Ond, er hynny, byddai agor y drws hwnnw'n dal yn dasg anodd, os nad amhosib, hyd yn oed gyda help llaw'r allwedd.

RHEDEG O'R BARRI

L LUSGODD Y nos ei thin drwy'r tywyllwch, fel ci bach dall ar draws carped o wlân trwchus, heb i Petra fachu ar winc o gwsg. Rhoddodd hi'r gorau i geisio cysgu tua dau o'r gloch y bore ac erbyn tri eisteddai ar y gwely wedi gwisgo, yn smocio'i ffordd trwy ei phymthegfed ffag ers ymweliad Vicky.

Roedd y ddelwedd a'r dillad cynharach – y sgert bitw a'r sodlau uchel – wedi hen ddiflannu, ac yn eu lle gwisgai bâr o jîns glas tywyll tyn a daps Lacoste gwyn y daeth hi o hyd iddynt yn y wordrob. Cuddiai ei bronnau o dan gardigan wlân lwyd ac ar ben ei thas o wallt melyn, eisteddai cap pêl-fas gydag NYC ar y tu blaen – er na fu hi erioed mewn awyren, heb sôn am ymweld ag Efrog Newydd.

Wrth iddi orwedd ar ei gwely'n gynharach, ei llygaid ar gau a'i phen yn fôr o eithafiaeth, daeth Vicky i'w gweld am yr eildro'r noson honno. Ond y tro hwn roedd rhywbeth llawer gwaeth na chyllell finiog yn ei meddiant. Cariai Vicky chwistrell yn llawn o'i gwaed llygredig ei hun, ac eisteddodd Petra i fyny yn ei gwely ar frys a'r gyllell yn dynn yn ei dwrn yn barod i'w hamddiffyn ei hun. Gyda'r chwys yn diferu o'i thalcen a'i llygaid mor llydan â cheg heulforgi mewn trwch o blancton, diolchodd Petra mai ei dychymyg fuodd yn chwarae triciau â hi.

Dros guriad gwyllt ei chalon, gallai glywed chwyrniadau bach y butain yn treiddio'r wal denau oedd yn eu gwahanu, a lleisiau ei cheidwaid o'r lolfa lawr stâr. Yna estynnodd ei ciggies cyn gwisgo ac aros, aros a smocio...

Gorweddai Gimp a'i ben yn yr union le y pwysai Petra arno yn ystod ei blas-brawf cynharach. Roedd pen y corrach ar chwâl wedi diwrnod arall yng nghwmni speed-freak mwyaf y Barri, os nad y bydysawd, ac roedd y delweddau ar y teledu'n ddryswch o liwiau a sŵn disynnwyr. Tynnodd yn ddwfn ar y Marlboro, gan deimlo'r mwg yn ymlithro trwy ei wythiennau, a sylwodd ar gloc y peiriant fideo – 03:48 – wrth iddo feddwl ymuno â Vicky yn ei gwely.

Eisteddai Vexl yn yr union fan lle bu'n gwylio Gimp yn ffwcio Petra'n gynharach. Edrychai ar y teledu mewn modd reit debyg i'r ffordd y buodd yn gwylio'r weithred honno – gydag atgasedd yn llenwi ei wyneb. Atgasedd a'r dryswch a âi law yn llaw â phedwaredd noson o'r bron heb gwsg. Roedd ei lygaid mor gul â slot ceiniogau ffôn gyhoeddus, ond, yn hytrach nag ildio i'w reddf, estynnodd bilsen o'i boced, eistedd i fyny yn ei gadair a dechrau chwalu'r cyffur ar y ford goffi o'i flaen.

"Wah did Vickeh seh when yah seen her early on, mon?" gofynnodd Vexl gan blycio Gimp yn ôl i'r presennol. Pwysodd ar ei benelin a gwylio llaw ei fos yn briwsioni'r amffetamin. *No more, please!* meddyliodd, ond dywedodd rywbeth hollol wahanol.

"She woz mumblin' summin' abaht everyone leavin' and her bein' stuck ere. I tried to console her like, poor bitch, yuh know, givin it all I aven't left ave I dahlin, but she woz avin none of it like. Babblin on, doin my ead in if truff be told so in ve end I gave her four fackin vals and sweet as a nut, she's snorin like a pig in a few minutes. I nevah known her to be violent like vat in all vese years. She's good as gold, you knows 'at. Got me finkin vat fackin ve new girl probably didn't help. Didn't help her innit, cos I fackin luvved it like…" llifodd ei eiriau yn ddi-dor wrth i gamdriniaeth y dyddiau, y misoedd, y blynyddoedd diwethaf eu pweru. Roedd *rhaid* cysgu nawr, gwyddai Gimp hynny, cyn y byddai hi'n rhy hwyr.

Gafaelodd mewn potel fach blastig o'i boced ac arllwys wyth tabled las i gledr ei law. Roedd 80 mg o'r tawelyddion yn aros i gael eu taflu i'w geg, ond nid oedd Gimp yn siŵr a fyddai hynny'n ddigon i wneud iddo gysgu.

Edrychodd Vexl i fyny o'r ddwy linell ar y bwrdd o'i flaen gan weld llaw agored Gimp a'i chynnwys.

"Don even t'ink abaht it, Gimpmon!"

"Fack you, Vex, I gotta sleep like. I can't go on like vis…"

atebodd Gimp cyn tollti'r tabledi i'w geg a'u golchi i lawr gyda llond ceg o ddŵr.

Edrychodd Vexl arno ag atgasedd gwahanol ar ei wyneb yn awr.

"Yah battybwoy bag-o-wire!" ebychodd yn flin, gan grychu ei dalcen a chodi cornel ei geg, cyn gosod papur ugain yn ei ffroen dde a phlymio tua'r powdr.

Tynhaodd corff Petra pan glywodd y camau'n dringo'r grisiau a daliodd y gyllell yn dynn yn ei dwrn. Roedd ei chês dillad yn aros amdani wrth y drws ac roedd hi'n barod i ddianc ar y cyfle cyntaf.

Gweddïodd mai Gimp oedd ar ei ffordd i'r gwely, a phan glywodd hi ddrws ystafell Vicky'n gwichian, sbrings y gwely'n gwegian a'r unawd chwyrnu meddal yn dyblu a dyfnhau, llaciodd ei chorff mewn rhyddhad.

Cynnodd sigarét arall a thynnu'n dynn i wrthsefyll yr adrenalin. Dau i lawr. Un ar ôl.

Gyda'r teledu pedair sianel bellach yn chwydu dim byd mwy nag eira llachar o'r sgrin, eisteddai Vexl yn yr un gadair ag roedd ynddi awr yn ôl. Yn araf, ysgyrnygai'i ddannedd pwdr o dan effaith y llinellau diweddaraf o wenwyn a ymunodd â'i waedlif.

Trwy'r hollt yn y llenni treiddiai golau cynta'r diwrnod newydd i mewn i'r ystafell a chafodd y pimp ysfa hollol annisgwyl i weld y wawr yn torri dros y tonnau. Er iddo wario'r rhan helaeth o'i amser o fewn hanner milltir i'r traeth, ni allai Vexl gofio'r tro diwethaf iddo weld y môr. Ond wedyn, nid oedd Vexl yn cofio fawr o ddim byd bellach...

Rholiodd sbliff, cododd, diffoddodd y teledu ac agor y llenni cyn camu allan o'r tŷ. Roedd golau cynnar y bore'n paentio'r awyr yn gybolfa afreal o liwiau pastel yr ochr draw i'r drws ac, ar wahân i'r tywyllwch a lechai'n barhaol ynddo'r dyddiau hyn, roedd Vexl bron yn teimlo'n fyw y bore hwnnw.

Erbyn iddo gyrraedd gwaelod y stryd roedd hi'n amlwg y byddai arno angen cot arall i dwymo'i sgerbwd pydredig. Â'r amffetamin wedi hen blicio'r cnawd oddi ar ei esgyrn, teimlai fel madfall mewn storom eira. Trodd a rhegi cyn brasgamu'n ôl tua'r tŷ gan chwythu ar ei ddwylo.

Cododd Petra o'r gwely pan glywodd ddrws y ffrynt yn agor a chamodd at y ffenest i edrych drwy'r llenni ar y bore cynnar y tu hwnt i'r ffenest. Gwelodd Vexl yn camu allan i'r awyr agored a chododd ei chalon pan ddiflannodd y dihiryn o'r golwg i lawr y stryd. Dyma fyddai ei chyfle.

Gollyngodd y sigarét i'r gwydr dŵr wrth y gwely cyn gafael yn ei chês dillad a'i lusgo o'r ystafell ac ar hyd y landin ar dop y grisiau. Oedodd am eiliad wrth glywed y ddeuawd yn rhochian yn braf yn stafell wely Vicky. Roedd y ffordd yn glir a rhyddid dim ond degllath i ffwrdd.

I lawr â hi at waelod y stâr cyn datgloi'r drws a chamu allan i'r awyr iach boreol at ei rhyddid. Dim cweit...

Pan gyrhaeddodd Vexl y llwybr bach a oedd yn arwain drwy ardd flaen y brothel at y drws ffrynt, cafodd sioc anferthol wrth weld y drws yn agor a Petra'n camu o'r tŷ yn llusgo'i ches y tu ôl iddi. Yn ei llaw dde, roedd cyllell fara finiog. Fel menyn mewn meicrodon, twymodd corff Vexl yn syth, ac oedodd y ddau wrth edrych ar ei gilydd fel Herod a'r Ddynes tu fas i salŵn Gwaredigaeth.

Syllodd Petra ar ei holl hunllefau yn sefyll yn syth o'i blaen fel rhyw fwystfil ffugwyddonol salw. Gollyngodd ei chês y tu ôl iddi, yn gorfoleddu fod y gyllell yn dal yn ei llaw. Yn ei rhuthr i adael y tŷ, nid oedd hi hyd yn oed yn ymwybodol o'i harf, ond nawr, yn sefyll yno ar doriad gwawr, y gyllell oedd ei hunig gymorth i allu dianc.

"Yah wannah piece oh I girlee?" gwawdiodd Vexl gan wenu ar ei ysglyfaeth, ond ni ddwedodd Petra air; doedd hi ddim am wastraffu gronyn o'i hegni ar fân siarad.

Roedd y ddau tua'r un taldra ac yn syllu'n syth i fyw llygaid ei gilydd. Clywodd Vexl fan laeth yn *mwmmmmian* yn y cefndir ond roedd Petra'n canolbwyntio'n gyfan gwbl ar y rhwystr dynol a safai rhyngddi a'i rhyddid.

"Wassa mattah girlee, yah nah like yah new job, yah new home?" Ond tawelwch a dafluniodd Petra i'w gyfeiriad unwaith eto cyn i Vexl gymryd cam tuag ati.

Tynnodd ar gledr ei hoff gyllell ond am y tro cyntaf erioed efallai, bachodd yr arf wrth adael y gwain tan ei gesail a gwelodd Petra'i chyfle. Wrth i sylw Vexl droi at y gyllell, llamodd Petra tuag ato a suddo'i chyllell i mewn i dop ei fraich a'i hangori rhwng ei bicep a'i ysgwydd. Bloeddiodd Vexl mewn poen a gwyro'n ôl oddi wrthi gyda'r gyllell fara'n dal yn ddwfn ynddo.

Cydganai côr o wylanod cyfagos mewn ymateb i'r sgrech. Pefriai llygaid Vexl mewn poen a syllodd yn syth i gyfeiriad Petra wrth iddo dynnu'r arf yn boenus allan o'i gnawd gan grensian ei ddannedd wrth wneud.

Heb gyllell, heb obaith, dim ond un peth allai Petra ei wneud yn awr: rhedeg. Ond, gan mai'r unig ffordd o ddianc oedd mynd heibio i Vexl, aeth hi ddim yn bell iawn. Aeth hi ddim yn bell o gwbl, a dweud y gwir, am i Vexl ei thaclo'n isel â'i ysgwydd ddianaf a bwrw'r gwynt ohoni.

Gorweddai Petra ar y llwybr yn gwingo mewn poen ac yn brwydro am ei hanadl. Safai Vexl uwch ei phen yn gwenu. Dyma oedd hoff elfen ei alwedigaeth, wedi'r cyfan; dosbarthu poen heb unrhyw obaith o ymateb. Ailosododd y gyllell fawr yn y wain cyn penlinio i lawr ac estyn rasel hogi o'i fotasen ledr – jyst yr offeryn i gyflawni'r dasg a oedd ganddo mewn golwg. Trodd Petra ar ei chefn gan glywed y gwylanod yn ei gymeradwyo yn yr awyr uwchben. Caethiwodd Vexl ei breichiau gyda'i bengliniau a gwenodd unwaith eto pan gollodd Petra ei hymwybyddiaeth wrth weld y rasel yn sgleinio uwch ei hwyneb yn yr haul boreol.

Er ei bod yn ymddangos yn anymwybodol, dechreuodd Vexl sibrwd yn ei chlust wrth dynnu min y rasel yn araf i lawr ei boch chwith a thorri hanner llythyren greithiog o fewn eiliadau.

"I'm gonnah scah yah widda lettah vee, so everee time yah

see yah reflection in dah mirrah, windah or a back o ah spoon, you'll t'ink ah me…"

Yn ogystal â theimlo'r rasel yn ei chreithio, clywsai Petra bopeth gan nad oedd hi'n anymwybodol mewn gwirionedd. Actio oedd hi. Jyst fel ddoe ac fel y gwnaethai yn ystod y rhan fwyaf o'i bywyd ifanc. Er, rhaid cyfaddef, nid oedd actio erioed wedi bod mor boenus ag ydoedd y tro hwnnw.

I ddechrau, roedd hi'n gobeithio byddai Vexl yn llacio'i afael wrth ei gweld hi'n 'colli ymwybyddiaeth' ac efallai câi gyfle i ddianc o'i grafangau, ond bellach jyst aros am y cyfle i'w ddal e'n hepian roedd hi. Daeth y cyfle wedi iddo orffen y graith gyntaf pan ymosododd cramp ar groth ei goes chwith a'i orfodi i godi er mwyn ymestyn y cyhyr.

Safai Vexl yn goes agored uwchben corff llonydd a gwyneb gwaedlyd Petra a'i holl bwysau ar ei goes chwith. Gyda'r slaes dwfn yn ei ysgwydd a'r cramp yn rhwygo trwy ei goes, nid hwn oedd y dechreuad gorau i'w ddiwrnod.

Teimlodd Petra bwysau corff ei harteithiwr yn codi a chlywodd e'n grymial mewn ymateb i ryw anghyfforddusrwydd corfforol. Lledagorodd Petra'i llygaid a gweld ei chyfle'n syth.

Trodd poen deublyg Vexl yn driphlyg pan gysylltodd blaen troed dde Petra â'i geilliau a'i hyrddio tua'r drws ffrynt a'r llawr caled. Cododd Petra ar ei thraed fel cobra a gwelodd ei ben-ôl yn yr awyr o'i blaen fel rhyw bull's-eye dengar. Doedd dim angen ailwahoddiad arni ac fe giciodd Vexl yn union yn yr un fan. Sgrechiodd Vexl wrth iddo gwympo ar ei hyd unwaith eto, ond fel rhyw Derfynydd o'r dyfodol llwyddodd i godi ar ei bengliniau er bod y boen bron yn ormod iddo bellach.

Â'i meddwl ar wib, ei greddf gyntaf oedd rhedeg. Ond, gwelodd Vexl yn araf godi ar ei draed, ac roedd angen ei rwystro rhag iddo allu ei dilyn.

Llusgodd Vexl ei gorff i fyny'r wal fel clematis goruwchnaturiol, ond cyn iddo gael cyfle i adennill ei gydbwysedd gafaelodd Petra yn ei chês dillad a'i siglo rownd ei phen fel taflwr morthwyl Olympaidd. Trawodd y cês Vexl yn sgwâr ar gefn ei ben a chwalu ei wyneb i mewn i'r pebble-dash o'i flaen. Holltodd y sŵn trwy'r strydoedd cyfagos gan atseinio oddi ar y tai teras tua'r môr a'i donnau. Wrth i gorff Vexl gwympo'n ddifywyd ar y llwybr cododd Petra'i chês a chefnu ar yr olygfa.

Cyn cyrraedd cornel y stryd roedd Petra'n sicr ei bod hi newydd ladd y pimp. Yn haeddiannol efallai, ond byddai'n ddigon o reswm dros ei charcharu am oes. Oedodd jyst rownd y cornel er mwyn tynnu anadl a sychu'i boch â hances wlyb. Roedd ei hanadl yn fyr a difarodd ysmygu gan addo y byddai'n stopio tasai hi ddim yn cael ei hanfon i'r carchar. Wedi'r cyfan, beth fyddai'r pwynt peidio smygu pe byddai'n rhaid iddi dreulio gweddill ei hoes mewn cell?

Sbeciodd rownd y cornel ar ôl iddi stopio tuchan, mewn pryd i weld Vexl yn hercian yn y stryd gyfagos fel meddwyn, ac yn gweiddi ar dop ei lais cyn cwympo dros fonet cerbyd cyfagos.

Tro Petra oedd hi i wenu, wrth iddi afael yn ei chês dillad a rhuthro i lawr y stryd a phasio cragen y Safari Inn ar ei ffordd. Fel colomen ddychwel heb adenydd, troediodd Petra ar hyd yr un ffordd ag y daethai i'r Barri'r diwrnod cynt wrth anelu am Ddinas Powys, Caerdydd a'i rhyddid y tu hwnt. Edrychai dros ei hysgwydd bob decllath, gan ddisgwyl gweld ei gelynion unrhyw funud ond nid oedd sôn amdanynt, diolch byth.

Ar ôl hanner awr o gerdded yn galed, cyrhaeddodd gyrion Dinas Powys a gyda'r blinder, yr ofn a'r haul cynnes yn ei threchu'n araf, penderfynodd Petra orffwys am ychydig er mwyn adennill ei hegni cyn parhau ar ei thaith. Ffeindiodd loches tawel a diogel mewn gardd wyllt ar ffiniau'r pentref yng nghwmni cath ddi-ddant a llond tŷ gwydr o blanhigion amheus.

012 CHWARAE'N TROI'N CHWERW

NOS FERCHER. Saith o'r gloch. Maes parcio gwag y Safari Inn. Wel, so hi *cweit* yn saith o'r gloch dim ond rhyw bedair munud i; a doedd y maes parcio ddim yn *hollol* wag chwaith.

Yng nghornel pella'r maes parcio roedd 'na un cerbyd dinod wedi parcio'n dawel gan doddi'n ddiymdrech i gysgodion cynnar y noson glòs. Yn eistedd yn y car hwnnw roedd ffigwr unig, yr un mor dawel â'i gerbyd, yn gwylio'r fynedfa trwy lygaid craff, llygaid coch. Yn ei ddillad denim, ei wallt llaes llwyd a'i fwstash yn gwyro tua'i ên, doedd y Ford Escort ddim yn ei siwtio o gwbl. March metel ddylai fod rhwng coesau'r Bandito hwn, ond roedd rheswm da pam ei fod wedi dewis dod mewn car. Bod yn anhysbys oedd ei nod – byddai wedi bod yn amhosib cyflawni hynny wrth gyrraedd ar gefn chopper.

Beth yn y byd ma hi'n wneud yn dod i le fel hyn? meddyliodd, gan ryfeddu at dristwch y lle. Fel y gellid disgwyl mewn motel o'r enw Safari Inn efallai, roedd delweddau o'r jyngl i'w gweld ym mhobman – drysau print zebra a bwystfilod eraill yn llechu tu ôl i bob drws – ond yr unig fywyd gwyllt i'w weld yn yr ardal oedd y meddwon a fynychai'r twll o dafarn drws nesaf. Ar y gair, gwyliodd ddyn gwyllt yr olwg yn gadael y sefydliad yn hercian a chloffi ei ffordd adref, a sylwodd ar y staen tywyll ar flaen ei drowsus. Peint neu piss? Pwy â ŵyr.

Daliai i ryw led obeithio na fyddai ei gariad yn ymddangos, ac felly'n osgoi gwasgu'r botwm a dechrau'r dilyniant o ddigwyddiadau oedd ganddo mewn golwg. Ond, yn anffodus iddi, pan gyrhaeddodd hithau mewn tacsi ryw funud yn ddiweddarach, mwythodd y ffigwr anhysbys ddur trwm y gwn a gariai mewn gwain o dan gesail ei fraich chwith.

Camodd Foxy o'r tacsi, talu'r gyrrwr a dweud wrtho am gadw'r newid. Camodd i mewn trwy ddrysau'r fynedfa ac edrych o'i chwmpas yn betrus. Er iddi gynnal ei pherthynas ag Andrew y tu ôl i gefn T-Bone ers dros flwyddyn bellach, roedd cwrdd mewn motel yn ychwanegu rhyw awch at y gweithgaredd.

Edrychodd i gyfeiriad yr unig gar yn y maes parcio a thaeru iddi weld ffigwr unig yn eistedd ynddo, ond doedd hynny fawr o syndod gan fod ystafelloedd llwm a phrisiau rhad, wrth yr awr, y Safari Inn yn tueddu i ddenu pobl llawn cyfrinachau. Rhyw gariad cudd a eisteddai yno, mae'n siŵr, yn aros am ei gymar priod a'r noson wyllt oedd yn eu haros.

Aeth at y dderbynfa a gofyn i'r dyn boliog seimllyd, a wyliai *The Price Is Right* ar set deledu ddu a gwyn, am ystafell 'Mr Jones' a gwên fach wybodus ar ei gwefusau. Syllodd yn ôl arni gan werthfawrogi'r hyn a welai o'i flaen. Roedd hon yn uwch ei safon na'r merched proffesiynol a fynychai'r motel fel arfer. Meddyliodd am ofyn iddi ddod i'w wasanaethu e ar ôl iddi orffen gyda 'Mr Jones', ond ni gafodd gyfle gan iddi frasgamu oddi yno cyn gynted ag y datgelodd rif yr ystafell iddi. Edmygodd ei brwdfrydedd proffesiynol, cyn cynnu Superking a throi'n ôl at Brucie.

Gorweddai'r garddwr ar y gwely meddal gan ddifaru peidio â threfnu cwrdd yn rhywle ychydig bach yn fwy safonol, ychydig bach yn fwy classy. Wel, *lot* mwy safonol a *lot* mwy classy a dweud y gwir. Dewisodd y lle ar gyngor Oatsey a Luis – dau labrwr ifanc a fyddai'n ei helpu o bryd i'w gilydd i wneud y tasgau trwm yn yr ardd yn Rudry – ond, o gofio'n ôl, daeth hi'n amlwg mai tynnu ei goes oedd y bastards bach, a difarodd Blod iddo fod mor hygoelus.

Ar y gorchudd gwely roedd arwyddion afiach ei hanes diweddar. Edrychai'r anaglypta blodeuog yn eithafol o ffiaidd bellach, er efallai iddo fod yn syniad da ryw ddegawd cynt. Syllai Blod ar yr artex fry gan anobeithio at safon y gwaith llaw, cyn sylwi ar y llenni tenau fel ysbrydion oren yn dawnsio yn awel y ffenest agored. Yn ddoeth, penderfynodd anwybyddu ei amgylchedd.

Pryderai y byddai Foxy'n ei feirniadu am iddo ddewis y man

cyfarfod hwn, ond doedd dim angen iddo boeni gan mai eilradd fyddai'r lleoliad ym meddwl Foxy o'i gymharu â'r hyn y dymunai ei wneud iddo cyn gynted ag y gwelai e.

Ni fu'r cariadon yng nghwmni ei gilydd ers bron i wythnos bellach, ac roedd Foxy'n enwedig yn dyheu amdano, ac yn awchu at deimlo'i groen yn chwysu a'i anal yn griddfan yn ei chlust.

Daeth cnoc ar y drws a chododd Blod yn syth. Carlamai ei galon am ryw reswm a phan agorodd e'r drws, cyflymodd y curiadau fwy fyth wrth i Foxy neidio i'w freichiau gan lapio'i choesau o amgylch ei gorff a'i gusanu'n nwydus wrth i'r ddau gwympo ar y gwely'n glymau eiriasboeth.

Heb yngan yr un gair wrth ei gilydd – wel, byddai hi *yn* anodd siarad â'u cegau'n llawn – datblygodd y cusanu'n rhywbeth arall, hollol rhagweladwy, ac o fewn dwy funud wyllt gorweddai'r ddau ar eu cefnau'n hanner noeth, chwyslyd braidd a hollol fodlon, wrth edrych ar y nenfwd.

"A pwy wyt ti eto?" oedd y geiriau cyntaf a gafodd eu hyngan y noson honno – ar wahân i 'Yes, yes', 'Fuck me hard' a 'Fiiiii'n dooooooood', wrth gwrs – yn hollol goeglyd o geg Blod.

"Mzzzz Jones," atebodd Foxy, gan gynnau mwgyn menthol a chwythu'r mwg i gyfeiriad ei chariad. Chwarddodd y ddau ar y 'joc' cyn i Blod estyn am ddwy fodrwy jâd o'r dror ger y gwely. Gyda'r ddau'n dal i syllu tua'r artex, daliodd Blod y modrwyon o'u blaen.

"Beth sy 'da ti f'yna?"

"Tric cwestiwn yw hwnna?"

"Na. Yn amlwg, fi'n gwybod mai modrwyon 'yn nhw, ond… oh, ti'n gwbod beth sy 'da fi!"

"Ydw, ydw, a'r ateb yw un fodrwy i ti ac un fodrwy i fi…"

"His and hers?" gwaeddodd Foxy gan chwerthin.

"Ie, os ti moyn bod yn drist am y peth!" atebodd, cyn ymhelaethu. "Fel ti'n gallu gweld, jade yw'r garreg, sef carreg sy'n symbol o ffyddlondeb… fy ffyddlondeb i, i ti, hynny yw…"

Chwarddodd Foxy unwaith eto.

"Beth nawr 'to! Jesus, Lisa, fi'n treial bod o ddifri fan hyn!"

"Sori, bach," meddai Foxy gan fwytho'i foch a cheisio stopio chwerthin. "Ond, rhaid i ti gyfadde bod rhoi modrwy sy'n cynrychioli ffyddlondeb i fi yn y Safari Inn braidd yn ddoniol!"

"Pwynt teg," cyfaddefodd Blod a gwên ar ei wyneb. "Ond, a dyma beth o'n i wir eisiau ddweud wrthot ti heno, 'mod i'n gwybod na elli di byth adael T-Bone a bod gyda fi drwy'r amser, a bydd y modrwyon hyn yn cynrychioli 'nghariad i tuag atat ti'n ogystal â fy ymrwymiad a fy ymroddiad i tuag atat ti. Bydda i yma am byth i ti, Lisa. Ti yw'r *unig* un i fi a fi'n fodlon rhoi lan ag unrhyw beth i fod yn rhan o dy fywyd..."

Diffoddodd Foxy ei sigarét yn y blwch llwch gerllaw cyn i Andrew osod y fodrwy'n ofalus ar fys canol ei llaw chwith. Gwnaeth hi'r un peth iddo fe cyn i'r ddau gofleidio'n dynn. Cronnai dagrau yn ei llygaid – cybolfa o dristwch a hapusrwydd – hapusrwydd am iddi ddod o hyd i Andrew o gwbl a thristwch am nad oedd hi wedi ei ffeindio fe cyn iddi gwrdd â T-Bone.

"Beth yw hwnna?" gofynnodd gan gyfeirio at botel, posh yr olwg, ar y bwrdd ar ochr Andrew i'r gwely.

"Beth?" atebodd ef, gan ddatgysylltu ei hun o'i chrafangau a throi i edrych. "O, ie, champagne. Anghofiais i am hwnna. O'n i'n bwriadu hôl iâ o reception..."

"Wel, chop-chop, 'te!" dywedodd Foxy. "So ni'n gallu yfed champagne twym, ydyn ni?"

Felly gwisgodd Andrew'n gyflym, cyn cusanu ei gariad ar ei gwefusau a gadael yr ystafell.

"Curly blond girl. Came in about five minutes ago. What room's she in? It'll be under Mr and Mrs Jones, I believe."

Safai gyrrwr y car bellach wrth y dderbynfa'n syllu'n oeraidd ar y slobryn tew o'i flaen.

"Can't tell you mate. Against motel policy like..."

"Would this help in any way?" gofynnodd, gan lithro papur ugain punt i'w gyfeiriad ar draws arwyneb aflan y ddesg.

Edrychodd y rheolwr ar yr arian cyn edrych yn ôl ar y dieithryn.

"It helps, yes. But it's not quite enough to get you that sort of information…"

Ystyriai'r dieithryn afael yn ei wn a hawlio'r wybodaeth yn ei ddull arferol ond penderfynodd beidio. Am y tro.

"How about this then?"

Llithrodd bapur hanner canpunt i ymuno â'r ugain a orweddai yno'n barod. Pefriodd llygaid y rheolwr y tro hwn, ond negyddol oedd ei ymateb unwaith eto.

"Still not *quite* enough unfortunately, mate,"

Eto i gyd, roedd hynny'n hen ddigon ym marn y dieithryn a gafaelodd yng ngwar y rheolwr â'i ddwy law gan dynnu'i gorff tew, afiach o'i gadair.

"Don't take the fuckin' piss now, fatman," hisiodd yn isel. "There's seventy quid by there, I suggest you tell me what I want to know and take it. Either that or I take it back, beat the shit out of you and go find her myself. So, I repeat, what room?"

"S-s-s-seventeen…" llwyddodd i sibrwd, ac ar glywed y rhif gollyngodd y dieithryn ei afael arno a chwympodd ei gorff swmpus i'r llawr fel malwen anferth. Gyda'r rheolwr tew yn gorwedd ar lawr, cydiodd y gyrrwr yn yr arian a'i roi yn ôl yn ei boced, cyn troi ei gefn a mynd ar drywydd ei darged.

Cyrhaeddodd Blod y dderbynfa a gweld y rheolwr ar lawr yn brwydro i godi. Ceisiodd Blod ei orau i'w helpu ac ymhen ychydig roedd e 'nôl yn ei gadair yn anadlu'n drwm, yn cynnu ffag ac yn chwilio am rywbeth ar ei ddesg.

"Are you alright now?" Cododd Blod ei lais er mwyn boddi'r sŵn a floeddiai o'r bocs yng nghornel y stafell.

"Aye. Thanks for the hand. Appreciate it."

"No problems. Have you lost something?"

"Uhm. Nah. Nah not really. It'll turn up I'm sure…"

"Ok. If you're sure…"

"Yeah, I'm sure. Can I help you with something?"

"I hope so. I need an ice bucket…" ac edrychodd y rheolwr ar Blod fel tasai'n wallgof.

Bwced iâ? Yn y Safari Inn? Dim gobaith. Bwced – dim problem. Iâ – wrth gwrs. Ond bwced iâ – na. Gwenodd Blod arno gan ddisgwyl ateb negyddol.

"I don't have one here like, but if you go to the pub next door, tell 'em Big Jim sent you, I'm sure they'll help you out… so long as you return it later like."

"Of course. Thanks a lot."

Diflannodd Blod drwy'r drysau i'r nos heb wybod dim am y cysgod tywyll oedd yr eiliad honno'n agosáu at ei ystafell a'i gariad annwyl.

Daeth cnoc ysgafn ar ddrws y stafell a throdd Foxy ei phen yn sydyn i gyfeiriad y sŵn.

"Bloody hell!" meddai gan godi o'r gwely a gwasgaru mwg ei sigarét i bobman. Camodd ei ffigwr noeth tuag at y drws yn barod i ddwrdio Andrew'n chwareus am anghofio'i allwedd, ond pan agorodd y drws nid ei chariad a safai yno.

Gydag un gwthiad cadarn i'w gwddf, cwympodd Foxy'n ôl ar y gwely a chamodd yr Angel Uffern i mewn i'r ystafell. Beichiai Foxy wrth lapio'r dillad gwely o'i hamgylch ond roedd hi'n rhy hwyr; roedd e wedi gweld ei gogoniant, wedi gweld y gwirionedd a gwyddai bopeth yn awr.

Gallai'r dieithryn flasu'r chwys rhywiol yn awyr llonydd yr ystafell. Syllodd ar y corff o'i flaen yn gwingo ar y gwely. Torrodd ei galon wrth i realiti'r sefyllfa wawrio arno. Penliniodd ar y llawr er mwyn edrych o dan y gwely am ei chymar. Wedyn, agorodd ddrysau'r cypyrddau tal ond yr un oedd y canlyniad. Gwacter.

"Ble ma fe?" gofynnodd mor bwyllog ag y gallai.

"Pwy?"

"*Fe*. Pwy bynnag yw *fe*," atebodd y gyrrwr, gan geisio peidio â cholli ei dymer yn lân.

Meddyliodd Foxy am Andrew. Byddai'n ôl mewn munud a dyna'r peth gwaethaf allai ddigwydd. Roedd Foxy'n reit hyderus y gallai ddianc gyda dim ond 'gwers' galed oddi ar gefn llaw y gyrrwr, ond nid oedd hi mor hyderus am dynged ei chariad.

"Ma fe 'di mynd," meddai'n ddagreuol, cyn esbonio. "Ni 'di cwympo mas ac fe adawodd e ryw bum munud yn ôl. Sa i'n meddwl y gwela i fe 'to…"

Ysgydwodd y dyn ei ben ac edrych arni'n llawn casineb. Rhwygai ei galon mewn ymateb i'w chelwydd amlwg. Tynnodd y gwn o'r wain o dan ei gesail, cysylltodd y distewydd ar flaen y gwn cyn pwyntio'r arf yn fygythiol i'w chyfeiriad. Diflannodd holl obeithion Foxy…

Brasgamodd Blod yn ôl tua'r ystafell gyda'r bwced iâ yn ei feddiant. *Beth fyddai ar y fwydlen nesaf*, meddyliodd, ond ni ddisgwyliai'r hyn a arhosai amdano…

Gallai weld fod drws ystafell 17 yn gil agored o ben draw'r coridor ond ni feddyliodd ddim am y peth. Efallai fod Foxy yn y gawod ac wedi gadael y drws ar agor iddo fel y gallai ddychwelyd heb iddi ddripian dŵr dros bobman… Ond, jyst cyn iddo wthio'r drws yn agored a datgan ei bresenoldeb, clywodd lais dyn o'r tu fewn yn holi'i hanes. Rhewodd Blod yn yr unfan, gan adlewyrchu cynnwys ei fwced.

Gyda churiadau gwyllt ei galon yn dychlamu'n fyddarol rhwng ei glustiau, clustfeiniodd Blod ar y sgwrs yr ochr arall i'r drws pren haenog rhad. Er na allai weld gwyneb y dyn ar yr ochr draw, byddai'n adnabod llais ei fos yn rhywle.

Roedd bywyd Foxy mewn perygl, gwyddai hynny'n awr. Nid oedd T-Bone yn credu gair a ddywedai bellach, a gyda'r gwn wedi'i bwyntio at ei phen gallai weld y casineb a'r gwallgofrwydd yn gymysg yng nghrochanau dwfn ei lygaid. Er yr emosiynau amlwg, teimlai rhyw wacter dideimlad yn bresennol ynddo'n ogystal. A hithau'n adnabod T-Bone ers blynyddoedd lawer, gwyddai ei fod yn arweinydd didostur, dideimlad hyd yn oed, ac yn casáu cael ei groesi, neu ei fradychu – yn enwedig gan 'ffrind'.

Gweddïodd na fyddai Andrew'n dod yn ôl. Gobeithiai y byddai'n clywed y llais ac yn rhedeg. Gobeithiai y byddai'n dianc ac yn ei arbed ei hun rhag yr anochel a ddisgwyliai amdano yn yr ystafell wely.

"Rhoddes i bopeth i ti, Foxy. A fel hyn ti'n diolch i fi…"

Edrychodd arno ond nid oedd ganddi ateb iddo. Roedd yr ateb, wedi'r cyfan, yn amlwg yn ei noethni, yn amlwg yn y botel champagne ger y gwely ac yn amlwg yn yr euogrwydd ar ei gwyneb ac yn ei gwedd.

"Ers pryd?"

"Ers pryd beth?"

"Ers pryd ma… ma… *hyn* wedi bod yn digwydd? Ers pryd ti 'di bod yn 'y mradychu i?"

Syllai Foxy i'r gwagle o'i blaen. Sut y gallai ateb heb roi gwahoddiad iddo i'w lladd yr eiliad honno? Ond wedyn, roedd hi'n rhy hwyr yn barod iddi allu dianc ac felly efallai mai gwell fyddai dweud y gwir wrtho…

"Sa i erioed wedi dy garu di, Tony," dechreuodd, gan ddefnyddio'i enw iawn am ryw reswm. "Ddim dy wir garu di, ta beth. Wrth gwrs, fi'n ddiolchgar iawn i ti am bopeth roddest ti i fi, ond dyna fe, really. Yn ddiolchgar, ydw. Ond dyw hynny ddim yn ddigon… Fi'n falch bod Al wedi ffeindio ffigwr tadol, ond…"

"Ond? Ffycin *ond* Foxy! Pa ffycin *ond*!" Bloeddiodd arni gan dynhau ei afael yn yr arf.

"*Ond* ti'n rhy possessive, Tony. Ti'n rhy controlling. Ti'n rhy hunanol. Ti moyn rheoli pawb a phopeth sy o dy gwmpas di heb i neb feiddio dy ateb di 'nôl, heb i neb feiddio anghytuno. Ti'n control freak, Tony! 'Nes ti brynu'r tŷ i fi yn…"

"Yn gwmws! Prynes i'r tŷ 'na i ti er mwyn cynnal dy annibyniaeth!"

"Ha! Am jôc! Fy nghaethiwo i 'mhellach nath y tŷ 'na. A 'na beth oedd dy fwriad ti o'r dechre 'fyd!"

"Na…"

"Paid gwadu 'ny! Ti'n methu derbyn pan na fydd rhywun eisie dy ddilyn di. Ti'n ofni colli rheolaeth, ti'n ofni colli…" distawodd ei llais. Gwyddai Foxy pam ei fod e felly – bu colli'i wraig yn brofiad torcalonnus iddo, ac roedd hi'n deall hynny.

Trodd T-Bone a gwynebu'r anaglypta gan geisio cuddio'i ddagrau, ei wendid, oddi wrthi. Gwelodd Foxy ei chyfle a gafaelodd yn ei bag llaw oddi ar y gobennydd, a phan drodd T-Bone yn ôl i weld beth oedd y cyffro, roedd .44 Magnum Calvin yn pwyntio'n syth ato. Cododd ei eiliau mewn ymateb gan barchu ei cheilliau anferthol, ond daliai i reoli'r sefyllfa'n llwyr – roedd cryniadau afreolus dwylo Foxy'n brawf o hynny.

"Nawr ble ma' fe, Foxy? Der' mlân, dyma dy gyfle ola di."

Dyna glywodd Blod wrth iddo wrando yr ochr arall i'r drws.

"Wedes i…"

"C'mon nawr, Foxy, ni'n gwybod mai bollocks llwyr yw hynny!"

"Gaethon ni row ac ma fe 'di gadel! Dyna'r gwir!"

"Y gwir? Ha! So ti'n gwybod ystyr y gair!" Ac yna fe glywodd Blod wn yn clicio. Ddim yn tanio, cofiwch, ond clicio. Hynny yw, bwled yn cloi yn y barel. Cododd ei galon am eiliad a bu bron iddo gamu i mewn i'r stafell i wynebu ei fòs ond gwawriodd arno mai dim gwn T-Bone oedd e pan chwarddodd y beiciwr a beichiodd Foxy'n wylofus.

"Foxy fach, ti 'di torri 'nghalon i," dywedodd y llais. "A nawr fi'n mynd i dorri dy un di…"

Saethodd T-Bone Foxy ddwy waith. Fel yr addawodd, aeth yr ergyd gyntaf trwy ei chalon. Ond ni laddodd yr ergyd honno Foxy yn syth. Am gyfnod byr syllodd T-Bone arni wrth i'r bywyd lifo'n araf ohoni. Llifai'r dagrau hefyd i lawr bochau'r llofrudd ond ni ddifarodd iddo gyflawni ei weithred o gwbl. Ni châi neb ei groesi. Neb. Roedd e'n ôl mewn rheolaeth lwyr. Wel, dim cweit. Cofiodd am gelwyddau Foxy ac fe'i saethodd unwaith eto, y tro hwn yn syth trwy ei phen. Ffrwydrodd ei phenglog dros y stafell gan dasgu dros ei wisg denim a'i wallt. Wedi i ddirgryniadau'r corff dawelu, plygodd T-Bone a gafael yn ei gwn. Gosododd yr arf yn ei boced ac wrth wneud hynny sylwodd ar y fodrwy jâd yn sgleinio o'i flaen.

Llithrodd hi oddi ar ei bys cyn troi ei gefn ar yr olygfa a mynd i chwilio am ei chariad.

Bu bron i galon Blod ffrwydro o'i chawell pan glywodd yr ergyd gyntaf. Roedd e am sgrechen ond bydde hynny'n syniad gwael. Roedd e am ymosod ar y llofrudd ond pa obaith heb arf ganddo. Byddai dangos ei hun yn syniad gwaeth. Gallai glywed T-Bone yn mwmian yr ochr draw i'r drws a synhwyrai ei fod yn archwilio corff difywyd ei gariad.

Roedd ei ben ar chwâl a'i galon yn deilchion, ond er hynny gwyddai fod yn rhaid iddo guddio, cyn i T-Bone ddod o hyd iddo, cyn i T-Bone ei ladd.

Trodd ac edrych i fyny ac i lawr y coridor. Dim ond un opsiwn oedd yn agored iddo, a doedd hwnnw ddim yn opsiwn rhy ddeniadol ychwaith. Rhyw bum metr y tu ôl iddo, ond nid i gyfeiriad y ffordd allan, safai peiriant Coca-Cola. Rhuthrodd Blod a sefyll yr ochr draw iddo. Ond, wrth aros yno'n disgwyl, gwyddai Blod pe dewisai T-Bone ddod y ffordd honno i chwilio amdano byddai'r Bandito'n ei ddienyddio yn y fan a'r lle.

Clywodd ddrws yr ystafell yn gwichian wrth agor a chamau T-Bone yn diflannu i'r cyfeiriad arall. Cododd ei galon am eiliad, cyn iddi gofio beth oedd newydd ddigwydd. Arhosodd tan iddo glywed y drws yn y pen draw'n cau drachefn a chamodd i'r coridor gyda'r bwriad o ddianc.

Ond ni allai Blod beidio â mynd i weld corff ei gariad, er byddai'n difaru gwneud hynny am weddill ei oes. Ddim fel hyn roedd e eisiau ei chofio. Dim fel celain, corff diwyneb, corff...

Safodd Blod a syllu arni. Rhaeadrai'i ddagrau i lawr ei wyneb. Beichiodd yn ddireolaeth wrth weld yr hyn a orweddai o'i flaen.

Yn y cefndir gallai glywed T-Bone yn symud o stafell i stafell yn gweiddi, yn bygwth y preswylwyr wrth chwilio amdano. Penliniodd wrth ochr y gwely a gafael yn llaw Foxy. Cusanodd hi a hithau'n dal yn gynnes. Sylwodd fod ei modrwy wedi diflannu. Chwiliodd amdani'n gyflym ar y gwely cyn clywed y fynedfa i'r coridor yn cael ei hyrddio ar agor a T-Bone yn cnocio ar un o ddrysau'r ystafelloedd cyfagos. Llithrodd o dan y gwely. Caeodd ei lygaid. Ceisiodd beidio anadlu...

Dychwelodd T-Bone i goridor Ystafell 17 yn melltithio'i hun am beidio edrych am gariad Foxy yno cyn chwilota o amgylch gweddill y sefydliad. Roedd angen gadael nawr. *Reit* nawr. Byddai'r moch ar eu ffordd erbyn hyn ac roedd angen iddo ddiflannu; angen dychwelyd i Rudry er mwyn llosgi'r car a'i ddillad cyn i neb ei weld. Ond, yn gyntaf, roedd angen gorffen y job.

Nid oedd golwg o Casanova'n unman, ond wedyn nid oedd T-Bone wir yn gwybod am bwy y chwiliai amdano hyd yn oed. Dychwelodd at ddrws Ystafell 17 gan sefyll yno'n anadlu'n ddwfn ac ystyried edrych unwaith eto yn y cypyrddau ac o dan y gwely. Ond, â'r adrenalin yn rhuthro a'i nerfau'n racs, penderfynodd ei heglu hi pan glywodd seirenau'n agosáu yn y pellter. Byddai'n rhaid aros am gyfle arall i ddal Casanova.

Gallai Blod glywed T-Bone yn anadlu wrth y drws. Yna, clywodd ei gamau'n pellhau a llithrodd allan o'i guddfan. Edrychodd eto ar gorff ei gariad cyn casglu ei eiddo a dilyn ôl T-Bone tua'r allanfa. Ar ben y coridor, gwyliodd unig gar y maes parcio'n sgrialu i ffwrdd ac fe gamodd allan i'r nos gan glywed seirenau'n agosáu.

Brasgamodd heibio i'r dafarn, gan anelu am ei gar oedd wedi'i barcio rownd y gornel. Nid oedd e'n siŵr pam y parciodd y car fan honno, yn hytrach nag ym maes parcio'r gwesty, ond roedd e'n falch iddo wneud yn awr. Wrth iddo eistedd tu ôl i'r olwyn, rhuthrodd car yr heddlu heibio â'r golau'n fflachio a'r seiren yn byddaru'r gymdogaeth.

Anadlodd yn drwm gan geisio gwrthsefyll y dagrau, ond roedd hynny'n ormod i'w ddisgwyl y noson honno. Wedi iddo ddod at ei hun, daeth i gasgliad reit amlwg: rhaid oedd dianc. Rhaid oedd diflannu'r eiliad honno.

Yn ffodus i Blod, nid oedd T-Bone yn gyfarwydd iawn â'i staff garddio. Nid oedd 'y bòs' yn ymwneud llawer â'i 'weision bach'. Byddai'n gadael eu cyflogau – arian parod mewn amlenni – ar ford y gegin bob dydd Gwener, heb amharu'n ormodol, os o gwbl, gyda'u gwaith. Felly, nid oedd modd i T-Bone ddilyn trywydd papur, trywydd treth, er mwyn dod o hyd i'w gyfeiriad. Yn lwcus, doedd neb a weithiai gydag ef yn gwybod ei enw cywir. Llysenw oedd Blod wedi'r cyfan, a dyna sut y cyflwynai ei hun i bawb.

Gyrrodd yn gyntaf i'w gartref yn Grangetown, bedsit bach moel, ac fe lwythodd ei holl eiddo – dau focs o recordiau, un bocs o lyfrau, bocs arall o ffotos a llythyrau, tri bag dillad, a straen newydd o blanhigion tomatos mewn tŷ gwydr bach plastig – yn hawdd i gefn y car. Meddyliodd am fynd i Ddinas Powys, ond gydag Al yn aros yno, gwyddai fod hynny'n syniad gwael.

Penderfynodd mai Iwerddon fyddai ei gyrchfan. Pen ei daith, fel petai. Roedd ganddo ffrind yn byw yn Galway ac fe allai doddi i'r cefndir yng ngorllewin yr Ynys Werdd yn ddigon didrafferth.

Ond, fel y gwyddom ni bellach, aeth Blod ddim ymhellach na Cheredigion...

BORE GWAEL (RHAN 1, 2 a 3)

"**B**ORE DA," oedd cyfarchiad difeddwl Blod wrth Tubbs, a ddaliai i syllu i'r coed o'r dec y tu blaen i'r caban gan weld dim byd ond llanast mewnol ei fodolaeth yn y deilach. Trwy lygaid blinedig a gyda chalon drom, trodd ac edrych ar wir gariad ei fam.

"Rhywbeth fel 'na," atebodd y cawr mewn llais llygoden.

"Ie, wel, sorri. Ti'n gw'bod be sy 'da fi…" brwydrodd Blod yn erbyn yr annifyrrwch.

"Ydw. Wrth gwrs. Sori, Blod. Sa i 'di cael lot o gwsg, 'na i gyd."

"Sdim rhyfedd ar ôl beth glywest ti neithiwr. 'Sen i'n dweud sorri, ond fi'n falch bo ti 'di clywed y gwir… o'r diwedd…"

"A fi 'fyd… sort of…" nodiodd Blod i ddangos ei fod e'n deall ansicrwydd Al.

"Dere," gorchmynnodd gan bwyntio â'i ben tua'r gegin. "Brecwast."

Ac felly dilynodd Tubbs yn rhyfeddu at yr arogl melys a lenwai'r adeilad pren. "Chai," oedd esboniad un-gair Blod, wrth i ffroenau Tubbs gyfarch y sinamon, clofs, cardamom ac anis yn ffrwtian yn y crochan bychan ar ben y stof.

Eisteddodd y ddau gan edrych mas trwy'r ffenest ar y bore braf, ond roedd cythrwfwl mewnol Tubbs mewn gwrthgyferbyniad llwyr â hyfrydwch yr olygfa. Gosododd Blod fowlen o fiwsli Bircher ffres o'i flaen, yn ogystal â mw`g mawr o'r chai. Anadlodd Tubbs ddaioni'r diod yn ddwfn i'w ysgyfaint gan fwytho'i broblemau a'i bryderon ryw ychydig.

"Sut ti'n teimlo 'te?" gofynnodd Blod, gan wybod cyn i'r geiriau adael ei geg ei fod e'n gwestiwn twp uffernol.

Atebodd 'mo Tubbs i ddechrau. Yn hytrach, syllai ar y garddwr dros ymyl y mw`g wrth ei godi at ei wefusau. Arnofiai'r teimladau anghyfforddus yn yr awyr rhyngddynt fel corff o dan reolaeth consuriwr, ond wedi ychydig amser gwnaeth Tubbs rywbeth rhyfedd tu hwnt – dechreuodd barablu ac ateb cwestiwn twp Blod mewn dyfnder annisgwyl.

"Fi'n llanast, Blod, 'na'r gwir," dechreuodd. "Fel petai 'mherfedd wedi'i dynnu allan ohona i, ei gicio o gwmpas am awr neu ddwy a'i ailosod yn ôl yn y ffordd anghywir."

Yna tawelwch, a wnâi i eiliad deimlo fel awr a munud fel diwrnod.

"Dyna'r trydydd rhiant i fi ei golli nawr... y trydydd..." atseiniai'r gair o'i geg yn dawel wrth iddo gofio am golledion ei orffennol.

Ystyriodd Blod gydymdeimlo, ond cyn iddo gael cyfle, ailgydiodd Al yn ei destun. "Fi'n hollol gutted 'fyd. Methu credu bod T-Bône, fy *nhad* ym mhob ystyr ar wahân i'r un biolegol, wedi gallu gwneud y fath beth i Mam. Mam. Ond, yn waeth na hynny hyd yn oed... wel, bron yn waeth efallai, yn ei lwfdra, ma fe 'di edrych i fyw fy llygaid ers blynydde, yn ddyddiol bron, gan ddweud celwydde. Ddydd ar ôl dydd, mis ar ôl mis, blwyddyn..." tawelodd wrth lyncu llond ceg o'r ddiod. "Fi'n sylweddoli nawr 'i fod e 'di bod yn fy rheoli â'i gelwydde ers i Mam farw..."

Nodiodd Blod, er nad oedd ganddo syniad am yr hyn roedd Al yn cyfeirio ato.

"... Ac er hyn i gyd – popeth glywais i neithiwr, hynny yw – sa i moyn y'ch credu chi, Blod. Sa i moyn credu y gallai T-Bône fod wedi gwneud y fath beth..."

Er bod Tubbs yn amlwg yn drist wedi iddo glywed y gwirionedd, ac y byddai hynny'n chwalu ei berthynas â T-Bône, eto, roedd y ffaith fod yr holl hanes yn profi nad oedd e'n adnabod ei fam mor dda ag y credai'n waeth fyth, rywffordd.

"Yn wahanol iddo fe, Al, sa i 'di dweud gair o gelwydd wrthot ti..."

"Fi'n gwybod 'ny mewn gwirionedd, Blod, ond rhaid i fi glywed hynny ganddo fe..."

"Beth sy ar dy feddwl?"

"Llawer o bethe. Gormod, mewn gwirionedd. Ond dial yn benna… a ma hynny'n 'y ngwneud i mor wael â fe."

"Ddim o gwbl, Al. Ma fe'n heiddu beth bynnag sy 'da ti mewn golwg. Fi'n gwybod nad oedd dy fam yn hollol ddieuog – wedi'r cyfan, roedd hi *yn* cael perthynas tu ôl i'w gefn, ond doedd hi ddim yn heiddu marw."

"Yn gwmws. Felly'r cwestiwn nesa yw…"

"… Sut?" Torrodd Blod ar ei draws.

"Ie. Sut?"

"Yn lwcus i ti, fi 'di bod yn dychmygu'r foment hon ers blynyddoedd heb erioed feddwl bydde'r diwrnod 'ma'n dod…"

"Go on."

"Mae'n syml, mewn gwirionedd."

"Syml! Sut?"

"Galwad ffôn. Gwahoddiad. Cyfarfod."

"Esboniwch. Plîs."

"Ok. Rho di ei rif ffôn i fi. Wedyn, 'na i ei ffonio, cyflwyno fy hun iddo, ei wahodd lawr fan hyn i gwrdd â fi er mwyn 'trafod' y sefyllfa. Bydda i'n hollol vague. Jyst ysgwyd yr abwyd o'i flaen fel petai. Wedyn, gyda ti'n cuddio mewn ystafell gyfagos galla i ddenu'r gwir ohono fe er mwyn i ti allu clywed y gwir cyn camu o'r cysgodion a gwneud beth bynnag sydd 'da ti mewn golwg…"

Oedodd Tubbs. Meddyliodd Tubbs. Cwestiynodd Tubbs.

"Ond pam bydde fe'n cytuno cwrdd â chi?"

"Achos fi yw'r unig un sy'n gwybod ei gyfrinach…"

"Not quite, ond fi'n deall beth sy 'da chi – bydd e moyn gorffen y job, claddu'r hanes unwaith ac am byth."

"Yn gwmws! Bydd rhaid iddo fe ddod…"

Yn y cyfamser, tua chan milltir i'r dwyrain, plygai Vexl yn y stryd y tu allan i'w hwrdy yn anadlu'n drwm, a'r gwaed yn llifo o'i drwyn gan ychwanegu gwawr gochlyd i flaen ei dreadlocks tywyll a hongiai dros ei wyneb.

Blasai'r gwaed metelaidd wrth iddo gasglu a chlotio yng nghefn ei drwyn. Ceisiodd ddyfalu pa mor hir y bu'n gorwedd yn anymwybodol ar stepen ei ddrws ffrynt. Eiliadau? Efallai. Oriau? Yr un ateb. Yn syml, doedd dim syniad 'da fe.

Efallai nad oedd syniad 'da fe *beth* ddigwyddodd iddo'n gwmws, ond roedd e'n gwybod yn iawn *pwy* oedd ar fai bod Petra wedi dianc …

"GIIIIIIIIIIIIIIIIIIMP!" gwaeddodd i gyfeiriad y tŷ. "GIIIIIIIII IIIIIIIIMP!" Ond ni ddaeth ateb.

Edrychodd ar ei gar wedi ei barcio'n dawel o'i flaen ac ôl gwaed ei berchennog wedi tasgu drosto. Ystyriodd neidio y tu ôl i'r olwyn a chwrso Petra, ond, wedi meddwl, daeth i'r casgliad byddai gyrru o dan y fath amgylchiadau'n gofyn am drafferth ac efallai y gallai gyfarfod â'r heddlu lleol. Doedd dim syniad 'da fe i ba gyfeiriad yr aeth hi chwaeth…

"GIIIIIIIIIIIIIIIIIIMP!" gwaeddodd eto, cyn brasgamu ar ôl ei eiriau, i mewn trwy'r drws ffrynt ac i fyny'r grisiau am ystafell Vicky.

Ffrwydrodd trwy'r drws cyn aros ac edrych ar y cyrff o'i flaen. Chwyrnai Gimp fel morlo anwydog o dan effeithiau'r holl dawelyddion, a gwnâi Vicky rhywbeth tebyg wrth ei ochr, ond heb yr udo.

"GIIIIIIIIIIIIIIIIIIMP!" gwaeddodd eto, wrth i'r casineb a'r ffyrnigrwydd fudferwi jyst o dan yr wyneb. Fel dyn o'i gof, pefriai ei lygaid cochlyd yn eu soced wrth iddo wylio Gimp yn dal i gysgu, yn hollol anystyriol o'r corwynt dynol oedd ar fin glanio ar arfordir ei ynys gysglyd.

Camodd at ochr y gwely a gwylio ceg Gimp yn agor a chau wrth ollwng ei anadliadau aflafar i'r amgylchedd. Cododd y gwallgofrwydd ynddo a neidiodd Vexl ar y gwely a lleoli ei bengliniau bob ochr i gorff Gimp, yn debyg i'r ffordd y caethiwodd e Petra ynghynt. Wedi gwrando arno'n chwyrnu am ryw ugain eiliad arall, slapiodd e Gimp ar draws ei foch, gan adael marc llaw ar ei groen mor glir ag ôl troed ar dywod. Er gwaetha grym yr ergyd, dal i chwyrnu wnaeth y corrach.

"Bobo wanna cold I up. We see how yuh like dis fuckery,"

mwmiodd Vexl o dan ei anal, cyn curo gwyneb Gimp gyda chyfuniad cyflym a wnaeth i'r cysgwr agor ei lygaid a chodi ei ddwylo i atal y gweir.

"Wot ve fack are ya doin, Vex? Fackin' hell, ya fackin loony!"

Gwenodd Vexl wên waedlyd.

"Wot ve fack appened to you? Ya look like Boycott's wife after she laughed at his googly!"

"Why didnya wake, mon? I been a callin!" dywedodd Vexl yn llawn gwenwyn gan afael yng ngwar Gimp a'i godi tuag ato.

"Wot ya on abaht, Vex? I've been fackin kippin, in I!"

"Ya shouldna eaten dem sweeties, mon! It's all ya fault…"

"Wot is? Wot's my fault?"

"She be gone, mon."

"Who?"

"Petra doll. She dun dis to meh!" Gwenodd Gimp wrth glywed hynny – a oedd, rhaid cyfadde, yn gamgymeriad. Wrth weld ei wên, gafaelodd Vexl yn y gyllell o dan ei gesail a thorri boch Gimp heb feddwl ddwywaith. Sgrechiodd Gimp mewn ymateb i'r ymosodiad ac eisteddodd Vicky i fyny yn y gwely. Gwelodd wyneb Gimp yn tasgu gwaed a chyllell Vexl yn sgleinio'n fygythiol o'i blaen. Heb feddwl, gwthiodd Vexl oddi ar y gwely a chwympodd y pimp i'r llawr cyn neidio ar ei draed a syllu'n fygythiol arni. Crynodd Vicky o dan y duvet a chododd Gimp o'r gwely, gan wisgo dim ond pâr o Y-fronts paisley tyllog, gan ddal ei foch lle torrodd Vexl ef.

"Don't even fackin fink abaht it!" bloeddiodd ar Vexl.

Edrychodd hwnnw i gyfeiriad y corrach a sylwi ar ei wrywdod yn bolio yn ei bants.

"Ahm nah gonna touch her bwatty bwoy, na cam on, we goin aftah da ho…"

"Like fack we are! Ya cut me like one ov ya bitches!"

Edrychodd Vexl arno eto, o fodiau ei draed i frig ei ben, cyn ateb.

"Yah is one o' mah bitches, bobo! Nah gyet yah threads ahn 'n let's go!"

"I ain't goin' nowhere wiv you, mate. Look at ve fackin state o' ya. Ya don't even know what day it is, nevva mind which way she went!"

"Dehn why yah wearin dem clothes, bwoy?"

Tro Gimp oedd hi i oedi cyn ateb y tro hwn. Caeodd ei gopis, tynnodd grys-T dros ei ben a phlygodd i glymu ei lasys yn bwyllog cyn codi a gwynebu Vexl. Roedd ei foch yn dal i waedu a'r boen yn llosgi, ond nid oedd e am ddangos hynny i'w ffrind, ei arteithiwr. Cynnodd sigarét a chwythu'r mwg i'r gwyneb rhacs oedd yn ei wynebu.

"I'm outta ere, mate. Gone. No longer your little Gimpmon. No longer your slave. No longer…"

"Yah nah goin nowhere, battybwoy. Yah owe me, don't be forgettin dat…"

"I owe you shit, Vexl. Wot ya just did, wot ya just said, vat's fackin quits in my book."

Safodd Vexl mewn tawelwch llwyr wrth i Gimp wthio heibio iddo am y drws. Syllodd y pimp ar waed ei ffrind ar y gobennydd ac wedyn ar ei gariad ofnus yr ochr arall i'r gwely.

Cyn gadael yr ystafell, trodd Gimp ac edrych ar y ddau. Beichiai Vicky mewn ymateb i'w golli a sylweddolodd am y tro cyntaf erioed ei bod hi'n caru'r dyn bach rhyfedd hwn. Wir yn ei garu.

"I'll be back for my stuff later," meddai.

"What about me, Gimp?" wylodd Vicky. "What about me?"

Edrychodd arni'n ddryslyd, cyn ateb gyda'r geiriau mwyaf croesawgar i Vicky eu clywed erioed.

"Vat's exactly wot I meant, dollface. I'll be back for *you* later…" a beichiodd y butain ddagrau o lawenydd wrth wrando ar gamau Gimp yn troedio'r grisiau wrth adael y tŷ.

Edrychodd ar Vexl wedyn, a ddaliai i syllu i mewn i bellafoedd gwag ei gof.

"You want me to clean your face, Vex?" gofynnodd mewn ofn pur.

Wedi brecwast unig yn ei gartref anferth, atseiniai camau T-Bone oddi ar y waliau wrth iddo droedio'r neuadd am y drws ffrynt. Camodd allan i'r bore braf ac anadlu'r daioni. Yn araf bach, ymlwybrodd trwy'r caeau tua'i swyddfa ym mhencadlys y Banditos ym mhen draw'r ystad gan wrando ar gân yr adar yn y coed a'r awel yn chwibanu rhwng y dail.

Bu bron iddo sefyll ar sarff lonydd wrth iddi dorheulo ar y llwybr, ond llwyddodd i'w hosgoi ar y funud olaf cyn gweld creyr glas yn agosáu a glanio i bysgota yn y llyn naturiol, a oedd wedi ei guddio gan dyfiant, wrth drothwy'r coed. Gwenai wrth gerdded, gan werthfawrogi bod y diwrnod braf wedi dechrau mor dda...

Roedd yr adeilad yn wag a'r bar yn llanast, ond wrth agor y drws i'w swyddfa clywai leisiau'r glanhawyr wrth iddynt gyrraedd i wneud eu dyletswydd.

Ymosododd yr Olbas Oil ar ei ffroenau ac aeth yn syth at y ffenest a'i hagor cyn camu tua'r tecell er mwyn paratoi pot o goffi. Wrth i'r dŵr ffrwtian tuag at ei anterth, canodd y ffôn.

Cododd y derbynnydd gan ddisgwyl saib fer a llais Indiaidd yn dilyn, fel y byddai'n arfer digwydd tua'r amser hwnnw bob bore. Ond, roedd yr alwad hon yn llawer mwy difrifol...

"Anthony?" gofynnodd y llais ar y pen arall a dal ei sylw'n syth. Dim ond un person fyddai'n defnyddio'i enw iawn ers cyn cof. Foxy.

"Pwy sy 'na?"

"Blast from the past..."

"Beth?"

"Blast from the past."

"So chi'n neud synnwyr, ddyn! Nawr pwy sy 'na a beth chi moyn?"

Ond roedd gan T-Bone syniad go lew pwy oedd ar ben arall y lein. Roedd e wedi bod yn disgwyl yr alwad ers degawd a mwy...

"Ydy'r Safari Inn yn golygu unrhyw beth i chi?"

"Pwy sy 'na? Atebwch y cwestiwn!"

"Ok. Gymera i hynny fel ydi…"

"Fi'n rhoi'r ffôn lawr nawr…"

"Ok, ok. Gadewch i fi gyflwyno fy hun. Fi yw'r dyn ffaeloch chi â'i ffeindio'r noson honno yn y Barri…"

"Pa noson?"

"Peidiwch actio'n ddieuog 'da fi, T-Bone, chi'n gwbod yn iawn pa noson. Y noson laddoch chi Foxy, siŵr dduw."

"Be ti moyn 'te?" gofynnodd T-Bone ar ôl oedi am rai eiliadau a gwylio'r tecell yn crynu wrth i'r dŵr gyrraedd y pwynt berw.

"Cyfarfod."

"Pam?"

"Trafod."

"Trafod? Trafod beth?"

"Ein cyfrinach."

"Ble?"

"Ceredigion…"

"Y cyfeiriad, ddyn!"

"Bydda i'n aros amdanoch chi ym maes parcio'r Brynhoffnant Arms, wrth Aberporth ar yr A487, cyn eich arwain at rywle sy ychydig bach yn fwy preifat. Sa i moyn unrhyw drafferth, felly peidiwch dod â gwn… na chwmni. Bydda i'n eich gwylio chi'n cyrraedd. Os bydd unrhyw beth o'i le, bydda i'n diflannu eto. Chi'n gwybod 'mod i'n gallu gwneud hynny'n reit dda. Fel dwedes i, trafodaeth dw i eisie. Claddu'r gorffennol. Unwaith ac am byth…"

Y<small>N ARFEROL</small>, bydde llwytho deg kilogram o ganja gorau'r wlad i gefn car ei ffrind wedi gwneud Boda'n hapus iawn. Ond, y bore hwnnw, gydag effeithiau cemegau ac alcohol neithiwr, yn ogystal â phoendod seicolegol y bore, yn cnocio ar ddrws ei gallineb, codai'r arogl melys gyfog arno.

Roedd tystiolaeth parti'r noson cynt i'w gweld yn amlwg o gwmpas y lle – cans a photeli gwag ar lawr, cwpwl yn cysgu o dan flanced wrth gols y goelcerth – ond, wrth iddo lwytho car Polo ei ffrind yng nghefn y sgubor, ni allai neb weld y drygioni oedd ar droed.

Gweithiai'r triawd mewn tawelwch – Boda, Tubbs a Tulip, un o ddirprwyon Blod, o Gaerdydd, a deimlai braidd yn fregus y bore hwnnw hefyd. Roedd Tubbs yn amlwg mewn hwyliau gwael a Boda'n meddwl tybed ai oherwydd iddo gael ei orfodi i aros dros nos yn Disgraceland oedd y rheswm am hynny. Ond, wedi meddwl, daeth Boda i'r casgliad y dylai fod wedi ymuno yn yr hwyl a chael bach o action yn y broses... cyn iddo ollwng kilo ar lawr, troi tua'r clawdd agosaf, a gwagio'i gylla unwaith yn rhagor.

Gyda phoer trwchus yn hongian o gornel ei geg, edrychodd Boda trwy'r dagrau i gyfeiriad ei ffrind a'i weld yn ysgwyd ei ben mewn atgasedd, ac felly aeth bore Boda o ddrwg i waeth.

Gosododd Tubbs y kilo diwethaf yn y gist ym mŵt y car, cau'r caead a'i gloi. Diflannodd yr arogl, diolch i leinin arbennig y gist – a fewnforiodd Tubbs yn arbennig o'r Iseldiroedd ar gyfer cludo cynnyrch ledled y wlad heb ddenu sylw at ei hun megis Cheech a Chong yn eu car o chwyn. Wrth i Tubbs ddechrau meddwl am adael, ymddangosodd Blod yn edrych mor sobr â pheint o Kaliber.

"Sut aeth hi?" gofynnodd Tubbs, a swniai'n gwestiwn braidd yn rhyfedd ym marn Boda.

"Eitha da a dweud y gwir, Al. Bydd e 'ma wythnos i neithiwr..."

"Good," atebodd Tubbs a'i wyneb yn brudd. "Wela i chi bryd 'ny, 'te."

Wedyn, cofleidiodd y pâr fel hen ffrindiau, oedd yn rhyfeddach byth, ym marn Boda, o ystyried mai y diwrnod cynt wnaethon nhw gwrdd am y tro cyntaf.

Awchai Boda am adael ac roedd yn falch o weld Tubbs yn cau'r bŵt a chamu i mewn i'r car tu ôl i'r olwyn. Roedd creithiau Tubbs yn well, diolchodd Boda, gan nad oedd e mewn unrhyw siâp i yrru pêl golff, heb sôn am gar y bore hwnnw.

Gobeithiai ddianc o Disgraceland heb orfod gwynebu Pennar, ond suddodd ei galon pan welodd Luca a'i griw yn camu o'r tŷ ac yn chwifio ar Tubbs i stopio. Trwy lygaid culion, gwelodd Boda nad oedd Pennar yn eu plith. Anadlodd yn ddwfn. Llyncodd lond ceg o ddŵr oer o'r botel rhwng ei goesau a chynnu sigarét.

"All right bois?" gwenodd Luca, gan weiddi ei gyfarchiad.

"Ma rhywun yn hapus bore 'ma," dywedodd Tubbs wrth y rock star oedd ar fin teithio'n ysgafn i'r Cyfandir gyda'i gitâr ar ei gefn a chês dillad ar olwynion y tu ôl iddo.

"Mae'n wyrthiol beth ma noson yng nghwmni super model yn gallu gwneud i ddyn!" awgrymodd Darren, a edrychai'n fwy gwelw na'r arfer yn cuddio tu ôl i'w Ray-Bans.

"Gwir iawn, Dar. Ond mae cwsg yn help hefyd – yn lle aros lan i weld y wawr yn torri gyda Carwyn a'ch ffrind gorau, Carlo!"

"Ie, ie…" oedd ateb swta'r rheolwr. Tu ôl i Darren, safai Sarge a Blim yn edrych yr un mor sigledig a'r un mor dawel. Roedd hi'n amlwg i Tubbs mai dim ond Luca o'r chwech ohonyn nhw a gawsai unrhyw fath o gwsg.

"O'n i'n meddwl bo ti'n mynd ar daith…"

"Fi yn," atebodd Luca'n ddryslyd.

"Lle ma'ch stwff chi, 'te?"

"Oh, ie, fi'n gweld be sy 'da ti. Ma popeth yn aros amdanon ni mas 'na – offer Sarge a Blim, hynny yw. Y cwmni cyhoeddi'n gofalu am bopeth, ti'n gwbod. Jyst pants glân a gitâr sy eu hangen arna i i deithio, Tubbs! Fi jyst yn gobeithio bydd y fuckers yn ddigon sobor erbyn nos fory i gofio'r caneuon…"

Mwmiodd y ddau yn y cefndir wrth i Luca ysgwyd llaw Tubbs. Wedi gwneud pwysodd Luca ar y car ac edrych drwy'r ffenest ar Boda, oedd mor welw â Darren ac yn ffinio ar fod yn dryloyw.

"Ffycin hell, Bo! Noson dda, oedd hi?"

"Top laff, diolch, Luca…"

"Good good. Wela i di yn yr un nesaf, 'te."

"Heb os. A diolch, Luca…"

"Ffycin pleser, bois. Nawr, gyrrwch yn ofalus yn ôl i'r brifddinas fawr ddrwg…" A gyda hynny, taniodd Tubbs yr injan unwaith eto ac i ffwrdd â nhw am adref.

Teithiai car Tubbs am y dwyrain â salwch hunanachosedig Boda'n gwaethygu gyda phob milltir. Llifai'r chwys o'i dalcen, i lawr dros ei wyneb blotiog cyn i'w farf weithredu fel sbwng a sugno'r hylif i'w we.

Wrth wylio'r wlad yn rhuthro heibio, *ceisiai* Boda gofio manylion y noson cynt, heb fod arno *eisiau* cofio'r manylion o gwbl… jyst rhag ofn. Gallai weld corff y ferch – Mia, Milla, Maya, beth bynnag – yn ei ddenu tuag ati ac wedyn… dim… ar wahân i wyneb bodlon Pennar ben bore yn gwenu arno. Fel ar bob adeg pan fyddai ellyll ei isymwybod yn ei boenydio, sef bron bob dydd, roedd ei dad, Yr Eryr, yn gwneud ymddangosiad.

Gan ysgwyd ei ben – na wnâi ddim i wella'r boen – cynnodd Boda sigarét arall er mwyn ceisio anwybyddu ei isymwybod. Wrth ganolbwyntio ar y gerddoriaeth – 'In The Skies' gan Peter Green, os oedd Boda'n adnabod ei blues – sylwodd nad oedd e a Tubbs wedi yngan gair wrth ei gilydd ers gadael Disgraceland. Sugnodd ar y sigarét ac edrych ar ei ffrind yn gyfrwys, gan ddod i'r casgliad ei fod yn ymddangos yn fwy tawel ac yn fwy difrifol nag erioed y bore hwnnw – os oedd y fath beth yn bosib – cyn meddwl tybed beth âi trwy ei ben cymhleth ar yr union eiliad honno…

"Ditectif Evans, dewch i mewn…" dywedodd T-Bone wrth y cyntaf o'r ddau dditectif a safai yn eu cotiau glaw llaes ar stepen drws ei gartref. Roedd e'n adnabod un ohonyn nhw, Efrog Evans, yr hynaf o'r ddau, ond roedd y llall, yr un ifanc, yn edrych yn ddieithr, fel petai e jyst mas o'i glytiau. Nid oedd T-Bone yn hoffi dieithriaid, yn enwedig rhai'n cynrychioli'r gyfraith.

"Ditectif Alban Owen, fy mhartner newydd, yw hwn," dywedodd y ditectif canol oed, garw a golygus wrth gamu i mewn i'r tŷ gan ddripian dŵr dros lawr y neuadd.

"Neis cwrdd â chi," dywedodd T-Bone yn gelwyddog ac estyn ei law i'r gŵr ifanc.

Dilynodd y ddau y perchennog i'w swyddfa, wrth i T-Bone hercian gyda chymorth ffon yn dilyn ei ddamwain ddiweddar, ac eisteddodd y tri heb i T-Bone gynnig diod iddynt. Nid oedd yn hoff o bresenoldeb y moch yn ei gartref ac roedd yn gwybod y byddent yn anwybyddu ei anghwrteisi oherwydd ei alar a'i anafiadau. Edrychodd ar y pâr o'i flaen a cheisiodd ddyfalu beth oedden nhw eisiau heddiw. Ac wedi archwilio'u llygaid a'u hiaith gorfforol ddidaro, 'dim byd o bwys' oedd ei gasgliad.

Roedd wythnos ers i Foxy gael ei chladdu a mis ers ei marwolaeth. Rhaid oedd aros cyn gallu cynnal ei hangladd oherwydd archwiliad yr heddlu a'r post-mortem manwl. Nid oedd wedi gweld lot o Al ers tro ond nid oedd y bachgen yn amau dim – meddwi er mwyn anghofio oedd y rheswm tu ôl i'w absenoldeb. Mwythodd T-Bone ei fwstash wrth aros i'r porchell ddechrau parablu.

"Oes newyddion? Chi 'di dal y bastard?" gofynnodd T-Bone er mwyn torri'r tawelwch, gan roi perfformiad teilwng o Oscar i'w gynulleidfa.

"Dim cweit..." dechreuodd Ditectif Evans, cyn i'r llall dorri ar ei draws er mwyn parhau.

"O'r wybodaeth 'dan ni 'di ei chasglu – witness reports ac ati – roedd hi'n ymddangos bod y llofrudd yn ceisio'ch dynwarad..."

"Yn ôl yr adroddiadau, roedd e'n edrych jyst fel chi – handlebar moustache, denims o'i ben i'w sawdl, gwallt hir..."

"Ond sa i o dan amheuaeth, ydw i?" gofynnodd T-Bone er mwyn cael cadarnhad, wrth frwydro i beidio â gwenu at dwpdra'r heddlu.

"Ddim o gwbl..."

"Ni'n ddigon hapus gyda'ch alibi..."

"Alibis..." cywirodd ei bartner.

"Diolch, Efrog. Ma pum deg o dystion ganddon ni i ddeud lle roeddach chi ar y noson o dan sylw yn help mawr..."

Nid oedd Ditectif Owen wir yn credu stori T-Bone, na'i lond stafell o dystion a daerai ei fod ym mhencadlys y Banditos ar yr adeg pan lofruddiwyd Foxy. Ond, yn anffodus i'r heddlu, heb unrhyw dystion credadwy a welodd yr anrhefn – jyst puteiniaid a junkies y Safari Inn – nid oedd gobaith gan yr heddlu o gyhuddo na dedfrydu pennaeth y Banditos.

"Beth am y dyn a welwyd yn gadael y motel – yr un nath fwcio'r stafell?"

"Mr Jones, chi'n meddwl?"

"Sa i'n credu am eiliad mai dyna'i enw iawn, ond ie, fe."

"No leads..."

"A dim disgrifiad da chwaith ..."

"So'r dyn yn y reception yn cofio fuck all..."

"Ma fe'n whacked ar anti-depressants apparently..."

"'Sen i'n ffycin depressed 'fyd tasen i'n gweithio yn y Safari Inn!" ychwanegodd T-Bone gan wenu, a chwarddodd y tri ar y joc.

Nid oedd T-Bone wedi datgelu bod ei brif arddwr wedi diflannu ar yr un adeg yn union â 'Mr Jones', ond gan nad oedd e'n gwybod ei enw llawn na'r manylion am ei gartref am ei fod e'n ei dalu ag arian parod, ac felly'n osgoi talu treth, nid oedd yn gweld pwrpas dweud wrthyn nhw. Yn ogystal, roedd T-Bone eisiau delio â Blod yn bersonol y tro nesaf y cwrddai ag e... pe baen nhw'n cwrdd, hynny yw.

"Ta beth, o'n ni jyst moyn eich hysbysu o hynny..."

O beth yn gwmws? roedd T-Bone am ofyn ond penderfynodd beidio, rhag annog y ddau i aros eiliad yn hirach nag oedd angen.

"Byddwn ni mewn cysylltiad os byddwn eich angen chi eto..."

"Neu os bydd rhywbeth yn codi..."

"Diolch," meddai T-Bone, wrth godi gyda chymorth ei ffon a'u harwain yn ôl tua'r drws ffrynt a'r glaw, yn gwybod na fyddai'r heddlu'n darganfod dim byd arall o bwys yn yr achos hwn.

Bu T-Bone yn hollol drylwyr yn ei ymdrechion i guddio olion ei weithredoedd. Dychwelodd i Rudry cyn wyth y nos, ac roedd yn y clwb ac wedi llosgi'r car a'i ddillad cyn naw. Dyna athrylith ei gynllwyn – roedd pawb yn y lle wedi ei weld yn ymddangos o'i swyddfa toc wedi naw fel tasai wedi bod yno drwy'r nos, ond mewn gwirionedd sleifio i mewn trwy'r drws cefn 'nath e ryw bum munud yn gynt.

Mewn strôc arall o lwc, roedd y ffaith fod Al yn bresennol y noson honno'n bwysig i achos T-Bone. Cysuro ei ffrind, Boda, i foddi ei ofidiau roedd Al ar ôl iddo yntau hefyd golli rhiant tua wythnos ynghynt. Yn ddiarwybod i'r ddau, chwaraesai T-Bone ran allweddol ym marwolaeth y ddau riant.

Pan agorodd T-Bone y drws, clywodd y tri lais yn galw o set radio car yr heddlu ac esgusododd Ditectif Owen ei hun a chamu tua'r cerbyd trwy'r glaw. Trodd Ditectif Evans at T-Bone. Syllodd y ddau ar ei gilydd am sbel cyn i T-Bone dorri'r tawelwch.

"Lle yn y byd ffeindies di hwn?"

Ystumiodd â'i ben i gyfeiriad yr Escort llwydaidd anhysbys.

"Paid fuckin' sôn! Ma fe fel rhyw gi rhech. Eager to please…"

"Ydy e'n gwbod?"

"Beth ti'n feddwl?"

Ond doedd dim angen ateb. Cwestiwn rhethregol oedd hwnnw.

"So, fi yn y clear 'te?"

"Ti'n ffycin lwcus, T-Bone, na beth wyt ti. Beth dda'th drosto ti'n mynd ar ei hôl hi fel 'na?"

"The red mist and the green-eyed monster…" dywedodd T-Bone gyda gwên. Ond doedd Ditectif Evans ddim yn gwenu.

"Paid bod mor ffycin cocky. Ma Efrog eisiau result yn ei achos cyntaf. Moyn profi'i hun… Fi 'di gorfod gweithio'n ffwc o galed i arbed dy din."

"A fi'n gwerthfawrogi 'ny, ti'n gwybod 'ny…"

"Yeah. Well. Bydda i'n hapusach pan fydd yr arian 'na'n

cyrraedd – ti'n gwbod ble…"

"Ma fe ar 'i ffordd. C'mon, Alban. Ydw i eriod wedi dy adael di lawr?"

"Hmmmm," pendronodd y ditectif. "A beth am y broblem fach arall 'na – ti 'di sortio hynny 'to?"

"Do. Ma Crazy Wil wedi "gadael fy nghyflogaeth" i bellach." Ystumiodd T-Bone ddyfynodau gyda'i ddwylo wrth yngan y geiriau.

"One botched job too many…"

"Yn gwmws. Torri break cables beic yr Eryr!"

"Bach yn rhy amlwg. Ffycin amateur!"

"Amateur yn wir…"

"Oes gen ti rywun arall mewn golwg?"

"Ddim eto, ond dw i'n gwybod am yr ymgeisydd perffaith."

"Oh yeah?"

"Natural born killer, go iawn…"

"Pryd bydd e'n barod?"

"'Na i adael i ti w'bod…"

"Good. Bydda i in touch…"

"Wela i di, Efrog."

"A ti T-Bone. A for ffyc's sake paid neud unrhyw beth twp arall am sbel – ma angen ffycin gwylie arna i!"

Wedi cau'r drws, dychwelodd T-Bone i'w swyddfa er mwyn galw Al i drefnu cyfarfod. Roedd ganddo gynnig i'r dyn ifanc. Doedd hi ddim yn syndod nad atebodd neb yr alwad yn ei gartre yn Ninas Powys, ond roedd gan T-Bone syniad reit dda ble i'w ffeindio fe.

Gyrrodd i'r clwb, ac yn wir dyna lle'r oedd Al yn eistedd wrth y bar ganol y prynhawn gyda Boda wrth ei ochr, potel o Wild Turkey ar ei hanner o'u blaen a dau datŵ ffres yr olwg yn cael eu harddangos ar ei fraich chwith.

Gwyddai T-Bone cyn cyrraedd y bar y byddai Al yn rhy feddw i gael cyfarfod ond pan drodd ar ei stôl i'w wynebu, synnodd T-Bone faint roedd Al wedi tewhau ers colli ei fam.

Trefnodd fod Al yn aros yn y plasty'r noson honno er mwyn iddynt gynnal y cyfarfod y bore wedyn, ac wrth i T-Bone anelu am ei swyddfa yng nghefn yr adeilad clywodd Boda'n cyfeirio at Al fel 'Tubbs' oherwydd ei dewdra. Wrth agor y drws, gobeithiai T-Bone na fyddai'r llysenw'n glynu…

Dihunodd Al â'i ben yn taranu ar lawr ei ystafell wely yn nhŷ T-Bone. Ceisiodd gofio pam ei fod yno yn hytrach na bod gartref ond nid oedd ganddo fe syniad. Cododd a chamu i en-suite yr ystafell cyn llenwi'r sinc â dŵr oer a gosod ei ben yn yr hylif. Gorlifai'r dŵr dros ochrau'r fowlen ond ni sylwodd Al ar hynny. Cododd ei ben ac edrych ar y drych o'i flaen, gan sylwi am y tro cyntaf fod 'Tubbs', wedi'r holl wadu ar ei ran ef, yn llysenw priodol iawn. Penderfynodd yn y fan a'r lle y byddai'n rhaid iddo wneud rhywbeth am hynny, cyn sychu'i wallt a chrwydro tua'r gegin lle gallai arogli'r coffi ffres yn ffrwtian.

Cerddodd heibio i ffoto o Foxy ar y landin, un arall yn y neuadd ac un o'r tri ohonyn nhw – T-Bone, fe a'i fam – wrth ddrws y gegin fach. Cododd y galar i'r wyneb ac aeth yn syth am y cwpwrdd gwirodydd er mwyn dechrau ar y broses ddyddiol o anghofio, gan anwybyddu T-Bone a safai wrth y ffwrn yn coginio brecwast iddo. Heb ei weld roedd Al mewn gwirionedd, ond wrth i T-Bone ei wylio'n estyn am y bwrbon ben bore, camodd ato a chipio'r botel o'i afael.

"Coffi sydd angen arnot ti, Al, ddim blydi bourbon… ddim 'to ta beth! Nawr eistedd fan yna, llynca'r rheina a byt hwn…"

Felly, eisteddodd Al fel bachgen da gan lyncu dwy bilsen o boenladdwyr, yfed ei goffi ac aros am ei facwn ac wy. Rhoddodd T-Bone lond plât o fwyd seimllyd o'i flaen ac er nad oedd Al am ei fwyta, teimlai'n well wedi gwneud.

"Der i'r swyddfa ar ôl i ti orffen," gorchmynnodd T-Bone, "a paid ti â meiddio cyffwrdd â'r bourbon!"

Ymhen chwarter awr teimlai Al yn llawer gwell. Ddim yn wych. Ond yn well na'r llanast anabl a ddihunodd ryw awr ynghynt.

"Mewn!" dwedodd T-Bone wrth glywed Al yn cnocio ar y drws, a dyna'n gwmws beth wnaeth ef. Camodd i'r swyddfa a gweld ffoto arall o'i fam yn hongian ar y wal y tu ôl i gefn T-Bone yn syllu i fyw ei lygaid, i fyw ei enaid.

Eisteddodd gyferbyn â T-Bone a syllu ar flwch dirgel yn gorwedd ar y ddesg rhyngddynt.

"I ti ma hwn..." dywedodd T-Bone gan nodio i gyfeiriad y blwch.

"Beth yw e?"

"Agor e, Al, go on!"

Gafaelodd Al yn y pren tywyll a edrychai fel rhyw fath o flwch gemwaith a'i dynnu tuag ato'n ofalus. Roedd e'n drwm. Yn drwm iawn, a dweud y gwir. Nid oedd yn fawr o ran maint – rhyw bymtheg modfedd wrth ddeuddeg – ond roedd fel plwm pur.

Agorodd y clo copr celfydd cyn codi'r caead. Pefriai ei lygaid o weld beth oedd yn y blwch. Edrychodd ar T-Bone a gwenodd y ddau ar ei gilydd – yr union ymateb roedd T-Bone wedi gobeithio ei weld.

Yn y blwch, yn gorffwys ar hances sidan goch a du, roedd gwn cyfarwydd yn gorwedd. Adnabyddodd Al yr arf ar unwaith, er nad oedd wedi ei weld ers blynydde. Cododd Al y .44 Magnum ac archwilio'i saernïaeth yn fanwl.

"Un dy fam oedd e..." dechreuodd T-Bone. "Ffeindiais i fe yn y drôr wrth ei gwely." Adroddodd y celwydd yn hyderus.

"Pam ei roi e i fi?" gofynnodd Al, gan gadw i syllu ar y dur.

"Ma angen arf arnot ti os wyt ti am weithio i fi. Ma angen arf arnot ti i hela llofrudd dy fam..."

"Beth? Sa i'n deall..." Oedodd T-Bone cyn parhau i chwilio am y ffordd orau o esbonio.

"I fod yn blunt Al, ma angen ergydiwr arna i. Rhywun galla i ymddiried ynddo. Rhywun sydd wedi profi ei hun yn y maes ac i fi fel ffrind teyrngar..."

"Sa i'n deall..."

"'Drych. Fi 'di gorfod terfynu cytundeb yr ergydiwr diwethaf

ar ôl iddo wneud jobyn uffernol o'r 'ddamwain' ddiweddara..."
Deallodd Al yn syth am beth, am bwy, roedd e'n sôn, ac wrth ddatgelu hynny wrtho roedd T-Bone yn barod wedi ei fachu, wedi ei gaethiwo.

"Ond pam fi?"

"Fel fi 'di dweud yn barod, mae angen rhywun galla i ymddiried ynddo gant y cant, a fi'n gwybod bod gen ti'r killer instinct..."

"Sut?"

"Dere nawr Al, dywedodd dy fam wrtha i am yr hyn 'nest ti i Calvin, i dy dad..."

"Sa i'n deall. Wir, nawr. Am beth chi'n siarad? 'Nes i ddim byd i Calvin, doedd dim rhaid i fi..."

Tarfai'r lleisiau o'r ystafell fyw ar gwsg Al Bach, a diolchodd fod y drws ar glo. Er mai dim ond chwe blwydd oed oedd e, gallai werthfawrogi na fyddai dau ddarn o bren haenog yn amddiffynfa rhy gadarn rhag y dihirod yr ochr draw. Gafaelodd yn dynn yn y tedi blewog a chau ei lygaid yn y gobaith byddai'r gweiddi'n distewi gan adael iddo ddychwelyd i'w drwmgwsg.

Cafodd Al Bach ei ddymuniad yn y pen draw hefyd, ond ddim cyn i'r sŵn gyrraedd crescendo aflafar ar ffurf BANG byddarol. Wedyn clywodd sŵn traed yn cilio'n gyflym, drws y fflat yn cau drachefn ac roedd llygaid y plentyn mor llachar â dau leuad Arrakis yn nhywyllwch ei ystafell wely.

Gorweddodd yno am amser maith heb feiddio symud. Roedd e'n hanner disgwyl clywed yr heddlu'n cyrraedd, ond gwyddai o brofiad mai anwybyddu'r ardal honno oedd tacteg y glas.

Sleifiodd o'i wely a chamu at y drws. Gosododd ei glust dde wrth y pren tenau a gwrando. Ni chlywodd ddim byd, felly datglodd y drws a syllu tua'r soffa yn y lolfa. Roedd y teledu ymlaen yn dawel a thaflai'r delweddau gysgodion erchyll dros gorff llonydd Calvin. Gallai Al Bach weld yr hylif tywyll wedi'i wasgaru ar y wal tu ôl i'w dad ac wedyn fe welodd y gwn.

Cerddodd at Calvin yn araf bach â'i byjamas wedi'i dynnu dros ei drwyn a datgymalodd yr arf o'i afael. Syllodd ar gorff ei dad am sbel a rhyfeddu at y llanast a'r lliwiau. Teimlai'n llawn pryder ac ysai am i'w fam ddod adref felly dychwelodd i'w wely gan geisio anghofio'r hyn a welsai yn yr ystafell fyw.

Y peth nesaf y gallai ei gofio oedd ei fam yn gwenu arno, fel tasai pwysau'r byd wedi codi oddi ar ei hysgwyddau...

"Sdim ots am hynny, Al, fi'n gwybod gelli di wneud y job..."

"Ond, sa i moyn... chi'n gwybod..."

"Ma angen dy help di arna i, Al..." dechreuodd T-Bone, gan fanipiwleiddio'r dyn ifanc wrth ei atgoffa'n gyfrwys o'i ddyled iddo. "Fi'n rhy hen i wneud hyn, a..." oedodd T-Bone am yr effaith lawn.

"A beth?" bachodd Al yn yr abwyd.

"Wel, ti fel mab i fi, Al. Na. Ti *yw* fy mab i. Ac ma angen dy help di arna i, ac o gofio lle ffeindiais i ti a dy fam yr holl flynyddoedd yna'n ôl..." ni orffennodd y frawddeg. Nid oedd angen iddo orffen y frawddeg. Roedd Al yn gwybod ei fod mewn cornel, ond doedd e'n dal ddim yn awyddus i wneud yr hyn y gofynnai T-Bone iddo...

"Ond... lladd... llofruddio..." Gallai T-Bone weld ei fod yn dechrau meddalu.

"Dihirod, Al. Dynion drwg. Glanhau'r gymdeithas fyddi di. Helpu dy dad. Ennill miloedd..."

Mynnodd hynny sylw Al.

"Miloedd?"

"Ugain a bod yn fanwl gywir..."

"Ugain mil y flwyddyn?"

"Na. Ugain mil y job."

Pefriai llygaid Al ac edrychodd ar ei arf.

"Pum job ar y mwyaf mewn blwyddyn. O leiaf tri. Sixty grand guaranteed. Fydd dim rhaid i ti stacio silffoedd Spar unrhyw bryd yn y dyfodol..."

"Ond beth os ga i 'nal?"

"Gei di ddim dy ddal. Bydda i a'r sefydliad yn edrych ar dy ôl di. Dim ond ti a fi fydd yn gwybod am y cytundeb. Neb arall.

Chwe mis o hyfforddiant cyn gwneud dim. Byddi di fel ninja cyn dechrau. Mae gen i ffrindie, os ti'n deall beth sy 'da fi, yn rhengoedd yr heddlu. Ddim fy ffrindie gore, yn amlwg, ond pobl sy'n gwerthfawrogi beth ni'n neud… a dweud y gwir, ma tua saith deg y cant o'r gwaith fyddi di'n wneud yn gytundebe uniongyrchol 'da'r heddlu…"

"Sa i'n siŵr… so fe yn 'y natur i…"

"Ma' hynny'n ddealladwy, ond meddwl am dy fam, Al," dywedodd

T-Bone, cyn edrych i fyw llygaid ei 'fab' a dweud, "Rhaid i ti 'nhrystio i."

"Ond…" plediodd Al eto.

"Sdim *ond* amdani! Wyt ti'n 'y nhrystio i, Al?"

"Wrth gwrs," oedd ateb Tubbs. Yr ateb anghywir.

"Fi'n gorfod mynd i weld T-Bone am funud," dywedodd Tubbs, gan dorri ar y tawelwch wrth i'r Polo bach yrru'n hamddenol yn y lôn araf heibio i Gyffordd 33 yr M4 a'r troad am ei gartref yn Ninas Powys.

"Dim probs," meddai Boda, a fu'n hepian wrth ochr y gyrrwr yr holl ffordd, cyn cau ei lygaid unwaith eto.

Er bod yn *rhaid* iddo gredu geiriau Blod, roedd Tubbs yn dal eisiau rhoi cyfle i T-Bone. Cyfle i beth, doedd e ddim yn siŵr. Doedd dim syniad 'da fe pam roedd e'n mynd i weld yr hen ddyn, a dweud y gwir. Teimlai fel edrych i fyw ei lygaid a gweld faint yn fwy o gelwyddau y byddai e'n fodlon eu hadrodd.

Sylweddolai nawr fod ei fam a fe wedi bod yn talu'n ddrud am eu dyled i T-Bone, a sylwai hefyd mai T-Bone a wnaeth e'r hyn ydoedd: sef dyn ifanc heb obaith am fywyd normal. Ffrwtiai'r casineb wrth i'r ffaith ddiwethaf ei fwrw. Pa hawl? Pa fuckin hawl?

Aeth i mewn i'r clwb yn gyntaf – lle hysbysodd Jess ef fod T-Bone wedi dychwelyd adref am ginio – cyn anelu'r car i fyny'r trac at y plasty.

Gadawodd Tubbs ei ffrind yn chwyrnu'n dawel i gyfeiliant

gitâr Mr Green cyn brasgamu tua'r drws cefn a'r fynedfa i'r gegin.

Nid oedd Tubbs wedi bod yno ers oes ac roedd yr hen le'n amlwg yn ormod i T-Bone ofalu amdano ar ei ben ei hun. Roedd angen golchad dda ar y lloriau a'r carpedi ac roedd y dwst yn drwch ar y silffoedd a'r lluniau. Mygodd aroglau drwg y biniau ffroenau Tubbs wrth iddo gamu trwy'r gegin ac anelu am y swyddfa lle clywai'r teledu'n cadw cwmni i'r hen ddyn.

Chwalodd calon Tubbs wrth i'r atgofion lifo. Yn sydyn, teimlodd dosturi annisgwyl at lofrudd ei fam. Efallai iddo ladd Foxy, ond roedd yr hen ddyn yn amlwg wedi dioddef oherwydd ei weithred hefyd.

Er hynny, ciliodd y teimladau o faddeuant pan ddaeth Tubbs wyneb yn wyneb â T-Bone, a hwnnw'n gwenu arno y tu ôl i'w gelwyddau. Nid oedd Tubbs am fod yn ei gwmni'n rhy hir, felly daeth yn syth at y pwynt.

"Ma gen i docyn sbâr i weld y Monster Jam yn y stadiwm nos Wener nesa. Chi moyn dod 'da fi? Like old times…"

Gwelodd Tubbs fod T-Bone yn oedi wrth geisio meddwl am ymateb.

"Fi'n methu, Al…" dechreuodd, cyn pysgota am reswm. "Ma 'da fi ddêt ar y noson honno, os credi di'r fath beth…" esboniodd o'r diwedd.

Nodiodd Al ei ddealltwriaeth ond torrodd ei galon ar yr un pryd. Difarodd ddod i'w weld. Beth oedd pwrpas yr ymweliad? Cadarnhad? Efallai, ond gwyddai fod Blod yn dweud y gwir o'r cychwyn…

Ffarweliodd â T-Bone cyn cefnu arno a dychwelyd at ei gar yn llawn siomedigaeth. Wrth agosáu at y Polo, edrychodd ar Boda'n cysgu'n dawel wrth i'r casineb godi ynddo. Nid oedd ef, a gadwodd gyfrinach rhag ei ffrind gorau ers blynyddoedd, fawr gwell mewn ffordd na T-Bone ei hun. Wrth agor y drws ac eistedd y tu ôl i'r olwyn, penderfynodd ei bod hi'n hen bryd iddo ddatgelu'r gwir wrtho y cyfle nesa gâi e…

"DAH BANDULU be back, aye be sure ah dat," datganodd Vexl, wrth i dôn teitlau *Neighbours* lenwi'r stafell fyw a chroesawu'r prynhawn i'r puteindy.

"I knows," meddai Vicky. "That's wot he said innit."

"Nah tuh get yah, pum-pum. Back fuh good. Back wheh he belong."

"Oh," cynigodd Vicky, wrth geisio dadansoddi geiriau dryslyd ei charcharor, oedd yn ei hatgoffa braidd o eiriau'r gân gawslyd o'r ffilm *An Officer and a Gentleman*. Gwthiodd y fath nonsens o'r neulltu a chanolbwyntio ar orffen y mwgyn drwg oedd ar ei hanner ar y ford goffi o'i blaen.

Wedi i Gimp ffoi ben bore, aeth Vicky ati i olchi creithiau gwyneb Vexl, mewn cyfuniad o ofn a thosturi. Daeth hi'n amlwg wedi iddi orffen ei gwaith mai arwynebol oedden nhw braidd, er iddo gwyno fel tasai hi'n gwneud llawdriniaeth rhinoplasti arno heb gymorth anesthetig.

Er nad oedd Vexl wedi gwneud unrhyw niwed corfforol iddi ers ymadawiad ei chariad, roedd y niwed seicolegol a wnaethai iddi dros y blynyddoedd yn ddigon i'w chadw rhag gwneud unrhyw beth i gorddi'r dyfroedd. Roedd Vicky wedi gweld beth gallai Vexl ei wneud i'r rhai fyddai'n ei groesi, ac am y rheswm hynny roedd hi'n poeni am fywyd ei chariad pan ddychwelai i'w nôl... os dychwelai e i'w nôl hi, hwnnw yw.

Ar ôl bywyd llawn poen, siom a dioddefaint, roedd rhan helaeth o galon Vicky'n dweud wrthi am baratoi am y gwaethaf. Oedd, roedd hi eisiau i Gimp ddod i'w hachub, ond ar y llaw arall doedd hi ddim am i Vexl gael gafael ynddo.

Llyfai'r glud ar y papur Rizzla glas, cyn rholio a thanio'r mwgyn a thoddi i'r soffa gan wylio gên Harold yn ysgwyd fel bag brechdan llawn mwydod byw wrth iddo ddwrdio Toadie am ddim byd penodol. Tasai'r ffycers yna ond yn gallu byw am ddiwrnod yn ei chroen hi, basai pen Harold yn siŵr o ffrwydro o dan y straen.

Estynnodd Vicky'r sbliff i Vexl, ond ni sylwodd yntau ar y cynnig gan ei fod ymhell bell i ffwrdd... ym maestref cardbordllyd Melbourne, o'r ffordd roedd yn syllu ar y sgrin. Cymerodd Vicky lond 'sgyfaint arall cyn codi a gosod y mwygyn yn ei law, ond cyn iddi gael cyfle i aileistedd daeth cnoc ar y drws gan achosi i'w chalon garlamu.

Cododd Vexl a rhwystro'i llwybr at y drws. Os mai Gimp oedd yno, doedd e ddim am i Vicky gyrraedd y drws o'i flaen. Doedd e ddim yn ymddiried yn y butain. Doedd e ddim yn ymddiried yn neb bellach, a dweud y gwir...

Gweddïodd Vicky ar Dduw nad oedd hi wedi ei gydnabod ers ei phlentyndod i achub Gimp rhag ei dynged, a phwy a ŵyr, efallai iddo ei chlywed, gan mai llais dieithr oedd wrth y drws. Llais cwsmer. Cododd ei chalon cyn plymio eto wrth iddi gofio *pam* roedd y cwsmer yno.

"Skin yuh teeth girly, yuh gots yuhsel some c'mpnee," gorchmynnodd Vexl a chododd Vicky ar ei thraed fel merch dda.

Yn pwyso ar wal y cyntedd, o dan ddylanwad amlwg llond bol o alcohol, safai dyn canol oed moel yn wên o glust i glust. Gorweddai ei dros-grib yn llipa dros ei foelni, ond yn gwneud jobyn gwael o gwato croen brychlyd copa'i ben, a throdd stumog y butain wrth iddi sylwi ar siâp ei bidyn trwy bolyester tyn ei drowsus rhad. Camodd yn drist tua'i hystafell gan adael i'r dyn dalu Vexl ymlaen llaw. Ymhen dim, ymunodd â hi ac wrth iddynt ddadwisgo, sugno a ffwcio'n ddi-deimlad, dim ond un dyn bach oedd ar ei meddwl. Un dyn bach â phidyn enfawr...

Mwythai'r haul ei chorff wrth i Petra orweddian ar laswellt yr ardd gudd. Hepiai Victor ar ei bola gwastad, gan ganu grwndi bob tro y cyffyrddai Petra yn ei flew. Am y tro cyntaf ers blynyddoedd lu, gwenai'r cwrcyn.

Roedd wedi gorffen darllen ei nofel ryw awr ynghynt wedyn, mentrodd i'r tŷ gwydr a phigo llond dwrn o berlysiau gludiog cyn dychwelyd i'w gorffwysle a chyfuno'r collie â Marlboro Light i greu pendro myglyd braf.

Ysgogodd ei phrofiadau yn ystod y dyddiau diwethaf, ei breuddwydion lliwgar a'r llannerch o lonyddwch o'i chwmpas i don o boen a cholled godi ynddi, a heb rybudd dechreuodd y dagrau lifo wrth iddi weld a chofio'i rhieni a'r rhan a chwaraeodd yn eu marwolaeth. Ar ben hynny, cwynai ei bola gan nad oedd wedi ei lenwi ers yn agos at ddiwrnod cyfan a meddyliodd Petra am adael ei lloches er mwyn chwilio am bryd o fwyd.

Cododd Victor ei ben ac edrych arni, cyn llyfu ei llaw mewn cydymdeimlad. Trwy'r dagrau, llwyddodd Petra i wenu arno. Ond, er cael cwmnïaeth yr hen gath, nid oedd hi erioed wedi teimlo mor unig…

Dihunodd Boda pan ddiffoddodd Tubbs injan y Polo a gweld eu bod nhw'n ôl yn Ninas Powys. Dychlamai ei ben wrth iddo ef a'i ffrind gamu o'r car ac anelodd yn syth am y gwely agosaf.

"Gwely," mwmiodd dros ei ysgwydd i gyfeiriad Tubbs.

"Paid anghofio ein sesiwn ni nawr Bo!" gweiddodd Tubbs ar ei ôl. Cododd Boda ei fawd. "Hwyrach," dywedodd, cyn gwthio drws y caban a sylwi ei fod ar glo.

Ymunodd Tubbs ag ef wrth y drws yn cario'r llwyth anghyfreithlon yn ei ddwy law. Rhyfeddodd Boda at hyn. Roedd Tubbs. mor gryf, ac yntau, a'i ben ar chwâl yn teimlo mor wan a diwerth â rhech dawel yn dianc mewn stafell lawn pobl anwydog. Gosododd Tubbs y gist ddeg kilogram ar y llawr ger ei draed cyn datgloi'r drws a gadael i Boda fynd i'w wâl. Gwyliodd ei ffrind yn diflannu i'r stafell sbâr wrth i'r hunangasineb godi ynddo unwaith eto. Sut gallai ddatgelu'r gwir iddo wedi'r holl flynyddoedd? Fyddai Boda byth yn maddau iddo, ond *rhaid* oedd gwneud, gwyddai hynny.

Wedyn, claddodd Tubbs y llwyth yn y coffor cudd o dan deils llawr yr ystafell molchi, cyn dadwisgo a chamu i'r gawod. Cofleidiai'r hylif ei gorff blinedig addurnedig a golchodd ei goes yn ofalus. Wrth sefyll yn llif y dŵr, caeodd ei lygaid a chofio. Gwelodd wyneb ei fam yn gwenu arno, cyn i'r ddelwedd gael ei chwalu gan wyneb T-Bone. Atseiniai ei gelwyddau rhwng ei glustiau cyn i'r gwirionedd a glywsai neithiwr gan y garddwr gadarnhau bod ei gynllun ar gyfer tynged T-Bone yn un haeddiannol. Llygad am lygad. Dant am ddant.

Eilliodd y tyfiant trwchus oddi ar ei ên a golchi'i wallt yn drwyadl, cyn sychu, gwisgo, bwydo'r cathod a mynd i weld sut hwyl oedd ar Victor y diwrnod hwnnw. Tywyll a thebyg i'w hwyliau ef, mae'n siŵr, pe bai'n rhaid iddo fe ddyfalu…

Camodd Gimp i i lawr y llwybr – heibio i amrywiaeth o rosod a chlematis lliwgar oedd yn araf goncro'r arch o bren – a chnocio ar ddrws y cartref moethus. Uwch ei ben hongiai basgedi llawn blodau lliwgar. Wedi aros am ychydig, agorodd y porth y mymryn lleiaf a gwelodd lygad mawr yn edrych arno.

Nid oedd Gimp wedi teithio ymhell. Doedd dim angen iddo wneud cyn cael gafael ar yr hyn y chwiliai amdano. Sully oedd pen ei daith, nid nepell o dafarn y Captain's Wife.

"Password, please?" gofynnodd y llygad.

"Password?" atebodd Gimp. Nid oedd wedi bod yno ers amser maith a doedd e'n cofio dim am gyfrinair. Roedd e'n gobeithio basai Clinton yn ei gofio; wedi'r cyfan, roedd e *yn* reit gofiadwy, ond nawr roedd e'n poeni iddo wastraffu ei amser wrth alw yno.

"That's what I said. Password."

"Wot password? Vere's neva been a password."

"Of course there has. How else am I supposed to separate the good guys from the boys in blue?"

"I dunno, mate. If vey wearin' a uniform, dahnt let ve fuckers in?"

"Very good, very good," dywedodd y llais wrth i acen Etonaidd ei berchennog gael ei hamlygu. "But not good enough…"

"Do I look like a fuckin coppa to you?" gofynnodd Gimp yn dechrau colli ei amynedd.

"As a matter of fact, you do. A short one, for sure, but you smell like a swine and your eyes are shiftier than a well-oiled gear stick. Now what's the password, you short-arsed bugger?"

A dyna pryd sylwodd Gimp fod Clinton yn ei gofio. Cododd y pryder o'i sgwyddau a lledodd gwên ar draws ei wyneb.

"Clinton, yuh fukka! You ad me goin vere, ya cunt!"

"I know, old boy, but I couldn't resist when I saw your ugly mug through the peep hole. Long time no nothing..." meddai Clinton wrth agor a drws ac estyn ei law.

Doedd e ddim wedi newid dim. Ar wahân i ychydig o wallt gwyn ar ei gopa, roedd yr un ffunud â'r tro diwethaf i Gimp ei weld ryw ddwy flynedd ynghynt. Roedd e yn ei bedwar degau bellach, yn ddyn golygus o gefndir ariannog. Wedi colli ei fam yn blentyn ifanc, cafodd ei fagu gan ei dad, oedd yn digwydd bod yn werthwr arfau rhyngwladol. Pan fu farw ei dad ar daith fusnes i Angola 'nôl yn '84, etifeddodd Clinton ei fusnes, ond penderfynodd ganolbwyntio ar y farchnad leol, gan ddefnyddio cysylltiadau ei dad i gynnig yr arfau diweddaraf i isfyd de Cymru a'r cylch.

Dilynodd Gimp ef i'r gegin, trwy ffasâd o barchusrwydd. Er mai dyn sengl oedd Clinton, heb ddylanwad y rhyw deg yn agos at ei gastell, nid oedd yn hysbysebu ei yrfa anghyfreithlon i unrhyw ymwelydd. Yn amlwg, roedd yn rhaid bod yn ofalus ar bob adeg wrth rydio dyfroedd tymhestlog y diwydiant arfau. Roedd ei gartref, fel cartrefi miloedd o bobl gefnog, wedi'i addurno'n chwaethus ac yn orffwysle i ambell waith celf drudfawr. Yn debyg i filiynau eraill, golff oedd ei brif ddiddordeb. Gwreiddiol iawn, ond ffordd dda o wastraffu amser wrth i'r arian lifo i'r coffrau o ddwylo troseddwyr y wlad.

Arllwysodd Clinton G&T yr un iddynt, ac ychwanegu sblash o Angostura chwerw, cyn i Gimp ddod yn syth at y pwynt.

"I need a shoota, Clint."

"Really? And here I was thinking that this was a social call..."

"Sorry," dywedodd Gimp yn chwithig.

"Don't be soft, dear boy, I'm only fucking with you, to use the profane parlance of our times. It's good to see you, but come on, business is business..."

"Too true. Anyway…"

"What do you need a gun for Gimp, nothing to do with that scar on your face is it? I hope you're not planning anything silly?" Cododd Gimp ei law at ei foch, ond anwybyddodd gwestiwn Clinton.

"Protection, Clint. Naffin more. I'm leavin tahn, an takin my laydee wiv me. Only problem is she belongs to someone else, knuh wot I mean."

"I can only guess, old boy, I can only guess. Shall we?" Ac i ffwrdd â'r ddau tua'r seler, sef blaen siop Clinton, gan gario'u G&Ts…

Wrth agosáu at y tai gwydr ar waelod ei ardd, rhewodd Tubbs pan welodd e hi. I ddechrau, credai mai ysbryd oedd yn gorweddian yng nghwmni Victor ger y balmwydden. Ysbryd ei fam, hynny yw. Ond, wrth syllu arni drwy ddail y llwyn rhododendron, gwelodd un gwahaniaeth amlwg, sef y graith ffres yr olwg ar ei boch.

Wedi edrych arni am rai munudau, gyda'i galon ar ras a chledrau ei ddwylo'n diferu, penderfynodd fod yn rhaid iddo ddatrys y pos. Yn hamddenol braf, cerddodd tuag ati gan esgus ei gweld am y tro cyntaf pan gamodd rownd y cornel. Er ei bod yn amlwg yn ifanc, roedd hi *mor* debyg i Foxy, fel nad oedd Tubbs yn gallu credu ei lygaid.

Cyn gynted ag ymddangosodd y cawr, rhewodd Petra yn ei hunfan. Yna eisteddodd i fyny'n gyflym gan achosi i Victor hedfan tua'r clawdd agosaf.

Y peth cyntaf ddaeth i'w meddwl oedd ei fod e'n gweithio i Vexl ac wedi dod i'w nôl hi, ond wedyn cofiodd ei bod hi'n tresmasu ar dir preifat a phenderfynodd mai'r peth gorau i bawb fyddai iddi ddiflannu.

Cododd ar ei thraed a syllu arno. Rhewodd amser am ychydig wrth i'r ddau rythu ar ei gilydd. Roedd e'n fawr, doedd dim gwadu hynny, a hefyd yn ymddangos yn drwsgwl. Byddai'n rhaid iddi ddianc rhag ei afael – fyddai hynny ddim yn broblem iddi. Cofiodd helynt y bore hwnnw ar lawnt y puteindy a chafodd Petra hyder o gofio'i llwyddiant.

Roedd e'n syllu arni fel petai'n edrych i fyw ei henaid. Roedd ei wyneb tyner yn gwrthgyferbynnu'n llwyr â'r tatŵs a gâi eu hamlygu o dan y fest ddu. Y tatŵs, rhaid cyfaddef, a apeliai ati mewn ffordd annisgwyl iawn.

Trodd Petra'i meddyliau at ddianc, ond wedyn cofiodd am ei chês. *Shit!* oedd y gair nesaf ddaeth i'w meddwl. Ac wedyn *Fuck it!* cyn anelu am y llwybr i'r chwith iddi. Diflannodd i ganol y deiliach heb edrych yn ôl.

Ysgydwodd Tubbs ei ben gan wenu pan welodd y llwybr a ddewisodd y ferch i ddianc, cyn cymryd cam i'r chwith at y fynedfa ym mhen draw'r llwybr. Arhosodd am ychydig cyn iddi redeg yn syth i mewn i'w freichiau – daliodd hi'n dynn, fel arth frown yn gafael mewn tedi.

Roedd hi fel llysywen yn ei afael wrth iddi geisio dianc, ond doedd dim gobaith ganddi o wneud hynny er, yn amlwg, doedd hi ddim yn sylweddoli hynny ar y pryd.

"You forgot your suitcase," meddai Tubbs mewn llais gwylaidd, a pheidiodd y gwingo am eiliad.

"Don't take me back there!" plediodd Petra. "Don't hurt me. Please don't hurt me!"

"Back where?" gofynnodd Tubbs yn ddryslyd. "And why would I want to hurt you?"

Llaciodd Tubbs ei afael arni ac edrych ar ei gwyneb. Roedd hi'n atsain o'i orffennol. Yn atgof o gyfnod hapusach. Anadlodd Petra'n drwm i wrthsefyll y llif adrenalin, cyn penderfynu peidio datgelu gormod iddo, rhag ofn ei fod e'n ei thwyllo.

"You can let go now," dywedodd Petra. "I'm not gonna run…"

"You don't seem to know the way out anyway," atebodd Tubbs gyda gwên groesawgar.

Piffiodd Petra mewn ymateb ac eistedd ar lawr gan estyn ei ffags o'i bag llaw a thanio un cyn cynnig un i Tubbs.

"No thanks. I don't smoke," dywedodd wrth eistedd a'i gwynebu.

"Don't lie!" ebychodd Petra. "I've seen the contents of your greenhouse!"

"I don't smoke cigarettes is what I mean."

"Good. They're very bad for you," dywedodd Petra gan dynnu'n ddwfn ar y sigarét.

Gwenodd Tubbs arni. Gwenodd Petra'n ôl. *A oedd hi'n fflyrtian gyda fe?* Roedd e wedi bod mor hir heb gwmni merch fel na allai Tubbs gofio beth yn gwmws oedd hynny.

Ymunodd Victor â nhw a rhwbio'i ben yng nghoes Petra gan leisio'i farn amdani drwy ganu grwndi mewn llais bas dwfn y byddai Bryn Terfel ei hun wedi bod yn falch ohono. Ni allai Tubbs gredu pa mor hwyliog oedd y gath. Nid oedd wedi ei weld yn ymddwyn fel hyn ers...

"Croeso'n ôl Victor..." dywedodd Tubbs wrth fwytho'i gefn ac achosi i gwt y cwrcyn ddawnsio fel Cobra mewn marchnad ym Marakesh.

"Lle ma fe 'di bod?" gofynnodd Petra.

"Ti'n siarad Cymraeg?" gofynnodd Tubbs, cyn sylwi mor dwp oedd y cwestiwn.

"Yn amlwg!" meddai Petra'n goeglyd, ond gan wenu arno.

"Ie. Sori. Cwestiwn twp..." baglodd Tubbs o dan ei swyn.

"So, lle ma Victor 'di bod, then?"

"Nunlle, ond sa i 'di weld e mor hapus ers..."

"Ers?"

"Ers i Mam farw," meddai Tubbs, a heb rybudd estynnodd Petra tuag ato a gafael yn ei raw o law. Edrychodd Tubbs i fyw ei llygaid a dychwelodd Petra ei drem, ac ar yr union eiliad yna darganfyddodd y ddau yn gwmws beth roedden nhw i'll dau wedi bod yn chwilio amdano.

Ciliodd ofnau ac amheuon cynharach Petra'n syth. Gwelodd tu hwnt i'r tatŵs gan doddi yn naioni amlwg ei natur. Teimlai'n ddiogel ar unwaith, ac er nad oedd hi'n *gwybod* am beth yn union roedd hi'n edrych amdano, yn wir, nid oedd hi wir yn ymwybodol ei bod hi'n edrych am unrhyw beth nac unrhyw un, ond roedd hi wedi dod o hyd iddo yn y fan hyn, reit nawr – ei chawr.

Roedd Tubbs, ar y llaw arall, wedi baglu ar draws ei holl freuddwydion a'i holl obeithion ar yr un pryd. Gwasgodd ei llaw yn ei gledr a gwenodd arni unwaith eto.

"Petra," dywedodd hithau gan gipio Tubbs yn ôl i'r presennol.

"Beth?"

"Fy enw i. Petra. Pwy wyt ti?"

"Al. Ond ma pawb yn 'y ngalw i'n Tubbs."

"Wel, fi'n mynd i dy alw ti'n Al, ok?"

Nodiodd Tubbs wrth i'w galon gyflymu ac ar y gair datganodd bola Petra ei anfodlonrwydd unwaith eto.

"Dere," mynnodd Tubbs, wrth godi ar ei draed a thynnu Petra ar ei ôl. Gafaelodd yn ei chês a'i harwain tua'r caban.

Wedi bowlenaid yr un o gawl cennin cartref a bara brown o'r becws lleol, aeth Tubbs ati i olchi'i chraith. Yn ffodus, doedd hi ddim yn rhy ddwfn, er efallai byddai marc yno am weddill ei hoes.

Dechreuodd Tubbs feddwl sut a phwy wnaeth hyn iddi. Roedd Petra'n amlwg yn ofnus pan ddaeth ar ei thraws hi gyntaf, ond ofnus o bwy, dyna'r cwestiwn. Penderfynodd Tubbs beidio â gofyn am yr hanes, ddim eto, ta beth. Roedd e'n gobeithio y byddai hi'n aros gyda fe am ychydig ac efallai'n ymddiried ynddo maes o law.

Wrth i'r TCP losgi'r croen, gofynnodd Tubbs am darddiad ei henw er mwyn cadw'i meddwl oddi ar y boen.

"Ma Petra'n enw gwahanol. Ydw i'n cymryd i ti ga'l dy genhedlu yn yr Iorddonen 'te?"

"Beth? Ble?"

"Were you conceived in Jordan?"

"Dw i *yn* deall, ond pam ti'n gofyn hynny? So ti'n gwneud sens…"

"Wel, ma Petra'n safle archeolegol enwog yn Jordan… ti 'di gweld *Indiana Jones and the Last Crusade* do? Wel roedd y climax yn digwydd yn Petra, ti'n gwbod, lle ffeindiodd Indy geidwad y Greal cyn reidio tua'r machlud…"

"So?"

"Wel, ambell waith ma pobl yn enwi eu plant ar ôl y lle ble cafodd y plentyn ei genhedlu. Brooklyn Beckham yw'r enghraifft enwocaf, Alabama Whitman a hefyd Jonathan Ross-on-Wye…"

"Oh. Sori. Fi'n deall nawr," dywedodd heb dynnu sylw at jôc uffernol o wael Tubbs. "A na, sa i'n meddwl y buodd 'yn rhieni i erioed yn Jordan. So pobl y Gurnos yn mynd lot pellach nac Asda Merthyr Tudful! Ac anyway, ces i fy enwi ar ôl y ci 'na ar *Blue Peter*."

Tagodd Tubbs, cyn i'r ddau chwerthin fel ffyliaid o ganlyniad i'w datganiad. Gorffennodd Tubbs olchi'r graith a dyna lle daeth Boda o hyd iddyn nhw, yn llawn bywyd, sef mewn gwrthgyferbyniad hollol i'r ffordd roedd e'n teimlo.

Pwysodd Boda ar fframyn y drws gan wylio Tubbs a'r ferch yn rhyngweithio gyda'i gilydd trwy niwl trwchus ei ben tost. Roedd hi'n gyfarwydd iawn am ryw reswm, ond roedd bywiogrwydd Tubbs yn anghyfarwydd tu hwnt i'w ffrind gorau.

Cofiodd am hwyl tywyll Tubbs ar y ffordd adref o Disgraceland a rhyfeddu at y trawsnewidiad. Roedd gwên lydan wedi'i glynu'n barhaol ar ei wep. *Beth oedd yn digwydd?* Pendronodd. Ond roedd yr ateb yn amlwg, hyd yn oed i Boda a'i ben cymylog. Cynnodd y stwmpyn o sbliff na orffennodd cyn pasio mas yn yr ystafell sbâr, a throdd pennau'r pâr i'w gyfeiriad mewn ymateb i sbarc ei fflachiwr.

"Am faint fi 'di bod yn cysgu?" gofynnodd Boda trwy lygaid cul a chwmwl o fwg.

"Dwy awr tops," atebodd Tubbs. "Pam?"

"Lle yn y byd ti 'di ffeindio'r greadures 'ma te?" Edrychodd Tubbs ar y 'greadures' a gwenodd hi'n ôl gan gochi braidd.

"Yn y tŷ glass," dywedodd Tubbs, cyn iddo ef a Petra chwerthin ar abswrdiaeth y gwirionedd.

Syllodd Boda arnynt gan ysgwyd ei ben. Er ei fod e ar goll yn ei ddryswch, roedd e'n hapus fod ei ffrind, o'r diwedd, yn ymddangos fel petai ar fin cael shag. Camodd tua'r tecell a rhoi'r mwgyn i'r ferch. Wrth agosáu ati, gwelodd y graith ar ei gwyneb

– yr unig nam ar ei pherffeithrwydd.

"Fi yw Boda," dywedodd wrthi, gan estyn ei law i'w chyfeiriad.

"Petra."

"Beth ddigwyddodd i dy wyneb di? Ma'r graith 'na'n edrych yn fresh," gofynnodd Boda gan achosi i Petra ddifrifoli.

Doedd hi ddim moyn datgelu wrth Tubbs iddi fod yn butain ddim ond oriau ynghynt, felly penderfynodd gymylu rhywfaint ar y gwirionedd.

"Ti'n ok?" gofynnodd Tubbs, gan synhwyro'i chwithdod. Cyffyrddodd e'i llaw hi'n dyner a dyna pryd penderfynodd Petra nad oedd hi am ddechrau drwy ddweud celwydd wrtho. Wedi bywyd o guddio a thwyllo, roedd hi'n hen bryd ymddiried yn rhywun ac agor ei chalon yn llwyr.

"Ydw, ond sa i'n gwybod lle i ddechrau…"

"Wel, meddwl di am hynny a gei di ddweud yr hanes tra bydda i'n gweithio ar goes Tubbs," dywedodd Boda, wrth gerdded tua'r ystafell fyw lle'r oedd ei offer yn aros amdano ar ôl sesiwn y diwrnod cynt.

"Pa fath o waith?" gofynnodd Petra i Tubbs, wrth ddiffodd y mwg o dan lif y tap dŵr oer a dychmygu bod gan Al goes prosthetig o dan ei drowsus.

Eisteddodd Petra ar fag ffa boliog wrth y stereo yng nghwmni Victor, a ddaliai i'w dilyn, gan wylio'r olygfa'n gegagored, wedi'i swyno gan bzzzz bythol y peiriant tatŵio. Lledorweddai Al ar y La-z-boy gyda'i goes dde'n derbyn holl sylw Boda a'r nodwydd. Syllodd hi ar Al, a ymddangosai fel petai mewn swyngwsg trwm.

Pan welodd hi fe'n gyntaf, meddyliodd ei fod e braidd yn foliog, ond nawr, gyda'i groen wedi tynhau mewn ymateb i ymosodiad y nodwydd a'r inc, gallai Petra weld bod ei gragen gyhyrog fel arfwisg o gwmpas ei esgyrn. Roedd e mor llonydd â cherflun a glynodd llygaid Petra wrtho fel rhai ci chwantus wrth weld cynnwys ffenest siop y cigydd. Atgoffodd y ddelwedd hi o un o'i hoff ganeuon, sef 'Dio Celtico' gan Luca Parenti, ac roedd

Petra'n barod i addoli'r Duw Celtaidd hwn ac aberthu ei hun wrth ei allor... os na fyddai e'n ei chasáu wedi iddi ddatgelu'r gwir am ei bywyd wrtho.

"Ready when you are," dywedodd Boda heb edrych i fyny o'i waith. Llyncodd Petra'n galed.

"Ydy Al yn gallu clywed?"

"Aye. Loud and clear."

"Ok. Here goes. Reit... bore ddoe ges i fy herwgipio..." ac i ffwrdd â hi gan adrodd y stori, heb osgoi dim o'r hanes. Esboniodd ei chefndir, yr angen i ddianc er mwyn ceisio cyflawni'i breuddwydion. Adroddodd hanes yr herwgipio a'i chynllun i ddianc o afael creulon Vexl. Pwysleisiodd fel y bu'n *rhaid* iddi gytuno i wneud yr hyn a wnaeth er mwyn twyllo'i charcharor i ymddiried ynddi. Cyflwynodd Vicky a Gimp i'r stori a'r ffordd roedd Vexl yn eu trin nhw, ac yn olaf daeth at y frwydr arwrol ar lawnt ffrynt y puteindy ar doriad gwawr...

"Mae ganddo fe fetish am gyllyll," esboniodd Petra, wrth gyfeirio at Vexl. "Gweles i ei fod e'n cario o leia bedair ohonyn nhw, ac mae'n cario un fawr o dan ei gesail."

Edrychodd Boda arni am y tro cyntaf ers iddi ddechrau wrth glywed am y cyllyll, cyn ailgydio yn ei waith.

"Anyway, sa i'n gallu cofio'r manylion yn dda ond roedd e'n penlinio uwch 'y mhen i gyda fi'n gorwedd ar y llwybr, a'r peth nesa daeth cut throat razor o rywle a dyna pryd nes i esgus pasio mas. Yna, dechreuodd e ddweud rhywbeth fel..." a dynwaredodd Petra acen Vexl a'r rhesymeg tu ôl i siâp y graith.

"Pa fath o acen yw honna?" gofynnodd Boda wedi iddi orffen.

"Jamaican, er 'i fod e'n dod o Birmingham yn ôl Vicky, so fuck knows pam mae e'n siarad fel 'na. So fe'n ddu na dim..."

"Ma fe'n swnio fel real twat," meddai Boda, a wnaeth Petra ddim anghytuno â fe.

Parhaodd i orffen y stori – ei dihangfa o grafangau Vexl a'i thaith i gyrraedd Dinas Powys a gardd Al – a phan ddaeth at y diwedd, disgynnodd tawelwch llethol dros y stafell, ar wahân i gwyno parhaus y nodwydd, wrth gwrs. Llyncodd Petra eto, gan obeithio y byddai Al yn gallu maddau iddi, neu efallai dim maddau, jyst deall pa mor anobeithiol roedd ei sefyllfa.

Tawelodd y nodwydd wrth i Boda orffen ei waith. Agorodd Tubbs ei lygaid. Syllodd i gyfeiriad Petra gyda golwg ddifrifol ar ei wyneb. Torrodd ei chalon yn filiwn o ddarnau mân cyn i Al eu gludo'n ôl wrth ei gilydd ag un brawddeg fer.

"Ti'n credu mewn ffawd, Petra?" gofynnodd, wrth i'r wên ddychwelyd.

"Ydw," atebodd Petra.

"A fi," dywedodd Tubbs wrth i'r wên ddiflannu unwaith eto.

Cododd ar ei draed. "C'mon, Bo, ni'n mynd i weld y Vexl 'ma. Fi moyn cael chat bach gyda'r fucker..."

"Sweet!" ebychodd Boda, a oedd wedi hen anghofio am ei hangover erbyn hyn.

Doedd e erioed wedi gweld Tubbs yn ymateb mor reddfol, ddim ers marwolaeth ei fam, ta beth. Ai ailenedigaeth ei ffrind roedd Boda'n dyst iddo, neu weithred olaf dyn desbret?

"Beth sy 'da ti mewn golwg?" gofynnodd wrth bacio'i offer a symud am y drws.

"Sa i'n gwybod 'to. Craith am graith, efallai..."

"Byddwch yn ofalus," plediodd Petra, fel prif actores mewn melodrama Hollywoodaidd hynafol. "Sdim ots 'da fe am ddim na neb!"

Plygodd Tubbs ac edrych i mewn i'w llygaid gleision. Nid oedd hanes Petra fel petai wedi cael unrhyw effaith arno. *A oedd hanes Al yn dywyllach fyth?* Os felly, byddai hi'n fwy nag hapus i eneinio'i greithiau. Tu ôl i'w dynerwch amlwg, gallai Petra synhwyro rhyw dywyllwch. Dim am Tubbs roedd hi'n poeni bellach, ond am Vexl.

"Rho ddwy awr i ni a paid â becso. Nawr beth yw cyfeiriad y brothel?"

"Sa i'n gwybod enw'r stryd ond chi'n gallu gweld Barry Island yn syth o'ch blaen. Rhif 13 yw'r tŷ. O ie, second left ar ôl y Safari Inn..."

Crynodd Tubbs wrth glywed enw'r hen westy. Doedd e

ddim yn disgwyl hynny. Caeodd ei lygaid a gweld gwyneb ei fam. Teimlai law Petra ar ei foch, agorodd ei lygaid a'i gweld hi'n gwenu arno. Er bod yr hiraeth yn dal yno, fel y byddai am byth siŵr o fod, roedd rhyw obaith newydd yn gydymaith iddo heddiw a gwyddai Tubbs y byddai Foxy'n falch o wybod hynny.

Gwenodd Tubbs yn ôl ar Petra cyn codi a dilyn Boda. Wrth adael, gyda'r adrenalin yn llifo trwyddo, roedd Tubbs yn llawn bwriadu cymryd ei holl rwystredigaethau ynghylch T-Bone allan ar arteithiwr Petra... ond, ni chymrodd hi'n hir i'w natur ailafael yn ei reddfau.

"Be sy 'da ti mewn golwg 'te, Tubbs?" gofynnodd Boda eto, wrth basio ffatrïoedd Dow Corning oedd yn araf oleuo wrth baratoi ar gyfer y nos.

"Sa i'n gwybod," cyfaddefodd y cawr, wedi iddo feddwl yn hir.

"Be ti'n meddwl?"

"Wel... sdim clem 'da fi a dweud y gwir... fi'n gwybod ei fod e'n heiddu kick-in... ond seriously... sa i'n gwybod..."

Chwarddodd Boda ar ei ben. "Ffycin hell, Tubbs, ti off dy ben! Beth oedd yr holl bravado 'na jyst nawr 'te?"

"Hynny'n gwmws. Bravado. Sa i'n gwybod beth sy'n bod arna i..."

"Fi yn."

Edrychodd Tubbs ar ei ffrind ond ni ofynnodd am esboniad. Y gwir oedd fod Tubbs hefyd yn gwybod yn gwmws beth oedd yn bod arno.

"Ti'n gwybod am bwy ma' hi'n fy atgoffa i..." gofynnodd Boda.

"Ydw," daeth yr ateb cwta, a deallodd Boda fod ei ffrind yn gweld hynny fel pwynt positif, yn hytrach na'r rhyfeddod dryslyd y dylai fod.

"So beth newn ni nawr?" parhaodd Boda. "Gyrru o gwmpas? Swper yn MacDees? Peint yn y Star?"

"Sa i'n gwybod... beth ti'n feddwl?"

"Wel…" dechreuodd Boda gan wenu. "Ma 'da fi syniad…"

Parciodd Boda'r fan tu allan i rif 15. Edrychodd ef a Tubbs tua'r ffair a gweld y log flume sigledig. Camodd y ddau o'r cerbyd ac estynnodd Boda ei offer tatŵio o'r cefn.

"Cym' hon," mynnodd, gan estyn machete rydlyd i'w ffrind.

"Pam?"

"Ffyc me, Tubbs! Jyst rho whack i'r Vexl 'ma ac fe wna i'r gweddill."

"Sa i'n mynd i stabio neb!"

"Dim *stab* wedes i! *Whack*, as in whack him unconscious. Mae angen iddo fe fod yn anymwybodol er mwyn i fi neud 'y ngwaith…"

"Ok," cytunodd Tubbs, cyn i'r ddau gamu tua drws ffrynt y puteindy.

Cnociodd Boda ar y drws ac aros am ateb. Safai Tubbs tu ôl iddo'n edrych mor fygythiol ag y gallai… a gyda'r machete tu ôl i'w gefn hyd yn oed, roedd yn edrych yn reit fygythiol, chwarae teg.

Agorodd y drws a safodd Vexl o'u blaenau. Syllodd arnynt a'i ymennydd bregus, blinedig yn ceisio dadansoddi'r sefyllfa.

"Cyan aye hyelp yah bad bwoyz?" gofynnodd y pimp truenus, wrth i Boda a Tubbs geisio'u gorau i beidio â chwerthin yn ei wyneb.

"We're looking for Petra," meddai Boda. "Is she here?"

"Nyah, thyat craven dundus cold I up dis mwornin."

"She left, is that what you mean?"

"Yah mon, she did wan dis morn…"

"We know," meddai Tubbs, a gawsai ddigon ar yr ynfytyn yn barod. "That's why we're here…"

Syllodd Vexl arnynt am eiliad wrth i eiriau Tubbs fwrw'r marc, ac wedi i'r bwlb oleuo camodd yn ôl yn gyflym a gwthio'r drws ynghau. Ond ni lwyddodd i'w gloi yn eu gwynebau gan fod Boda wedi rhag-weld yr ymateb a gosod ei droed yn y drws. Sbonciodd y drws ar agor ac estynnodd Vexl am y gyllell a oedd o dan ei gesail. Daliodd y llafn i gyfeiriad y dieithriaid ond nid oedd yn disgwyl yr ymateb a gafodd.

"Wwwwwww," meddai Boda, fel Les Dennis yn dynwared Mavis Riley. "He's got a knife!" Rhewodd Vexl mewn penbleth llwyr. Nid oedd pethau'n argoeli'n dda...

"That's not a knife," meddai Tubbs mewn acen Awstraliaidd, gan ddyfynnu Mick Dundee, ac wedi i Boda gamu o'r ffordd tynnodd Tubbs y machete o du ôl i'w gefn â'i law chwith. "This is a knife," meddai, cyn dyrnu Vexl rhwng ei lygad a'i glust chwith ag ergyd annisgwyl gyda dwrn ei law dde. Cwympodd Vexl i'r llawr yn anymwybodol a gafaelodd Tubbs a Boda yn ei draed a'i sgwyddau a'i gario i'r lolfa wag.

"Beth nawr?" gofynnodd Tubbs, wrth weld Boda'n paratoi ei offer.

"Craith am graith," esboniodd Boda â gwên ddrygionus ar ei wyneb.

"Glywes ti 'na?"

"Beth?" Rhewodd y ddau wrth glywed sŵn digamsyniol pen-fwrdd gwely i fyny'r grisiau'n cnoc-cnocio yn erbyn y wal.

"A' i i weud helô, ife?"

"Pam lai. Bydde hi'n heger peidio," ac i ffwrdd â Tubbs, yn dal i afael yn y machete wrth fynd tuag at ystafell Vicky. Fel voyeur dall, oedodd tu allan i'r drws a gwrando. Clywodd *gnoc-cnoc-cnoc* penfwrdd y gwely ac *uh-uh-uh* y cwsmer.

Agorodd Tubbs y drws a dod wyneb yn wyneb â phen-ôl gwyn yn pwmpio corff marwaidd. Syllodd llygaid tywyll y butain arno wrth i'r weithred fynd yn ei blaen, ac ar ôl saib sgrechiodd y ferch gan achosi i'r cwsmer dynnu ohoni a throi i edrych ar Tubbs. Dechreuodd y dyn wisgo'n wyllt, tra ciliodd y butain i'r cornel gan dynnu ei hun yn bêl, fel draenoges ofnus wedi colli ei phigau.

"Sorry to disturb you," dywedodd Tubbs yn foesgar wrth i'r dyn wthio heibio iddo tua'r drws yn cwyno am na chawsai gyfle i saethu'i lwyth. Camodd Tubbs ar ei ôl er mwyn sicrhau ei fod yn gadael, cyn troi'n ôl at y butain.

"Vicky, it is Vicky, right?" Lledaenodd ei llygaid gan ateb ei gwestiwn. "Sorry about the disturbance but we've just come to see Vexl. Give us half an hour and we'll be out of your hair. Sit tight and don't panic alright, we'll be gone in a jiffy…"

Dychwelodd Tubbs i'r stafell fyw. Llosgai ei greithiau ei hun wrth iddo wylio Boda'n gweithio ar rywun arall. Eisteddodd ar gadair gyfagos a rhwbio Preparation H i'w goes wrth i Boda liwio y tu fewn i amlinell ei datŵ diweddaraf.

"Be ti'n meddwl?" gofynnodd y tatŵydd.

"Creulon iawn," oedd ateb Tubbs, cyn i'r ddau chwerthin ar y canlyniad. "Let's go…"

"Hang on," meddai Boda gan gydio mewn camera Polaroid o'i fag. "Anrheg i Petra."

Fflachiodd y camera a chwydu'r llun o'i fol, ac wrth i Boda ddychwelyd ei offer i'w fag datblygodd delwedd o'r dial perffaith o flaen llygaid Tubbs.

Clywodd Vicky'r lleisiau'n chwerthin ond nid oedd syniad ganddi beth oedd yn digwydd. Roedd Vexl yn dawel ac roedd hynny'n gysur. Arhosodd yn yr unfan wedi i'r drws ffrynt gau ar eu holau, heb fentro symud.

Roedd hi'n falch nad oedd wedi mynd i fusnesu pan glywodd ddrws y ffrynt yn agor unwaith eto. *Rhaid eu bod nhw 'di anghofio rhywbeth*, meddyliodd, gan estyn am ei L&Bs.

"Vicky!" Clywodd lais yn galw arni. "Where a'ya, dollface?"

Gimp! Roedd Gimp yn ôl. Neidiodd at y drws a'i agor gan weiddi'n ôl. "Gimp! I thought you'd neva come!"

"Come dahn ere luv, you gots ta see vis…"

Doedd dim angen iddo ailadrodd y geiriau, gan fod Vicky ar waelod y grisiau'n barod. Camodd i'r lolfa a ffeindio Gimp yn gafael mewn gwn ac yn syllu ar gorff Vexl yn gorwedd yn llipa ar y gadair gyfforddus. Cofleidiodd Vicky a Gimp a chusanu'n nwydus cyn i Gimp ei chyfeirio at y rheswm dros y clodfori.

"Who ve fack did vis, it wozn't you, woz it, Vik?"

"Nuh, I dunnow who they were but they only left ten minutes ago."

"It's too much innit, I can't stop larffin at ve poor cunt!"

"Is it for real?" gofynnodd Vicky, heb wir gredu ei llygaid.

"Vats wot I fought to start wiv, but look, the inks fresh as fuck and vere's a bit of blood on his upper lip."

Camodd Vicky at gorff Vexl a chyffwrdd yn ei fwstash parhaol newydd. Fel croes rhwng Salvador Dali a General Melchett, roedd y Rasta truenus bellach yn fwy chwerthinllyd byth!

"You ready to go?" gofynnodd Gimp.

"All packed. I'll just get my bags..." ac i ffwrdd â hi i fyny'r grisiau unwaith eto.

Pan ddychwelodd i'r lolfa roedd Gimp yn sefyll ar gefn y gadair lle gorweddai Vexl yn brysur yn tynnu'r *Scream* oddi ar y wal.

"Pass us his keys, dollface," mynnodd Gimp, pan welodd hi'n sefyll yno'n syllu arno. Plygodd y butain a chymryd dyrnaid o allweddi o boced cot y pimp anymwybodol.

"Wotcha doin?"

"Just takin' wots mine dahlin... wots ahs I mean," a dyna pryd y sylwodd Vicky ar y gist yn y wal a gâi ei chuddio y tu ôl i'r poster. Ddim y lle mwyaf gwreiddiol i'w chuddio efallai, ond ni wyddai Vicky am ei bodolaeth ac roedd hi wedi byw yno cyn hired â Vex a Gimp.

Gwagiodd Gimp gynnwys y gist a llenwi rucksack wag i'r eithaf â bwndeli o arian parod. Nid oedd Vicky erioed wedi gweld y fath gyfoeth. Wedi i Gimp orffen, caeodd y sach a neidio i lawr o'r gadair.

"Well, me ol' mucka," cyfeiriodd at Vexl. "Vis is it. Can't say it's been a pleasure..." cyn ei gicio yn ei geilliau a hisian "I ain't yuh bitch no more" o dan ei anal, pocedi allweddi car Vexl a throi at Vicky. "Cum on dahlin, let's get ve fuck aht o' ere."

"I'll be there now. I forgot summin up stairs," dywedodd y butain yn gelwyddog gan wylio Gimp yn gadael y tŷ a chamu tua'r car.

Trodd i wynebu Vexl a thynnu syrinj o boced ei chot.

"I've got something for you, Vexl," dywedodd wrth blygu i

lawr tuag ato. "A goodbye gift if you want. I've wanted to give it to you for a long long time."

Roedd barel y syrinj yn llawn hylif cochlyd. Gwaed llygredig Vicky. Syllodd arno wrth i atgasedd ac atgofion am ei bywyd yn ei gwmni, yn ei gaethiwed, ei haflonyddu a'i hysgogi.

Agorodd un o lygaid Vexl y mymryn lleiaf a gwelodd Vicky'n syllu'n ôl arno trwy lygaid tanllyd. Mwmiodd y pimp rywbeth anealladwy wrthi, cyn ei gwylio'n hyrddio'r nodwydd trwy drowsus a chroen ei goes a gwthio'i gwaed i'w wythiennau...

"'Na i ollwng ti fan hyn, ok," dywedodd Boda wrth i'r fan aros cyn y tro i stryd Tubbs.

"So ti moyn dod mewn am ddrinc neu smôc fach?"

"Come off it, Tubbs. Two's company, three's a gooseberry an' all that..."

"Diolch, Bo... am bopeth," dywedodd Tubbs gan estyn draw ac ysgwyd llaw ei ffrind.

Byrlymodd y gwarth ynddo unwaith eto. Roedd Boda wedi bod yn ffrind mor dda iddo ar hyd y blynyddoedd, a fe wedi bod yn un mor warthus... diolch i T-Bone. *T-Bone.* Crychodd Tubbs ei drwyn wrth i'r enw aflonyddu ei enaid a chamodd allan i'r nos.

"Paid anghofio hwn," dywedodd Boda, gan basio'r Polaroid i Tubbs.

Chwarddodd y ddau eto wrth i ddelwedd Vexl a'i fwstash newydd fflachio o'u blaenau yng ngolau gwan y drws agored.

"Pob lwc gyda Petra!" gwenodd Boda'n ddrygionus.

"Sa i'n gwybod beth ti'n feddwl," smaliodd Tubbs.

Bu bron i Tubbs sgipio i lawr y stryd. Doedd e ddim yn disgwyl gormod y noson honno; roedd e'n ormod o besimist i wneud hynny. Cyffrous oedd e, 'na i gyd. Doedd e ddim wedi teimlo'r fath wefr, y fath deimladau erioed, ac roedd e'n ysu am wario chwaneg o amser yng nghwmni Petra. Roedd e'n gwybod ei bod hi'n lot ifancach na fe – degawd o leiaf, os nad mwy – ond roedd cysylltiad digamsyniol rhyngddyn nhw; roedd hi'n teimlo rhywbeth tuag ato, roedd e'n sicr o hynny. Ond *beth* yn gwmws, doedd e ddim yn siŵr. Efallai byddai syniad gwell 'da fe yn y bore...

Ond, pan gamodd trwy'r glwyd a arweiniai at flaen ei gaban, bu bron iddo gwympo ar ei bengliniau mewn arswyd, fel Sarjant Elias wrth i'r Vietcong gau amdano. Roedd y caban o dan glogyn tywyll a Tubbs yn siŵr fod Petra wedi gadael.

Llusgodd ei draed tua'r drws â'i galon mor drwm â riff o fwyell Jesse Pintado, gan hanner disgwyl ffeindio nodyn yn sownd wrth y drws. Agorodd y porth a chamu i'r tywyllwch. Mynnodd cwpwl o gathod gael eu swper a throdd Tubbs y golau ymlaen yn y gobaith o weld Victor. Ond doedd dim golwg o'r hen ddyn – arwydd gwael, a hynny'n ategu absenoldeb Petra ym meddwl Tubbs.

Cerddodd yn araf i'r gegin ac agor dau dun o diwna, ac wrth grafu'r cynnwys i fowlenni'r cathod clywodd ei llais yn canu'n rhywle a gwawriodd heulwen lachar dros ei arfordir o anobaith.

Gadawodd Tubbs y cathod i'w cinio a dilynodd y llais tua'i darddle: y stafell molchi. Pwysodd ar y wal i wrando arni. Roedd ganddi lais fel un o Seireniaid chwedlonol Pelorum ac roedd yn adnabod y gân a ganai. 'Dio Celtico' oedd y dôn ac, er nad oedd Tubbs yn deall gair o Eidaleg, roedd e'n adnabod llais da, beth bynnag yr iaith.

Wedi gwrando am ychydig funudau, cnociodd ar y drws ac aros am ateb. Stopiodd y canu'n syth.

"Al?" galwodd Petra. "Dere mewn, fi'n sort of decent!"

"Sort of?" gofynnodd Tubbs, heb agor y drws, rhag ofn.

"Ie. Paid bod yn shy, fi'n covered mewn bubbles. Dere mewn!"

Trodd Tubbs y bwlyn yn araf gan agor y drws y mymryn lleiaf. Camodd i'r stafell heb edrych i'w chyfeiriad ond daeth yn amlwg iddo, o gornel ei lygaid, ei bod hi'n dweud y gwir: roedd y bath fel craidd Aero a chorff Petra ar goll o dan y swigod.

Syllodd Petra arno gan ddechrau poeni oherwydd yr olwg ddifrifol ar ei wyneb, tra gwnâi Victor rywbeth tebyg o'i orffwysfan cynnes wrth ddrws y cwpwrdd crasu.

"Beth naethoch chi? Beth ddigwyddodd?" gofynnodd yn gyflym wrth i'r panig godi i'r wyneb.

Yn araf, eisteddodd Tubbs ar ochr y bath, er mwyn atal y boen rhag rhwygo trwy'i goes. Nid edrychodd i'w chyfeiriad.

"Al. Ffycin hell, c'mon! Beth sy 'di digwydd?"

Edrychodd Tubbs arni, heb wên yn agos at ei wyneb.

"Paid gofyn," dywedodd gan ysgwyd ei ben yn araf. "Aeth hi'n messy draw 'na, ond llwyddon ni i ddianc jyst mewn pryd…"

"Shittin hell!" ebychodd Petra gan gyffroi. "Chi heb… naethoch chi ddim… jyst mewn pryd beth?"

"Edrych," mynnodd Tubbs gan godi'r Polaroid a'i estyn iddi. Sychodd Petra ei llaw ar dywel cyfagos a chipio'r ffoto o law Tubbs. Syllodd am eiliad heb ymateb gan ffocysu ar y ddelwedd. Edrychodd eto i gadarnhau'r hyn a welai. Wedyn, edrychodd ar Al a'i weld yn gwenu arni.

"Is that what I think it is?!"

Bloeddiodd yn ddireolaeth, wrth i gymoedd ei hacen atseinio oddi ar y teils. Nodiodd Tubbs ei gadarnhad a diolchodd Petra'n fewnol iddynt am gosbi'r pimp drwy ei wneud yn destun gwawd, yn hytrach na rhoi crasfa iddo neu hyd yn oed gwaeth.

016 OERNI'R DUR

"MR PARENTI! Wake up, Mr Parenti! We're preparing to land..." Ysgydwodd y flonden ifanc ysgwydd Luca'n ofalus gan ei ddenu o'i drwmgwsg yn dyner. Roedd hi wedi bod yn gwasanaethu cwsmeriaid dosbarth cyntaf BA ers chwe mis bellach ac wedi ennill cryn brofiad o ofalu am sêr y byd roc. Roedd 'Sally', dyna ei henw yn ôl ei bathodyn, yn adnabod yr arwyddion ac yn gwybod fod 'Mr Parenti', mwy na thebyg, yn morio mewn pydew o valiums a G&Ts – hoff goctel y dosbarth cefnog.

Agorodd Luca ei lygaid yn araf, cyn ymestyn ei ddwylo uwch ei ben. Gwenodd ar y cynorthwy-ydd prydferth a fynnai ei fod yn cloi'i wregys diogelwch wrth iddynt glywed llais y peilot yn esbonio'u bod nhw'n paratoi i lanio ym Maes Awyr Rhyngwladol Caerdydd.

Roedd Luca'n edrych ymlaen at gyrraedd adref, ac er nad oedd y siwrne mewn car o'r maes awyr i Disgraceland yn apelio rhyw lawer ato, roedd e'n ysu am fwytho'i gorff a'i gyhyrau yn y jacuzzi. Wedi'r cyfan, roedd angen gwneud rhywbeth i leddfu'r poenau sy'n mynd law yn llaw â sesiwn 36 awr yng nghwmni dwy o efeilliaid mwyaf prydferth a llawn dychymyg yr Eidal.

Ar wahân i'r amser yng nghwmni Caterina a Carolina bu'r daith braidd yn drychinebus. Dechreuodd pethau'n ddigon da gan fod y tair noson gyntaf yn llwyddiant mawr – y lleoliadau'n llawn dop a'r caneuon newydd yn plesio pawb – ond daeth newyddion trist wrth iddynt gyrraedd Perugia: roedd Neuadd Scilachi, lleoliad eu tair gig olaf ar y daith yn Rhufain, wedi ei llosgi i'r llawr ac felly daeth y daith i ben yn gynnar. Wrth gwrs, nid oedd hyn yn newyddion gwael i bawb – yn bennaf i Luca a'i libido – gan i'r un noson yng nghwmni'r efeilliaid droi'n ddwy.

Penderfynodd Darren, Sarge a Blim adael Luca a hedfan i Milan er mwyn gwylio'r gêm ddarbi rhwng Inter ac AC. Roedden nhw'n dal i fod yno, a dweud y gwir, felly hedfanodd Luca adref ar ei ben ei hun, gydag atgofion melys a min llidiog yn gwmni iddo.

"Paid mynd!" Plediodd Petra, wrth edrych ar ei chariad, a safai wrth ddrws agored y caban, trwy lygaid dyfrllyd.

Wedi wythnos o gyd-fyw gydag Al, gwyddai'r cyfan. Roedd ei greddf gyntaf amdano'n gywir: roedd e *wedi* byw bywyd llawn tywyllwch, llawn torcalon. Efallai mai dyna oedd y glud a oedd wedi cysylltu eu calonnau wrth ei gilydd yn barod. Nid oedd wythnos yn unig yn ei gwmni'n ddigon iddi; roedd hi eisiau ei garu gydol ei hoes. Roedd hi wedi colli cymaint yn ystod ei bywyd byr, ac roedd gweld Al, a golwg benderfynol ar ei wyneb, yn ddigon i dorri ei chalon unwaith eto.

Fel atsain o'r cwpwl hapus â fu'n byw yn y caban flynyddoedd ynghynt, treuliodd y pâr ifanc hanner wythnos gyntaf eu carwriaeth yn y gwely a'r hanner arall yn yr ardd. Roedd yr hyn roeddent yn ei wneud yn yr ardd yn syml. Garddio. Ond roedd yr ystafell wely ychydig bach yn fwy cymhleth. Er mawr syndod i Petra, roedd Al, yn wahanol i bob dyn arall iddi gyfarfod erioed, heb geisio ymdreiddio iddi mewn wythnos o gyd-gysgu. I ddechrau, gwelodd hyn fel rhywbeth rhyfedd tu hwnt ond wrth ddod i adnabod y dyn cymhleth, unig, hwn, deallodd mai oherwydd dwysedd a difrifoldeb ei deimladau tuag ati y daliodd yn ôl. Trodd greddfau gwreiddiol Petra – rhwystredigaeth a dryswch – yn rhywbeth hollol wahanol ymhen dim, ac wrth fynd i gysgu yn niogelwch ei foncyffion o freichiau ar drydedd noson eu perthynas, cwympodd yn ddyfnach fyth mewn cariad ag Al.

Er bod greddfau Petra yn rhannol gywir, nid oeddent yn hollol sicr. Yn wir, roedd teimladau Tubbs tuag ati *yn* ddwys a difrifol, ond nid dyna'r rheswm pam nad oedd e wedi ceisio ei choncro, fel petai. Yn syml, wedi dros ddegawd heb ryw, roedd Tubbs druan yn poeni beth fyddai'n digwydd, neu efallai *ddim* yn digwydd, pan fyddai'r foment FAWR yn cyrraedd. Felly, yn lle'r marathon rhywiol a fyddai fel arfer yn cyd-fynd â chychwyn perthynas newydd, cwtsho a chusanu wnaeth Al a Petra drwy'r wythnos. Doedd dim brys wedi'r cyfan... wel, doedd dim brys ar Al, ta beth...

Wrth weithio a charu, datgelodd y ddau eu cyfrinachau a'u breuddwydion wrth ei gilydd. Soniodd Petra am ei magwraeth ym Merthyr, marwolaeth ei rhieni a'i huchelgais i fod yn berfformwraig broffesiynol. Yn ogystal, bu'n hollol agored am ei phrofiadau rhywiol o dan law'r desperados ar y stad tai cyngor. Doedd hi ddim am guddio dim oddi wrtho, a dychwelodd Al y gymwynas drwy ddatgelu pob manylyn truenus am ei fodolaeth yntau. Yn wir, roedd hi'n gwybod cymaint amdano fel y gallai Petra fod wedi sgwennu cofiant manwl am ei brofiadau truenus erbyn hyn.

Gyda'r dagrau o hyd yn bygwth, adroddodd Tubbs ei hanes. Dechreuodd gyda'i atgofion cynharaf: galwedigaeth ei fam a dienyddiad ei dad, cyn datgelu'r gwir wrth Petra am ei fywyd ei hun. Gwrandawodd hithau arno'n gegagored wrth iddo sôn am ei yrfa fel dosbarthwr cyffuriau ac ergydiwr proffesiynol. I ddechrau, nid oedd hi'n siŵr sut i ymateb i'w ail alwedigaeth, ond cofiodd na farnodd Al mohoni pan soniodd hi am ei gorffennol 'lliwgar', cyn sylwi mai cefnogaeth oedd ei angen ar ei chawr tyner, gan ei fod e'n amlwg eisiau troi cefn ar yr agwedd honno o'i fywyd.

Yn anochel, arweiniodd yr hanes at T-Bone. Roedd hi'n amlwg i Petra o'r eiliad y clywodd ei enw mai dyma'r dyn a gafodd y dylanwad mwyaf ar fywyd a ffawd ei chariad. Yn geclyd, diolch i'r dagrau, soniodd Al am y celwydd a fodolai yn y berthynas rhyngddynt dros y blynyddoedd, cyn datgelu ei ran yn llofruddiaethau Foxy a'r Eryr, tad Boda. Wedyn, gyda chalon drom, aeth ymlaen i sôn am ei gyfarfod â Blod rai dyddiau ynghynt a'u cynllun i ddial yr hyn wnaethai T-Bone i'w fam yn y Safari Inn. Erbyn i Al orffen sôn amdano, roedd Petra'n ei gasáu – bwystfil o ddyn ydoedd, roedd hynny'n amlwg, a dyna pam nad oedd hi'n awyddus i Al ei gadael yn awr. Ond, daeth yr amser ac roedd yn bryd iddo wynebu'i dynged.

Roedd hi'n amlwg i Petra fod euogrwydd anferth yn llechu ar ysgwyddau llydan Al. Euogrwydd oherwydd ei alwedigaeth. Euogrwydd oherwydd marwolaeth ei fam. Euogrwydd oherwydd cyfrinachau creulon ei fywyd. Ac er bod Al yn sicr y byddai dial ar T-Bone yn dod â'r holl hanes i ben, nid oedd hi mor siŵr.

"Rhaid i fi, Petra, neu fydda i byth yn rhydd i fod..." Oedodd Tubbs ac edrych i fyw ei llygaid. Gwelodd ei fam yn syllu'n ôl arno a methodd ddod o hyd i'r geiriau anghenreidiol i orffen ei frawddeg.

"I fod yn beth, Al?" Tynnodd llais Petra ef allan o'r swyn.

"I fod yn normal," dywedodd Tubbs, gan synnu iddo fod mor ffraeth. Bywyd syml roedd Tubbs ei angen. Y cyferbyniad llwyr i'r hyn a fu ei hanes cyn hynny. Cyfres o gymhlethdodau fu ei fywyd a nawr, wedi iddo ffeindio Petra, roedd yn rhaid iddo gael gwared ar y chwyn a dechrau anadlu. Dechrau tyfu. Dechrau ffynnu.

Echdoe, dosbarthodd Tubbs ei lwyth drewllyd o Disgraceland i'w gwsmeriaid ffyddlon o gwmpas Caerdydd a'r cylch gan esbonio mai hwn, mwy na thebyg, fyddai'r tro olaf iddo eu gweld. Roedd e'n benderfynol o newid ei ffordd o fyw a rhoi pob cyfle i'w berthynas gyda Petra i ddatblygu.

Ymwelodd Boda â'r caban yn gyson yn ystod yr wythnos hefyd ac roedd draig ffyrnig coes dde Tubbs bellach wedi'i chwblhau. Ceisiodd Petra berswadio Al i ddatgelu'r gwir wrth Boda ynghylch tynged ei dad a phwy oedd yn gyfrifol; ond, fel arfer, ni ffeindiodd Tubbs y foment gywir. Credai Petra fod Al yn chwilio am adeg na fyddai byth yn llwyddo i ddod o hyd iddi. Cydymdeimlai â'r baich amlwg a gariai, ond ysai am iddo gwblhau'r hyn roedd yn rhaid iddo ei wneud.

Ni fu Tubbs ar gyfyl Rudry chwaith, er bod T-Bone wedi bod yn barhaol bresennol yn ei feddyliau. Wrth i'r amser agosáu at bwynt berw eu perthynas, gwelodd Petra y newid yn Al, yn enwedig heddiw a'r cyfarfod yn tic-tocian tuag ato eiliad wrth eiliad.

"'Drych," dechreuodd Tubbs, wrth i Petra afael mewn Marlboro Light. Crynai ei bysedd wrth iddi danio'r sigarét a chwythodd y mwg tua'r ffenest agored. Camodd Tubbs yn ôl tuag ati, cyn plygu a gafael yn dyner yn ei gwyneb. Roedd ei chraith yn gwella'n gyflym a fflachiodd gwyneb Vexl o flaen llygaid Tubbs. *Sut oedd e'n hoffi'i graith e, tybed?* "'Drych," ailadroddodd Tubbs. "Rhaid i fi wneud hyn. Dyma 'nghyfle ola i i fod yn rhydd. Fy *unig* gyfle i fod yn rhydd. *Ein* hunig cyfle i fod yn rhydd…"

Mwythodd Petra ei wallt trwchus gan syllu'n syth i'w lygaid gwylaidd. Deallodd ar yr eiliad honno fod Al, fel robot o ryw fath, wedi bod o dan reolaeth T-Bone ers iddo golli ei fam, os nad cyn hynny. Deallodd hefyd nad oedd hawl ganddi i geisio ei atal rhag mynd.

"Jyst gwna'n siŵr bod ti 'nôl fan hyn cyn brecwast…" dywedodd Petra, cyn ei gusanu a'i wylio'n gadael.

Cododd Boda'i law ar Tubbs wrth i'r Polo bach yrru heibio i'w fan ond ni ddychwelodd Tubbs ei gyfarchiad. *Rhyfedd iawn*, meddyliodd Boda, cyn troi tua'r caban ac aros ar y dreif.

Allan o'r car, cnoc ar y drws. Dim ateb. Trodd Boda'r ddolen a chamu i'r tŷ gan glywed rhywun yn wylo'n dawel yn rhywle. Darganfyddodd darddle'r dagrau yn eistedd wrth fwrdd y gegin gyda'i phen yn ei dwylo.

"Beth sy'n bod? Beth sy 'di digwydd?" gofynnodd Boda'n llawn pryder.

"Al…" daeth yr ateb, ond doedd yr ateb ddim yn help o gwbl i neb.

"Beth am Al? Be ma fe 'di neud i ti?"

Gwenodd Petra wrth glywed y cwestiwn. "Dim byd, Bo…"

"So pam ti'n crio? Beth sy'n bod?"

"Ma fe 'di mynd i gwrdd â T-Bone…"

"A?"

Beichiodd Petra wrth i'w phryder ffrwydro.

"Petra. Beth sy'n bod? Come on! Beth sy'n mynd mlân fan hyn?"

"Cer ar 'i ôl e. Plîs Boda…" Roedd hapusrwydd Petra'n chwalu o'i chwmpas a'i hanobaith yn bygwth ffrwydro i'r wyneb. Wedi oes o aros am rywun fel Al, roedd hi bellach yn ofni ei golli ar ôl dim ond dyddiau yn ei gwmni.

"Pam? Ma fe'n mynd i weld T-Bone bron bob wythnos," atebodd Boda'n llawn dryswch.

"Ma'r tro 'ma'n wahanol… Plîs Bo…" plediodd unwaith eto.

"Ok, ok. So ble ma fe 'di mynd? Rudry?"

"I hawlio'i ryddid. Ein rhyddid ni…"

"Ffycin hell Petra, stopa hi! Ddim dyma'r amser i fod yn cryptic!"

"Disgraceland."

"Disgraceland?"

"Ie, Disgraceland." Ac allan â Boda i'w fan gan adael Petra'n eistedd yn yr union fan lle ffeindiodd e hi.

Tua'r un pryd, yr ochr draw i'r brifddinas, estynnodd T-Bone am ei wn o'r gist gudd o dan lawr pren ei swyddfa. Agorodd yr arf a sicrhau bod y baril yn llawn bwledi cyn i ffoto ar y wal hawlio'i sylw. Syllodd wedi'i swyno am sbel ar y ddelwedd wrth i'r atgofion lifo'n ôl. 1980 oedd y flwyddyn. Barbeciw blynyddol y Banditos oedd yr achlysur. Safai T-Bone â gwên lydan yn lledu o dan flew ei wefus uchaf, gyda Foxy o dan un fraich ac Al Bach o dan y llall. Ceisiodd gofio a oedden nhw wir yn hapus yr adeg honno, fel roedd y llun yn ei awgrymu, ond ni allai fod yn siŵr. Edrychodd ar yr Al ifanc, gan ddiolch nad oedd y cawr o ddyn y datblygodd i fod erioed wedi darganfod y gwir am dynged ei fam. Ac, ar ôl heno, ni fyddai'n bosib iddo wneud hynny, chwaith.

Rhoddodd y gwn mewn gwain o dan ei gesail a gadael ei blasty oedd, fel ei fywyd ef ei hun, yn araf ddadfeilio o'i gwmpas. Cerddodd tua'r garej driphlyg ym mhen draw'r dreif, lle roedd car heb ei gofrestru'n aros amdano. Camodd i'r cerbyd a thanio'r injan cyn anelu am ansicrwydd ei gyfarfod yng Ngheredigion.

Eisteddai Blod yng nghornel pella maes parcio gwag y Brynhoffnant Arms yn gwylio golau'r ceir yn gwibio lan a lawr yr A487 yr ochr draw i'r ffens. Meddyliodd faint o fywydau a gafodd eu colli ar y ffordd yn ystod y blynyddoedd y bu'n byw gerllaw. *Gormod*, oedd ei gasgliad – roedd yr A487 rhwng Aberteifi ac Aberystwyth fel tasai'n gyrchfan gwyliau'r Medelwr Mawr, heb wythnos yn mynd heibio heb i enw newydd gael ei hychwanegu at y rhestr.

Meddyliodd Blod faint o siawns oedd ganddo y byddai T-Bone

yn gwrando arno a dod heb wn i'r cyfarfod. Doedd dim gobaith o hynny, sylweddolodd, cyn teimlo'n hollol ddiamddiffyn heb arf ei hun. Meddyliodd am ddychwelyd i Disgraceland yn gyflym, ond nid oedd am golli dyfodiad ei hen elyn, ac felly arhosodd yn yr unfan amdano...

Trodd Tubbs ei gar oddi ar yr A487 cyn dilyn y ffordd gul a throellog trwy'r tywyllwch tua phen ei daith. Roedd cerbyd anhysbys wedi bod ar ei drywydd ers pasio Plwmp a phan arhosodd wrth gatiau Disgraceland, yn hytrach na mewnbynnu'r côd, neidiodd o'r car, gan symud yn heini i ddyn mor fawr, ac agor y bŵt er mwyn estyn ei wn o'i guddfan. Trodd i wynebu'r cerbyd â'r gwn yn barod i danio cyn clywed llais cyfarwydd yn ei alw trwy'r tywyllwch.

"Paid fuckin' saethu, Tubbs! Fi sy 'ma!" bloeddiodd y llais barfog trwy'r ffenest agored.

"Boda?"

"Aye."

"Ffycin hell Bo, be ti'n neud 'ma?"

"Sa i'n rhy siŵr a dweud y gwir. Petra oedd yn poeni. Ac anyway, more to the point, beth wyt ti'n neud 'ma?"

"Ti ar fin ffeindio mas," atebodd Tubbs, cyn camu'n ôl i'w gar ac arwain Boda tua'r plasty.

Gwyliodd Blod y car yn cyrraedd. Roedd e'n gwybod mai T-Bone oedd e cyn i'r bwystfil gamu i'r tywyllwch ac edrych o'i gwmpas. Wrth i olau'r dafarn amlygu corff y Bandito, sylwodd Blod fod amlinell T-Bone yn druenus bellach. Roedd ei gefn yn dechrau crymu o dan bwysau'r blynyddoedd a ffigwr bygythiol y Safari Inn wedi hen ddiflannu. Yn rhyfeddol, teimlai ychydig o dosturi tuag ato cyn cofio'r hyn a wnaeth – i Foxy'n bennaf ond hefyd i'w fab diniwed.

Taniodd yr injan cyn boddi'r maes parcio gyda golau'r car. Trodd T-Bone i'w wynebu wrth i gar y garddwr symud tuag ato. Agorodd y ffenest a chododd holl gasineb y blynyddoedd i'r wyneb wrth iddo ddod wyneb yn wyneb â'r dyn derfynodd holl hapusrwydd ei fywyd. Dychmygodd beth hoffai wneud iddo'r fan honno yn y maes parcio ond gorchfygodd ei reddfau gan gofio am gynllun Al.

"Dilynwch fi," gorchmynnodd y garddwr yn oeraidd, a chyn i T-Bone gael cyfle i ddweud dim, roedd car Blod wedi'i basio.

Gyda'r allwedd yr anfonodd Blod ato rai dyddiau'n gynt, agorodd Tubbs ddrws cefn Disgraceland a chamu i mewn i'r gegin. Fel yr addawodd y garddwr, nid oedd y larwm yn weithredol y noson honno.

"Lle ma' pawb?" gofynnodd Boda.

"Mas," atebodd Tubbs. Roedd yr adrenalin yn rhuthro trwyddo erbyn hyn a phresenoldeb diniwed ei ffrind fawr o help.

"So beth yw'r pwynt dod 'ma?"

"Dilyna fi," mynnodd Tubbs gan anwybyddu ei gwestiwn, ac arwain Boda – yn unol â'i gynllun ef a Blod – tua'r swyddfa oedd yn gysylltiedig â'r stafell fyw foethus ym mhen blaen y tŷ.

Wedi iddynt gyrraedd y swyddfa, eisteddodd Boda ar y gadair droellog a gwylio Tubbs yn diffodd y golau a chlustfeinio wrth gil y drws.

"Beth fuck sy'n mynd mlaen, Tubbs? Serious nawr, beth ti'n neud? Beth sy'n…"

"Shhh!" sibrydodd Tubbs gan ei ddistewi. Clywodd Boda ddrws yn cau a sŵn traed yn agosáu. Cododd o'i gadair ac ymuno â'i ffrind wrth y drws. Wrth i'r ddau wrando, sylwodd fod Tubbs yn dal ei wn yn barod. Yn barod am beth, doedd Boda ddim yn gwybod…

"Diod?" Gofynnodd y garddwr, gan ystumio ar T-Bone i eistedd ar gadair ledr foethus ger y lle tân agored di-fflam.

"Wisgi. Dim iâ," atebodd T-Bone. Edrychodd o gwmpas y stafell a rhyfeddu at y moethusrwydd. Roedd y garddwr wedi gwneud yn dda iawn dros y blynyddoedd, roedd hynny'n amlwg.

Llenwodd Blod ddau wydryn crisial gyda wisgi drud o arfordir

Loch Harport, cyn estyn un i'w elyn ac eistedd gyferbyn ag ef. Pendronodd sut y dylai ddechrau'r sgwrs a denu'r gwir o geg y llofrudd, ond cipiodd T-Bone yr awenau oddi arno gan wneud swydd Blod yn un hawdd tu hwnt.

"O'n i'n meddwl mai arian o'ch chi ar 'i ôl ond sa i mor siŵr, nawr 'mod i 'di gweld y'ch cartre…" ystumiodd T-Bone gyda'i law wag a gwelodd Blod ei gyfle.

"Arian!" chwarddodd ar eiriau T-Bone, fel tasai Disgraceland yn perthyn iddo fe. "A beth, yn eich barn chi, yw pris bywyd Lisa? Ddim 'mod i ar ôl eich arian mewn unrhyw ffordd…"

Anwybyddodd T-Bone y cwestiwn; wedi'r cyfan, nid oedd yn gwybod yr ateb. "Felly, beth y'ch chi ar 'i ôl 'te?"

"Esboniad," daeth yr ateb.

"Esboniad? Esboniad am beth? Pam 'nes i'r fath beth?"

Pwysodd Blod tuag ato gan edrych i fyw ei lygaid. "Sa i moyn gwbod pam, achos sdim rheswm yn bodoli a fyddai'n gwneud cyfiawnder â'r hyn wnaethoch chi. Sut y'ch chi'n gallu byw gyda'ch cydwybod? 'Na beth fi moyn gwbod. Sut y'ch chi'n cysgu'r nos o wbod beth wnaethoch chi?"

"Gydag anhawster mawr a digon o wisgi," daeth yr ateb, yn llawer rhy hawdd ym marn Blod. Byrlymai'r atgasedd oddi mewn iddo a gorfod i'r garddwr frwydro yn erbyn ei reddf i roi crasfa i'r beiciwr yn y fan a'r lle. Ond wrth glywed atebion gwamal T-Bone, roedd Al wedi cael cadarnhad o'r gwirionedd yn barod. Cymrodd Blod lond ceg o'i ddiod cyn bwrw mlaen.

"Beth am Al?" gofynnodd Blod, gan wylio'r hyder yn diflannu o wyneb T-Bone wrth glywed enw ei 'fab'. Ond, cyn iddo gael cyfle i ymateb ar lafar, agorodd drws yr ystafell yn annisgwyl a chamodd Luca i mewn.

"HEEEEEEEEEEEEEEEEEI! Fi NÔÔÔÔÔÔÔÔÔÔÔÔÔÔL!" bloeddiodd perchennog y tŷ, cyn i'w fyd dywyllu, diolch i fwled o wn T-Bone.

Cwympodd Luca ar y llawr yn dal ei fola. Tasgodd y sgarlad ohono a syllai ar ei glwyf mewn anghrediniaeth. Roedd ei geg ar agor fel y ffigwr yn narlun enwocaf Edvard Munch, ond nid sgrech a dreiddiai ohoni, ond gwaed.

Roedd Blod ar y llawr wrth ei ochr mewn eiliad ac yn dal ei grys-T dros ei glwyf er mwyn ceisio atal y llif. Sychodd y gwaed gan geisio cadw Luca rhag colli ymwybyddiaeth.

"Aros 'da fi, Luca bach!" bloeddiodd ac ailadroddodd Blod. Gafaelodd yn ei wyneb a syllu i mewn i'w lygaid gwag. "Come on, Luca, paid blydi marw nawr…" ond roedd e'n gwybod yn syth fod y llenni'n cyflym gau ar lwyfan Luca.

Trodd i gyfeiriad T-Bone gyda'r bwriad o ofyn iddo am gymorth. Nid oedd yn ffyddiog y byddai'r hen ddyn eisiau gwneud ond roedd *rhaid* ceisio helpu Luca. Pan drodd ei ben i gyfeiriad y beiciwr, roedd gwn y Bandito o fewn modfedd i'w ben. Mewn llais rhewllyd, trwy geg oedd yn gartref i wên greulon, adroddodd T-Bone farwnad y garddwr:

"Dylsen i 'di gorffen y job pan ges i'r cyfle tro cynta, wel so ti'n mynd i ddianc eto…"

Cociodd T-Bone y gwn. Caeodd Blod ei lygaid.

Teimlodd T-Bone oerni'r dur ar ei wddf. Rhewodd yn yr unfan cyn i law anhysbys gipio'i wn o'i afael. Trodd yn araf a daeth wyneb yn wyneb â'i holl hunllefau: gwelodd Foxy ei hun yn syllu arno trwy lygaid marmoraidd ei fab.

Agorodd Blod ei lygaid a gweld Tubbs a Boda'n dal gwn yr un at ben T-Bone.

"Sut ma Luca?" gofynnodd Tubbs.

"Ddim yn dda, ma fe'n colli lot o waed…" atebodd y garddwr.

"Hang in there, Luca, byddwn ni 'da ti mewn munud."

Sa i'n meddwl fod munud 'da fe, meddyliodd Blod, cyn troi ei sylw'n syth yn ôl at Luca, a oedd yn gyflym yn colli ei frwydr ar lawr ei ystafell fyw.

"Do it, Tubbs!" poerodd Boda. "Glywes ti beth ddwedodd e, ma fe'n haeddu marw!"

Daliodd Tubbs y gwn at ben ei fentor ond nid oedd yn gallu tanio. Edrychodd T-Bone i fyny ar Tubbs gan wenu arno'n ddidrugaredd. Gwyddai fod Al wedi colli'i blwc. Edrychodd

Tubbs ar T-Bone – gwelodd ei wallt gwyn, ei lygaid glas a'i galon ddu. Clywai yn ei ben bob gair o'r celwydd a lifodd o'i geg dros y blynyddoedd. Roedd y brad yn brifo, heb os, ond ni allai Tubbs ddod â'r bennod i'w chlo. Yn wahanol i T-Bone, roedd cymaint mwy o ddaioni yng nghalon Tubbs.

"Pam?" gofynnodd Tubbs. Rhuthrodd llygaid T-Bone i bob cyfeiriad ar wahân i darddle'r cwestiwn, cyn codi rhaw a phalu'n ddyfnach.

"Ro'dd rhaid i fi wneud rhywbeth, Al. Gwthiodd dy fam fi i gornel..."

Ysgydwodd Tubbs ei ben mewn ymateb a chamu tua'r ddesg yn y swyddfa gan adael Boda i gadw llygad ar T-Bone. "Bradychodd hi fi, Al!"

Agorodd Tubbs y ddesg ac fel y disgwyliai daeth o hyd i'r union beth roedd e'n edrych amdano.

"Ar ôl popeth roddes iddi hi... i chi... sut nath hi 'nhalu i'n ôl? Ffwcio'r fuckin' garddwr!"

Camodd Tubbs tuag ato a heb oedi gwasgodd y tâp selo dros ei geg cyn mynd ati i lapio'r tâp o gwmpas ei ben. Camodd yn ôl wedi gorffen a dweud:

"Dylse hynny stopio'r celwyddau am sbel."

Cododd Tubbs y gwn at ben T-Bone unwaith eto a syllu i fyw ei lygaid. Torrodd argae ei emosiynau a llifodd y dagrau'n ddireolaeth. Tarddodd nentydd o chwys o'i dalcen a dechreuodd ei law a'r gwn grynu. Gwelodd Tubbs fod llygaid T-Bone yn gwenu arno ac yn ei wawdio. Methodd Tubbs â chyflawni ei dasg.

"Blod!"

Trodd y garddwr at Tubbs.

"Beth?"

"Y'ch chi moyn y pleser?" Edrychodd Blod ar Tubbs yn gyntaf ac wedyn ar T-Bone.

"Sa i'n llofrudd, Al. A sa i moyn bod yn un chwaith..."

Trodd yn ôl at Luca gan chwilio am guriad ei galon yn ei arddwrn, o dan ei ên, unrhyw le...

"Boda?"

Edrychodd Tubbs ar ei bartner, a ddaliai wn T-Bone at ben y beiciwr.

"Fi?"

"Ie."

"Sa i moyn bod yn llofrudd chwaith... Pam fasen i eisiau gwneud y fath beth?"

"Achos dyma'r dyn laddodd dy dad..."

Edrychodd Boda ar Tubbs a'i lygaid ar dân cyn troi ei sylw at T-Bone er mwyn chwilio am gadarnhad. Gwelodd y gwir yng nglesni ei lygaid. Taniodd Boda'r gwn heb oedi. Ffrwydrodd penglog T-Bone dros yr ystafell gan drochi'r celfi a'r bobl o dan gawod goch dywyll. Cwympodd corff y pen-Bandit i'r llawr a throdd Boda i edrych ar Tubbs, a safai bellach â'i gefn at yr olygfa. Cododd y gwn yn araf at ben ei ffrind a throdd Tubbs i'w wynebu.

Pan glywodd Tubbs y bwled yn gadael gwn ei ffrind gorau, cyn chwalu pen ei fentor, ei dad, dros berfedd yr ystafell fyw, rhwygodd ei enaid, ei ysbryd, o dan rym gwrthgyferbyniol edifeirwch a rhyddhad. Wedi i'r gwefrau ostegi, trodd Tubbs yn araf, cyn agor ei lygaid a dod wyneb yn wyneb ag arf dewisol y Medelwr Mawr.

Gwelodd Boda'r dagrau'n llifo'n ddireolaeth i lawr bochau ei ffrind, a dechreuodd y gwn grynu yng ngafael ansicr ei law. Gyda'i galon yn deilchion caeodd Tubbs ei lygaid gan aros am ei haeddiant, ond ar yr eiliad olaf sylwodd Boda mai dim fe yn unig oedd newydd ddod wyneb yn wyneb â llofruddiwr ei riant. Gollyngodd y gwn ar lawr a chamu tuag at ei ffrind gorau, cyn ei gofleidio'n dynn ac ymuno i mewn yn y corws o ddagrau dynol.

Fis union i'r diwrnod tywyll yna yn Disgraceland – pan gollodd Luca ei fywyd a T-Bone ei ben – gyda'r haul yn tywynnu yn yr awyr las uwchben, eisteddai Tubbs yn gwisgo siwt ddu-lwyd wrth ochr Blod yn nhrydedd res angladd awyr agored Luca Parenti. O'u blaenau, estynnai Bae Ceredigion yn wyrddlas tua'r gorwel, y tu hwnt i'r bedd a gloddiwyd yn barod i dderbyn coffin y cantor ifanc. Gerllaw safai aelodau Côr Meibion Blaenporth, fel wal o wynebau croesawgar ar drothwy Paradwys.

Edrychodd Tubbs o'i gwmpas wrth i fwy a mwy o bobl gyrraedd. Roedd y llecyn yn llawn dop o ffrindiau, enwogion, cerddorion, dihirod a chariadon hen a newydd Luca. Dymunai Tubbs deimlo cledr cariadus llaw Petra'n mwytho'i alar, ond methodd deithio gyda fe'r bore hwnnw oherwydd pwl arall o salwch – rhyw chwydu, chwysu a bliner ben bore. Ond gobeithiai Tubbs y byddai hi'n ddigon da i fynychu'r clyweliad oedd ganddi gyda Darren ymhen wythnos, ar ôl iddo fe ddod â'i thalent i sylw'r rheolwr. Roedd hwnnw'n brysur bellach yn sefydlu label recordio er mwyn cadw cymynrodd cerddorol Luca'n fyw i'r dyfodol.

Nid oedd Boda yma ychwaith oherwydd bod ganddo ryw fusnes pwysig yn galw, ond y Banditos oedd yn gyfrifol am blethdorch fwyaf cofiadwy'r cynhebrwng – rhosys coch a du, sef lliwiau swyddogol y gangen, ar siâp beic modur.

Dyma'r tro cyntaf i Tubbs ddychwelyd i Disgraceland ers y noson dyngedfennol honno. Cofiodd a diolchodd fod Blod wedi dangos y fath sicrwydd wrth wynebu'r sefyllfa; yn wahanol i Tubbs a Boda, oedd mor effeithiol ag y byddai gynnau dŵr llawn petrol wrth ddiffodd coelcerth. Wedi i Luca stopio anadlu, tywysodd y garddwr y ffrindiau o'r plasty, gan orchymyn iddynt ddiflannu i'r nos a pheidio dychwelyd yno tan iddynt glywed oddi wrtho. Diflannodd Tubbs a Boda a dychwelodd Blod i'r ystafell fyw er mwyn gwaredu'r holl dystiolaeth a allai ei gysylltu ef â chorff T-Bone.

Wedyn, un alwad oedd angen ei gwneud a daeth Carwyn draw i sortio'r llanast. Er amheuon cynharach Tubbs, profodd Ditectif Sarjant Jenkins ei fod yn siryf effeithiol tu hwnt. Cadwodd Carwyn sychau'r moch a dyrrodd i Disgraceland wedi'r digwyddiad yn ddigon pell o'r blanhigfa, a daeth yr archwiliad swyddogol i'r casgliad mai ffan gwallgof oedd y corff anhysbys a 'ddarganfu' Blod ar lawr yr ystafell fyw. Dyna oedd diwedd y stori.

Dechreuodd y côr – a ganodd ar record ddiweddaraf Luca – ganu fersiwn addas o 'Sitting on the Dock of the Bay', fyddai wedi dod â gwên lydan i'w wyneb. Trodd Tubbs a gweld criw ffilmio o *MTV Italia* yn cipio'r cyfan er mwyn ei ddangos i'w gwylwyr galarus. Efallai fod Luca wedi marw'n gorfforol fis yn ôl, ond byddai'r Duw Celtaidd yn byw am byth, diolch i'w gerddoriaeth a'i lwyddiant parhaol. Cynyddodd poblogrwydd y cantor yn dilyn ei farwolaeth cynamserol gydag *Anima Dannata* – ei record hir ddiwethaf – yn dal ar frig siartiau'r Eidal.

Yn ogystal, mae ei broffil ym Mhrydain wedi derbyn hwb sylweddol hefyd a *Dio Celtico* ac *Anima Dannata* wedi cyrraedd ugain uchaf y siartiau. Mae Darren yn bwriadu rhyddhau CD Greatest Hits yn y dyfodol agos ar y label newydd – Recordiau Parenti Records – ac yn chwilio am dalent newydd i'w hychwanegu at ei restr. Ar ben hynny, mae'r rheolwr craff mewn trafodaethau gyda *MTV Italia* i sefydlu Diwrnod Blynyddol Dathlu Bywyd Luca Parenti er mwyn darlledu rhaglenni bob blwyddyn er cof amdano ar ddiwrnod ei ddienyddiad.

Cerddodd arweinydd y seremoni ddyneiddiol i lawr y llwybr gan aros wrth y bedd gwag a throi i wynebu'r galarwyr. Ystumiodd ar y gynulleidfa i godi. Gorffennodd y côr ganu clasur Otis Redding cyn dechrau ar nodau cyntaf 'Y Dref Wen' – un o hoff ganeuon Luca. Ac i gyfeiliant y gân hudolus honno, nesaodd y coffin yn cael ei gario gan Carwyn a holl drigolion Disgraceland, heblaw am Blod, wrth gwrs.

Yn ddealladwy, teimlai Tubbs euogrwydd mawr gan ei fod

yntau'n galaru am T-Bone, yn ogystal â'i hen ffrind. Er i'r hen feiciwr lenwi ei fywyd ag ansicrwydd, celwyddau a brad, roedd Tubbs yn dal i weld ei eisiau am ryw reswm. Mae rhai pethau'n amhosib eu hesbonio. Ar y llaw arall, teimlai Tubbs ei fod yn rhydd am y tro cyntaf yn ei fywyd. Yn rhydd rhag unrhyw bwysau, yn rhydd i wneud beth bynnag a ddymunai.

Gyda'i ddau gyfrif banc Swistirol yn gorlifo – diolch i'r elw a wnaed yn ystod ei fywyd – roedd yr opsiynau'n annherfynol. Er tywyllwch anochel y diwrnod, teimlai Tubbs ryw obaith newydd pan feddyliai am y dyfodol, a phwy a ŵyr, efallai y câi fyw bywyd normal yn awr?

Rhoddodd Blod ei law am ysgwydd y cawr wrth i'r coffin gael ei gario heibio iddynt, a theimlodd Tubbs ryw emosiynau annisgwyl. Er mai dim ond ers mis roedd e'n adnabod Blod, teimlai'n agosach ato nag a deimlasai tuag at T-Bone erioed – hyd yn oed yn ystod y dyddiau hapus hynny cyn iddo golli'i fam. Y gwir oedd i oerfel eu perthynas broffesiynol weithredu fel ffenest drwchus o rew rhyngddynt ers iddi farw.

Wedi seremoni fer yn llawn hwyl ac atgofion – jyst fel bydde Luca wedi dymuno – a gyda'r haul yn dal i wenu ar y cornel godidog hwn o Geredigion, gollyngwyd y coffin yn ofalus i mewn i'r ddaear wrth i'r côr ganu'r gân gospel glasurol 'Take My Hand'. Ymunodd pawb yn y gytgan wrth ffarwelio â'r Duw Celtaidd.

Sleifiodd Tubbs i ffwrdd gan gerdded yn hamddenol yn ôl at ei gar. Roedd ei ben yn llawn atgofion a'i galon yn drwm. Ysai am ddychwelyd adref i Ddinas Powys i gysuro Petra. Ond, wrth basio'r plasty, teimlodd law ar ei ysgwydd.

"Ma 'da fi syrpreis i ti," datganodd Blod, gan dywys Tubbs tua'r blanhigfa gyda gwên ryfedd yn dawnsio ar ei wyneb.

Ymosododd haint melys y planhigion ar synhwyrau Tubbs gan oglais blew ei ffroenau, ond arweiniodd Blod ef tua'r cefn lle tyfai planhigion llai yn byrlymu o ffrwythau melyn. Yn ofalus, cipiodd Blod lond dwrn o ffrwythau a'u hestyn i Tubbs.

"Byt' un o'r rheina," gorchmynnodd y garddwr, a gwnaeth Tubbs hynny fel disgybl da. Ffrwydrodd melyster y ffrwythau yng ngheg Tubbs gan anfon gwefrau i bob cwr o'i gorff.

"Bloody hell, Blod…" dechreuodd, cyn taflu dwy arall i'w geg a pharhau i'w mwynhau, "… dyma'r…" hansh, hansh "… tomatos…" hansh, hansh, hansh, "… gorau… i… fi… flasu… erioed…"

"Good," meddai Blod yn egniol. "'Chos ma' angen partner arna i…"

"Partner?" holodd Tubbs, ar ôl llyncu un arall yn farus; roedd y tomatos fel Skittles byd natur, a Tubbs, heb os, yn gallu blasu'r enfys.

"Ie. Fi'n bwriadu ehangu ochr 'ma i'r busnes. Ma Darren yn fwy na bodlon i fi 'neud. Y gwir yw fod tomatos mor flasus â hyn bron mor broffidiol â beth ryn ni'n 'i dyfu'n barod…"

Gwenodd Tubbs, cyn gafael yn y garddwr a'i gofleidio'n dynn.

"Diolch," dywedodd.

"Wel, ddim i fi ma'r diolch i gyd…" cyfaddefodd Blod, "… dy fam drawsbeilliodd y ddau blanhigyn cynta – 'na i gyd fi 'di neud yw gofalu amdanyn nhw, a dweud y gwir…"

"Mam?"

"Ie. Roedd ei bysedd hi'n wyrddach na rhai Alan Titchmarsh. Foxy's Delight yw eu henw masnachol nhw gyda llaw…"

Daliodd Tubbs ei ffrind yn dynnach fyth, os oedd hynny'n bosib, gan orfoleddu wrth glywed ei eiriau. Ond, cyn i'r dagrau gael cyfle i ddychwelyd unwaith eto, canodd ei ffôn symudol a datgymalodd y ddau er mwyn i Tubbs allu ateb yr alwad.

Edrychodd ar y sgrin fach a gweld rhif pennaeth y Banditos yn fflalchio o flaen ei lygaid. Gwenodd eto wrth ateb y ffôn.

"Iawn, Boda," cyfarchodd ei ffrind. "Byddai Luca 'di hoffi'r blodau'n fawr…"

Nawr darllenwch nofelau eraill y 'plot-feistr'
Llwyd Owen, enillydd Llyfr y Flwyddyn 2007...

"Nofel ardderchog o ran cymeriadu, cynllunio, plot a stori… nofelydd athrylithgar a chanddo stori wefreiddiol i'w hadrodd."

£7.95

Ei ail nofel, yn llawn cymeriadau lliwgar,
plotio gwreiddiol a diweddglo cofiadwy:
enillydd gwobr Llyfr y Flwyddyn 2007.

£7.95

Am restr gyflawn o nofelau cyfoes Y Lolfa,
mynnwch gopi o'n catalog rhad
neu hwyliwch i mewn i'n gwefan

www.ylolfa.com

Ile gallwch archebu llyfrau ar lein

TALYBONT CEREDIGION CYMRU SY24 5AP
ebost ylolfa@ylolfa.com
gwefan www.ylolfa.com
ffôn 01970 832 304
ffacs 832 782